Le passé est une terre étrangère

Du même auteur
chez le même éditeur

Témoin involontaire
Les yeux fermés

Gianrico Carofiglio

Le passé est une terre étrangère

Traduit de l'italien par
Odile Rousseau

Collection dirigée par
François Guérif

Rivages/Thriller

Retrouvez l'ensemble des parutions
des Éditions Payot & Rivages sur

www.payot-rivages.fr

Titre original : *Il passato è una terra straniera*

106, boulevard Saint-Germain – 75006 Paris

ISBN : 978-2-7436-1918-3

PREMIÈRE PARTIE

1

Elle est seule accoudée au bar et boit un jus de fruit. À ses pieds un sac de cuir noir et, j'ignore pourquoi, c'est précisément ce détail qui attire mon attention.

Son insistance à me dévisager m'embarrasse. Toutefois, dès que nos regards se croisent, elle se détourne. Quelques secondes passent et elle m'observe à nouveau. Cette séquence se reproduit plusieurs fois. Je ne la connais pas et je me demande tout d'abord si c'est bien moi qu'elle regarde. J'aurais même le réflexe de vérifier s'il y a quelqu'un derrière moi, mais je me garde de le faire. Je sais qu'il n'y a que le mur parce que je m'assieds presque chaque jour à cette petite table.

Elle a fini son verre. Elle le repose sur le comptoir, prend son sac et vient vers moi. Elle a les cheveux courts et sombres ; des gestes décidés mais pas franchement naturels : plutôt comme ceux de quelqu'un qui aurait consacré beaucoup de temps à vaincre sa timidité. Ou autre chose, pire que la timidité.

Elle est devant ma table. Elle reste là quelques

secondes tandis que je cherche une attitude appropriée à la situation. Sans succès.

« Tu ne me reconnais pas. »

Ce n'est pas une question. Elle a raison, je ne la reconnais pas. Je ne la connais pas.

Alors elle prononce un nom, dit quelques mots, et après un court silence, demande si elle peut s'asseoir. Je dis oui. Je ne fais peut-être qu'un signe de tête, ou un geste de la main pour lui désigner une chaise. Je ne sais plus.

Pendant un certain temps en effet, je ne dis rien. Quelques minutes plus tôt j'étais là comme tous les matins, à prendre mon petit déjeuner, dans l'attente d'une journée ordinaire, quand, brutalement, j'ai été soulevé par un tourbillon et me suis retrouvé ailleurs.

Dans un lieu étrange et mystérieux.

Très loin.

2

Nous étions quatre à la table de jeu. Un type maigre et triste, géomètre de son état. Puis Francesco, moi et le maître de maison. Gros, âgé d'une trentaine d'années environ, ce dernier fumait beaucoup et avait du mal à respirer. Son nez obstrué émettait en boucle un fond sonore cadencé et horripilant.

C'était à son tour de battre et de donner les cartes. Il s'amusait encore une fois à les faire claquer, serrées entre le pouce et l'index de chaque main, mais il était fatigué. Énervé. Voilà qu'en trois ou quatre coups il avait liquidé presque tout son gain qui, une demi-heure plus tôt s'élevait à près d'un million [1]. Francesco gagnait, moi je me maintenais à peu près, le géomètre perdait gros. Nous allions attaquer l'avant-dernier coup de *telesina* [2].

« Ça suffit », dit le gros après avoir coupé. Il le dit sur

1. Un million de lires en 1989 équivalaient à 3 000 francs à l'époque, soit environ 930 euros en 2008. *(N.d.T.)*

2. Variante du poker à l'italienne, proche du scud américain. *(N.d.T.)*

le ton qu'il avait adopté toute la soirée. Un ton de professionnel pensait-il. C'est un bon moyen pour détecter les pigeons au poker que de sentir s'ils se donnent des allures de pro.

Il distribua : la première carte fermée, la seconde ouverte. D'un geste de spécialiste. Précisément.

Dix au géomètre, une dame à Francesco, un roi pour moi. Lui se servit un as.

« Cent », dit-il immédiatement en lançant au milieu de la table un jeton ovale, bleu électrique. Tout de suite après, il se mouilla la lèvre supérieure du bout de la langue. Tout le monde joua. Le géomètre alluma une cigarette pendant que le gros distribuait à nouveau.

Huit, une autre dame, huit, sept.

« Deux cents », dit Francesco. Le gros le dévisagea un instant, une étincelle de haine dans les yeux et mit lui aussi ses deux cent mille au pot. Le géomètre se coucha. Il avait perdu toute la soirée et attendait seulement que la partie se termine. Je jouai.

Dix, roi, dix. C'était à mon tour de parler et j'annonçai deux cents. Les autres jouèrent et la dernière carte tomba. Huit à Francesco, neuf pour moi, un autre neuf au gros.

Je dis « chip » et le gros répliqua tout de suite « pot ». Il avait une quinte, avec trois huit dehors ? Je le regardai bien en face et je vis ses lèvres serrées, sèches. En attendant, Francesco avait rejeté sa main, déclaré qu'il ne jouait pas, et s'était levé un instant comme pour se dégourdir les jambes.

Cela signifiait que, si j'avais mieux qu'une paire, je pouvais continuer tranquillement, car le gros n'avait pas de quinte. Il ne pouvait pas en avoir puisque le quatrième huit était la carte fermée de Francesco. Du coup je réclamai du temps, prétextant le besoin de réfléchir. En réalité, je voulais seulement déguster la sensation d'ébriété qu'on éprouve quand on triche au jeu avec la certitude de gagner.

« Je vais demander à voir », dis-je au bout d'une minute, sur le ton résigné de celui qui pense avoir perdu sa main et qui, par malchance, s'est laissé flouer par un joueur plus malin et plus verni. Le gros avait deux as mais moi trois rois. Cela me permit de rafler un pot de presque trois millions, c'est-à-dire plus que le salaire mensuel de mon père.

À ce moment-là le gros lard était vraiment en rogne. Visiblement ça l'embêtait de perdre. Et surtout, il enrageait de perdre face à un crétin comme moi.

Le géomètre gagna le coup suivant, mais le pot ne contenait que de la bigaille. Puis ce fut au tour de Francesco de donner. Il battit les cartes d'une manière neutre, fit couper et distribua.

D'abord la carte fermée, puis la carte ouverte. Une dame pour moi, un roi au bouffi, sept au géomètre, as pour lui.

« Deux cents. C'est un coup à me refaire. »

Le gros le regarda d'un air dégoûté. Tocard pouvait-on lire dans ses yeux. Il mit les deux cents et je jouai moi aussi. Mais pas le géomètre.

Les cartes tournèrent à nouveau tandis que je m'efforçais de ne pas regarder les mains de Francesco. Je savais que, de toute façon, je n'y aurais rien vu d'anormal. Les autres encore moins. Nouvelle dame pour moi, nouveau roi pour le gros, nouvel as pour lui.

« Si vous voulez jouer avec ces as il faudra casquer. Trois cents. »

Le gros paya sans rechigner, avec le même regard qu'avant. Je restai un moment à réfléchir, tripotai les jetons que j'avais devant moi et mis les sous d'un air peu convaincu.

Quatrième carte. Dix pour moi, valet pour le gros lard, sept pour Francesco.

« Encore trois cents.

– Pour voir, dis-je.

– Allons jusqu'à cinq cents », fit le gros avec son ton de professionnel, en mouillant sa lèvre supérieure, et en essayant de dissimuler sa jubilation. Sa carte fermée était un valet et il était persuadé de tenir son coup. Francesco joua, moi aussi. Je me faisais l'effet d'un pétochard qui pense que le jeu devient trop sérieux pour lui.

Dernière carte. Un nouveau dix pour moi, encore un valet pour le gros, une dame pour Francesco. Qui fit un geste de rage en rangeant ses cartes. Apparemment, il ne pouvait pas jouer et venait de foutre un million net en l'air. C'est à peu près ce qu'il nous fit comprendre, mais le bouffi l'ignora. Il avait un full de valets et de rois, et commençait déjà à jouir de son triomphe, sans se préoccuper des amateurs à la table desquels il avait atterri. Il dit « pot » et alluma une cigarette. Il était persuadé que ma carte fermée serait un autre dix. Ce qui, avec mon full, m'aurait poussé à jouer, et lui aurait permis de me tailler en pièces. Que, dessous, je puisse avoir la quatrième dame, était pour lui une hypothèse impossible à envisager.

Je vérifiai, et la dernière dame était bien là, cachée. Mon full l'emportait donc sur le sien : il laissa tomber son masque de professionnel pour demander comment, putain, c'était possible d'avoir un cul pareil.

Une fois signée la feuille de comptes qui entérinait la banqueroute du gros, le jeu se prolongea une quarantaine de minutes. Il ne se produisit rien de notable. Le géomètre récupéra des bricoles et le pro perdit encore quelques centaines de mille.

Je terminai la partie en unique vainqueur. Francesco me donna presque quatre cent mille lires, le géomètre me fit un chèque d'un million et quelque. Le gros, lui, écrivit sur le sien huit millions deux cent mille.

Nous sortîmes tous les trois et, sur le palier, je les assurai de ma disponibilité pour une revanche. Je le dis avec le sourire contenu du blanc-bec qui a gagné un paquet de fric mais qui tient à se conduire comme il faut. Gros lard me regarda sans rien dire. Il avait une quincaillerie, et je suis sûr qu'à ce moment précis, il m'aurait volontiers brisé le crâne avec une clé anglaise.

Dans la rue, après les salutations d'usage, chacun partit de son côté.

Un quart d'heure plus tard, Francesco et moi nous retrouvions devant le kiosque fermé de la gare. Je lui rendis ses quatre cent mille et nous allâmes prendre un cappuccino dans un bistrot de pêcheurs.

« T'as entendu le raffut que faisait le gros ?

– Quel raffut ?

– Le nez, c'était pas possible. Putain, tu te vois dormir dans la même chambre que lui ? Il doit ronfler comme un porc.

– Tu parles ! Sa femme l'a plaqué après six mois de mariage.

– S'il te rappelle, qu'est-ce qu'on fait ?

– On y va, on les laisse gagner deux ou trois cent mille lires et puis salut. Dette d'honneur réglée et va te faire foutre. »

Les cappuccinos avalés, nous nous installâmes dehors avec nos cigarettes, face aux chalutiers, tandis que le ciel s'éclaircissait. D'ici peu nous irions nous coucher, après quoi j'irais encaisser mes chèques à la banque. Puis nous partagerions la recette.

La veille de ce jour-là, Giulia et moi nous étions disputés, et elle m'avait dit que ça ne pouvait pas continuer ainsi ; qu'il valait peut-être mieux nous séparer.

Elle cherchait à provoquer une réaction. Elle voulait m'entendre dire que non, qu'il n'en était pas question ; que ce n'était après tout qu'un moment de crise que nous devions surmonter ensemble, et patati et patata.

Mais au lieu de cela je répondis qu'elle avait peut-être raison. J'affichai un air un peu chagriné, mais rien de plus. Un air de circonstance. Sa tristesse me déplaisait, j'éprouvais un léger sentiment de culpabilité, mais j'avais surtout hâte de mettre fin à cette conversation afin de pouvoir m'en aller. Elle me regardait, incrédule. Je la regardais aussi, mais j'étais à mille lieues de là désormais.

Et cela depuis un moment déjà.

Elle se mit à pleurer en silence. Je dis quelques banalités pour atténuer le malaise et alléger cette situation pesante, étrange et douloureuse.

Finalement, lorsqu'elle monta sur sa bicyclette et s'en alla, je n'éprouvai qu'une sensation de soulagement.

J'avais vingt-deux ans et, jusqu'à quelques mois auparavant, il ne s'était pratiquement rien passé dans ma vie.

3

Une chanson d'Eugenio Finardi[1] parle d'un dénommé Sansone qui jouait au ballon comme un dieu, avait les yeux verts, la peau mate. Le visage de quelqu'un qui n'a jamais connu la peur.

Tout le portrait de Francesco Carducci.

Il avait une sérieuse réputation de footballeur – toujours meilleur buteur aux championnats universitaires – et de tombeur de filles. De mères désœuvrées également. C'est du moins ce qui se disait. Il avait deux ans de plus que moi et avait laissé tomber la philo. Je n'ai jamais su combien il lui restait d'examens à passer, s'il avait choisi de faire une thèse, ou autre chose.

Il y a beaucoup de choses que j'ai ignorées de lui.

Jusqu'à cette nuit des vacances de Noël 1988, nous nous connaissions assez peu. Quelques groupes d'amis

---

1. Auteur, compositeur, chanteur, guitariste et pianiste, né à Milan en 1952. *(N.d.T.)*

communs, quelques parties de foot, un signe lorsque nous nous rencontrions par hasard dans la rue.

Jusqu'à cette nuit des vacances de Noël 1988, nous n'avions fait que nous croiser.

Il y avait une sorte de fête chez une copine, fille de notaire, Alessandra. Ses parents étaient aux sports d'hiver et elle disposait donc de la maison, grande et luxueuse. On buvait, on bavardait, quelques personnes à l'écart se fumaient un joint. Mais surtout on jouait aux cartes. Pour beaucoup d'entre nous, les fêtes de Noël étaient synonymes d'interminables parties de cartes.

Dans le grand salon était installée une table de baccarat, tandis que, dans le séjour, on jouait au chemin de fer. Dans les autres pièces justement, on fumait et on buvait. Rien d'extraordinaire. Zen.

Puis le monde, le mien du moins, connut une accélération imprévue. Comme les navettes spatiales des dessins animés ou des films de science-fiction, qui décollent d'un coup et disparaissent parmi les étoiles.

J'avais perdu quelques sous au baccarat, puis je m'étais rendu dans la pièce où on jouait au chemin de fer. C'est à cette table que se tenait Francesco. J'aurais bien aimé m'y asseoir mais je n'avais pas assez d'argent. Des garçons plus jeunes que moi venaient à ces soirées avec des liasses de billets de banque et leur chéquier. Mes parents m'assuraient trois cent mille lires par mois, somme que j'arrondissais en donnant des leçons de latin. L'idée de jouer gros – et de gagner bien entendu – me faisait envie, mais je ne pouvais pas me permettre cette fantaisie. Je manquais peut-être de courage. Les deux choses étaient probablement liées. Je me contentais donc, le plus souvent, de regarder.

Dans toute la maison, il y avait bien une soixantaine de personnes. De temps en temps, on sonnait et de nouvelles têtes apparaissaient, seules, mais le plus souvent en groupes. Quelquefois totalement inconnues, y compris du maître de maison. Ce genre de soirées fonctionnait ainsi, par le bouche-à-oreille. Une des occupations nocturnes des vacances de Noël consistait justement à passer d'une fête à l'autre, quitte à se faufiler chez des inconnus, manger, boire et s'en aller sans même avoir pris la peine de saluer. Ça se passait comme ça, et généralement sans aucun problème. Même moi je l'avais fait plusieurs fois.

C'est ainsi que ce soir-là, personne ne fit attention aux trois types qui circulaient dans la maison, leur manteau sur le dos. L'un d'eux entra dans le séjour où on jouait au chemin de fer. Il était plutôt petit, trapu, et il avait les cheveux coupés très ras, un air renfrogné. Et mauvais.

Il me jeta, ainsi qu'à ceux qui se tenaient debout sans jouer, un rapide coup d'œil. Aucun de nous ne l'intéressait. Il s'approcha de la table pour regarder les joueurs en face. Il reconnut tout de suite celui qu'il cherchait, sortit précipitamment de la pièce et y revint moins d'une minute plus tard accompagné des deux autres.

L'un des deux semblait un agrandissement du premier. Plutôt grand, massif, avec lui aussi les cheveux très courts. L'air pas rassurant. Le troisième était grand, maigre, blond, assez beau, mais avec quelque chose de maladif dans les traits et l'expression. C'est lui qui parla. À peu près en ces termes.

« Tas de merde ! »

Tous se retournèrent. Y compris Francesco qui tournait le dos à la porte et n'aperçut les trois zèbres qu'à cet instant. On échangea quelques regards pour savoir qui était visé. Puis Francesco se leva et s'approcha du blond, et, d'un ton tranquille :

« Pas de conneries ici. C'est plein de monde.

– Saloperie de merde. Tu sors avec nous, ou on casse tout.

– Ça va. Je prends ma veste et j'arrive. »

Les invités étaient tous immobiles, paralysés par l'étonnement et la peur. Ceux du séjour et ceux qu'on apercevait dans le couloir derrière les trois. Je ne bronchais pas mais je pensais qu'ils allaient quitter la maison et massacrer Francesco. Peut-être même dans les escaliers. J'éprouvais un sentiment d'humiliation. Je me rappelle avoir pensé, en une fraction de seconde et avec une lucidité absurde, que c'est ce qu'on devait ressentir quand on était sur le point de se faire violer.

Francesco s'était approché d'un canapé sur lequel étaient posés les manteaux et j'entendis ma voix fonctionner toute seule, comme si elle appartenait à quelqu'un d'autre.

« Oh là ! bordel, on peut savoir ce que vous cherchez ? »

Je ne sais pas pourquoi j'ouvris la bouche. Francesco ne faisait pas partie de mes amis et, à ma connaissance, il pouvait parfaitement avoir combiné une affaire pour laquelle il méritait bien ce qui lui arrivait. Peut-être ce sentiment d'humiliation dépassait-il les limites du supportable ? Ou peut-être y avait-il un autre motif ? Pendant des années je lui ai donné divers pseudonymes. Destin était l'un d'eux.

Tous se retournèrent vers moi, puis le courtaud au visage idiot s'approcha. Il s'approcha beaucoup, allongeant le cou et tendant son visage vers le mien. Il s'approcha *trop*. Je reconnaissais dans son haleine une odeur de chewing-gum à la menthe.

« Occupe-toi de tes couilles, tête de con, ou on t'éclate la gueule à toi aussi. »

Dans les règles de l'art, sans doute.

Je bondis comme j'avais ouvert la bouche. D'une certaine manière je ne m'appartenais plus. Je baissai la tête de toutes mes forces, comme pour précipiter un ballon dans le but, et je lui écrasai le nez.

Il se mit immédiatement à saigner ; il était tellement abasourdi qu'il n'esquissa même pas un geste de réaction lorsque je lui lançai un coup de genou dans les couilles.

De ce qui arriva ensuite, je ne garde en mémoire que quelques photogrammes, et quelques morceaux de pellicule au ralenti. Francesco qui frappe le plus gros avec une chaise. Les cartes qui volent au travers de la pièce. Quelqu'un qui surgit du couloir et qui se jette dans la mêlée.

Ce qui est étrange, c'est que je me souviens de tout cela comme emballé dans un silence de film muet et surréaliste. Dans ce film, entre autres, il y a une lampe qui se casse en tombant d'un guéridon, sans bruit.

Une fois le trio jeté dehors, une étrange sensation de gêne s'abattit sur la maison. Quelqu'un connaissait ou était en mesure d'imaginer les raisons de cette expédition punitive ratée. C'est-à-dire que quelqu'un connaissait ou était en mesure d'imaginer ce que Francesco avait bien pu magouiller.

Par contre, ce que personne ne savait et ne pouvait comprendre, c'était mon rôle dans cette affaire. Et surtout comment j'avais été capable d'un tel geste. On commentait l'affaire en aparté, et, à mon approche, on baissait la voix ou on cessait de parler. Moi je tournais en rond dans l'appartement, mal à l'aise. Je voulais seulement laisser un peu de temps passer, pour me donner une contenance, et puis ficher le camp.

Même moi, je n'arrivais pas à comprendre ce que j'avais fait, et pourquoi je l'avais fait. Je lui ai cassé le nez, pensai-je, putain, je lui ai cassé le nez. Une partie de moi était ahurie devant la violence dont j'avais été capable, pendant que l'autre exultait de manière étrange, honteuse.

Les gens commençaient à s'en aller silencieusement. Le jeu – visiblement – n'avait pas repris après l'interruption. Je pensai que je pouvais aussi m'en aller, puisque ce soir-là, après tout, j'étais venu tout seul.

J'enfilai ma veste et je cherchai la maîtresse de maison afin de la saluer.

Qu'est-ce que je vais lui dire ? Je réfléchissais. Merci pour cette bonne soirée, j'ai aimé par-dessus tout le hors-programme grâce auquel j'ai pu satisfaire mon instinct bestial. Mais si elle n'a pas d'humour, elle risque de me balancer un coup de boule.

« On part ensemble ? » dit Francesco derrière moi ; lui aussi avait remis sa veste. Il avait un léger sourire ironique sur les lèvres, mais une nuance d'admiration dans les yeux.

Je fis oui de la tête. Simplement. Cela semblait naturel à ce stade, même si nous nous connaissions à peine.

Peut-être qu'il va m'expliquer dans quoi je me suis fourré, pensai-je.

Nous sommes allés ensemble saluer Alessandra ; elle nous a regardés d'un air étrange. Ses yeux parlaient pour elle, je crois. Je ne savais pas que vous étiez amis.

Francesco, que tu sois un semeur d'embrouilles, ce n'est pas nouveau – tout le monde le sait – mais toi, Giorgio, je n'aurais pas cru que tu étais de la même race, et une brute par-dessus le marché. Mon Dieu, tout ce sang par terre. Le sang de celui à qui tu as brisé le nez, avec ta tête de loubard.

Mais ses yeux disaient surtout : allez-vous-en et ne remettez plus les pieds dans cette maison avant le prochain millénaire.

Nous sommes donc partis ensemble. Arrivés dans la rue, nous avons regardé autour de nous avec circonspection. Juste pour le cas où les trois auraient été particulièrement tenaces et vindicatifs ; et encore en état de nuire malgré la rossée qu'ils avaient prise.

« Merci. Il fallait des couilles pour faire ce que tu as fait. »

Je n'ai rien dit. Pas parce que je voulais avoir l'air d'un dur. Je ne savais vraiment pas quoi dire. Alors il a repris, tandis que nous avions commencé à marcher.

« Tu es à pied ?

– Oui, j'habite tout près.

– Moi je suis en voiture. On peut peut-être faire un tour, aller prendre un verre que je t'explique. Je te dois bien ça.

– D'accord. »

Il avait une vieille DS couleur crème, avec un toit bordeaux.

« Alors qu'est-ce que tu en penses ? Ils voulaient quoi au juste ces connards ?

– Aucune idée. Visiblement c'est le blond qui en avait après toi. Les deux autres étaient ses gorilles. Une histoire de femmes ?

– Hmm. Ouais. Le blond ne sait pas perdre. Cependant, je ne m'attendais pas à ce qu'il fasse une pareille connerie. » Il a fait une pause, comme dérangé par une pensée désagréable. Puis il a repris.

« Ça t'embête si on va quelque part, une demi-heure ?

– Non. Où ?

– Je crois qu'il serait prudent de se mettre à l'abri d'une autre bourde. Je voudrais aller parler à un copain. On pourra même boire un coup là-bas, si tu n'as pas de problème d'horaire. »

J'ai fait signe de la tête que j'étais d'accord. Comme quelqu'un qui maîtrise bien la situation.

En réalité je ne comprenais rien à ce qu'il racontait. J'en avais une vague intuition, comme je percevais vaguement que cette nuit-là, j'étais sur le point de franchir un cap. Peut-être même que le cap était déjà franchi.

J'ai pris une profonde inspiration, et je me suis installé sur le siège de la DS qui glissait silencieusement dans les rues désertes ; j'ai fermé les yeux et pensé que, putain, ça m'était bien égal. Je voulais y aller.

Qu'importe la destination, j'étais prêt.

4

Cour d'un vieil ensemble de HLM.

Une fois la voiture garée, nous entrâmes dans l'un des quatre grands immeubles sans ascenseur qui composaient le pâté de maisons.

Dans l'escalier, entre le premier et le second étage, un type maigre, adossé au mur, fumait une cigarette. Francesco le salua et il répondit à son salut par un signe de tête, puis, toujours de la tête, il me désigna, interrogatif. J'étais qui ?

« Un ami. »

Cela suffit, il nous laissa passer et nous grimpâmes deux autres volées de marches. Quelques instants après avoir frappé à la porte – on nous observa par l'œilleton –, un personnage qui aurait pu être le frère aîné du maigrichon de l'escalier nous ouvrit.

L'intérieur de l'appartement était vraiment bizarre. Une petite entrée en forme de couloir menait sur la droite à une très grande pièce : un bar, comme dans certaines auberges de campagne, quelques petites tables et de rares personnes assises à boire et à fumer. Elles semblaient attendre quelque chose. À faible volume une platine diffusait, en l'égratignant un peu, la bande sonore du film *Cabaret*.

Sur la gauche, deux pièces en enfilade, d'abord la plus petite. Tables recouvertes de drap vert et joueurs de cartes.

Francesco me fit entrer dans la pièce du bar.

« Assieds-toi là deux minutes. Bois quelque chose, je reviens tout de suite. » Et sans attendre de réponse, il passa dans l'autre pièce, la traversa et disparut. Je m'assis à l'unique table libre. Aucun serveur ne vint prendre ma commande, personne derrière le bar. Je restai ainsi, assis sans rien faire et avec l'impression que toute l'assistance m'observait, en se demandant qui j'étais et ce que je fabriquais là.

En réalité personne ne s'intéressait à moi. Les gens parlaient entre eux à leur table, et de temps en temps, quelqu'un se retournait et lançait un regard vers l'autre pièce. Il n'y avait pratiquement que des hommes. Je me mis à observer en douce les deux uniques femmes de cette assemblée. La première, petite et grosse, avait des yeux perçants et des traits durs. Assise en compagnie de deux hommes plutôt insignifiants, elle était seule à parler, à voix basse et sur un ton qui trahissait sa colère.

Bien qu'elle eût au moins quinze ans de plus que moi, l'autre était brune et belle. L'échancrure en V de son pull en mailles laissait entrevoir le début de la ligne des seins. Elle était bien la seule dans cette salle, dont j'aurais aimé attirer l'attention. Malheureusement, elle n'avait d'yeux que pour un type en costard, cravate, et briquet en or massif.

Tandis que je fantasmais sur la dame brune – et mes pensées n'auraient certainement pas pu faire l'objet d'une conversation entre moi et mes vieilles tantes –, Francesco réapparut sur une chaise en face de moi.

« Emma.

– Pardon ? dis-je après un léger sursaut.

– Elle s'appelle Emma. Elle est divorcée de C.M. Celui des surgelés, tu vois. Quinze millions par mois de pension alimentaire et maison piazza Umberto. Un peu frappée par-ci par-là, mais globalement un bon coup. Tu ne bois rien ?

– Y avait personne… »

Francesco se leva, passa derrière le bar et remplit deux verres de whisky. Il revint à la table et m'en tendit un. On alluma une cigarette.

« Dis donc, pourquoi tu as cogné comme ça tout à l'heure ?

– J'en sais rien. C'est la première fois que je donne un coup de boule à quelqu'un.

– Bizarre. À la façon dont tu lui as cassé le nez, j'aurais cru que tu avais fait ça toute ta vie. On t'a appris ? »

En effet quelqu'un m'avait bien appris.

À quatorze quinze ans, avec mes amis, nous fréquentions une salle de billard près de chez moi. Le plus souvent nous jouions au ping-pong et, de temps en temps, au billard américain. L'endroit n'était pas très bien fréquenté, et un jour je dis un mot de trop à un gars qui, à seize ans, était déjà une crapule professionnelle. Je veux dire une vraie crapule. Il vendait, volait, des voitures et tout le reste. Je n'ai jamais su son nom, mais tout le monde l'appelait, quand il n'était pas là, *'u Zuzzus*, le

Crado. L'hygiène corporelle n'était pas sa principale préoccupation.

Bien entendu il me frappait comme un bongo tandis que mes copains restaient plantés là sans bouger le petit doigt. Pour un peu ils se seraient mis à siffloter d'un air dégagé. Quoi qu'il en soit, pendant que je prenais les coups en essayant de limiter les dégâts, quelqu'un s'interposa entre nous. C'était un autre voyou, plus vieux – peut-être dix-huit ans –, plus costaud que le premier, et surtout réputé pour être beaucoup plus dangereux.

Il s'appelait Feluccio. Feluccio *'u Gress*, le Gros. Il gérait les affaires illicites et faisait respecter l'ordre sur tout le territoire de la salle de billard. Naturellement il avait une idée très personnelle de l'ordre, mais ceci est une autre histoire. Pour des raisons que j'ignore, je lui étais sympathique.

Il m'offrit une bière Dreher et un torchon qui contenait des glaçons, pour les bleus. Il dit que je ne pouvais pas me laisser massacrer comme ça. Je lui dis que si et comment ! et qu'il n'avait pas encore tout vu, mais il ne sembla pas saisir la subtilité de mon humour. Il était inquiet pour mon avenir au cœur des jungles urbaines et il décida de faire de moi son élève. Il avait concocté sa propre méthode de combat. S'il était né en Orient, peut-être serait-il devenu un grand maître. Mais il était né à Bari, quartier Libertà [1], et il s'appelait Feluccio le Gros, champion des bagarres de rue et des coups de crosse sur les stades. Et de bien d'autres choses.

Dans la courette à l'arrière de la salle de billard, Feluccio le Gros m'enseigna la technique des coups de

1. Quartier populaire de Bari, entre le centre et la périphérie. *(N.d.T.)*

boule sur le nez, des coups de genou dans les couilles, des baffes sur l'oreille destinées à rendre sourd, des coups de coude dans le menton. Il m'apprit comment faire tomber un adversaire plus gros que soi en le tirant par les cheveux et en lui lançant simultanément un coup de pied sur la face interne du genou.

Je ne sais où nous en serions arrivés si un jour mon maître n'avait été interpellé par la police suite à un larcin. Ainsi prit fin mon apprentissage de l'art du combat de rue.

« C'est comme ça que je sais donner les coups de boule. Ce soir au moins, j'ai pu vérifier que ça marche.

– Super, dit Francesco quand j'eus fini mon récit.

– Vraiment super. C'est quoi ici ?

– Tu le vois pas ? Eh bien disons, une espèce de casino. Illégal bien sûr. Ici les gens attendent pour jouer. Dans la première pièce on joue, mais cool. Dans les autres, » – il fit un geste vague de la main – « on joue beaucoup plus sérieusement. »

Il avala une gorgée de whisky et se remit à parler en se frottant les yeux.

« J'ai parlé à ce pote » – il refit le même geste de la main – « et maintenant on peut être tranquille. Quelqu'un va aller trouver nos amis de ce soir et leur expliquera qu'ils n'ont pas intérêt à recommencer ce bordel. Et basta.

– Comment ça se fait que tu connais… ces gens-là ?

– Je viens jouer ici quelquefois. »

À ce moment-là un autre groupe arriva. Trois filles, grosso modo de mon âge, et deux hommes beaucoup plus vieux. La quarantaine au moins ; avec Rolex, fringues de luxe et gueules assorties. L'une des filles fixa longuement

Francesco, comme si elle cherchait à accrocher son regard. Sans jamais y parvenir.

« Il est temps d'y aller, je dirais, sauf si tu as envie d'essayer une table.

– Non, non. Allons-y. »

Alors nous nous sommes levés et dirigés vers la sortie. Francesco ne manifesta pas son intention de payer le whisky. Je m'apprêtai à en faire la remarque, inquiet à l'idée qu'un énergumène puisse nous suivre dans l'escalier et nous tirer une balle dans les jambes, pour insolvabilité frauduleuse. Puis je pensai que Francesco devait savoir ce qu'il faisait. Il avait probablement une ardoise dans ce tripot, pardon, dans ce casino, et finalement je me tus. La fille a continué à suivre Francesco du regard jusqu'à ce que nous soyons sortis de la salle. Nous avons salué le monsieur qui se tenait devant la porte, nous avons salué celui qui était de faction dans l'escalier et nous sommes ressortis dans la cour.

En me déposant devant chez moi, Francesco me demanda si un de ces soirs, ça me dirait de faire une partie de poker. Chez des amis, tint-il à préciser en me voyant perplexe. Je lui donnai mon numéro de téléphone – il le mémorisa sans le noter – et nous nous quittâmes sur une poignée de main.

Il avait une dette envers moi, me dit-il par la vitre baissée, alors que j'étais déjà descendu de voiture et que je me bagarrais avec la serrure défectueuse de la porte d'entrée. Je me retournai : il était déjà parti.

Je me précipitai au lit, et restai éveillé jusqu'à ce que les premières lueurs de l'aube commencent à filtrer par les fentes des volets.

5

J'étais un étudiant modèle. Dernière année de fac de droit, examens passés en temps et en heure, thèse en droit pénal presque terminée et dans mon dossier, aucune note inférieure à 30 [1]. En juin je serais diplômé et pourrais décider de mon orientation : carrière universitaire ou concours de la magistrature. Tout était clair, net, réglé comme du papier à musique.

Je sortais avec Giulia depuis presque deux ans. Nous avions le même âge, elle faisait médecine et serait médecin comme son papa. Elle était fine et mignonne. Je plaisais beaucoup à sa maman. En réalité j'avais toujours bien plu aux mamans de mes fiancées.

Tout allait pour le mieux.

Francesco me téléphona quatre, cinq jours plus tard ; le nouvel an était passé et nous étions déjà en 1989.

---

1. Note d'excellence dans le système scolaire et universitaire italien. *(N.d.T.)*

Est-ce que ça me disait toujours une petite partie de poker ? Ça me disait. Alors rendez-vous à dix heures ce soir, chez quelqu'un que je ne connaissais pas. Il me donna le nom et l'adresse et je dis que j'y serais.

À neuf heures je me disputai avec Giulia – la première dispute depuis que nous étions ensemble, mais pas la dernière – et à dix heures je me trouvais à l'adresse indiquée par Francesco.

J'avais en poche presque cinq cent mille lires, ce qui pour moi représentait vraiment une somme. Je ne voulais pas avoir l'air minable.

En plus de Francesco, il y avait le maître de maison – un blond prénommé Roberto, aux cheveux longs et gras – et un bonhomme d'une quarantaine d'années un tantinet crasseux. Il se présenta par son patronyme – Massaro – et de toute la soirée personne ne prononça son prénom.

L'appartement était sordide : de rares meubles de mauvaise qualité avaient été disposés çà et là, et des ampoules nues pendaient au plafond.

On jouait dans la cuisine. Le blond posa une bouteille de whisky et quelques gobelets en plastique à côté de l'évier en disant que nous n'avions qu'à nous servir. On suivit la consigne et on vida tranquillement la bouteille au cours de la soirée. Seul Francesco ne but pratiquement pas.

On se mit à jouer comme ils en avaient l'habitude. Trois tours de poker et un de *telesina*. Mise initiale fixe de dix mille lires et enchères limitées pour la relance. C'était un jeu nettement supérieur à mes possibilités. Mais j'avais honte de quitter la partie et c'est ainsi que j'ai commencé à perdre, un peu à chaque fois. J'assurais la blinde, je faisais même la première mise, puis, les enchères s'élevant, je me couchais de peur de tout perdre en un seul coup. Je ramassai tout de même quelques petits pots, mais, effectivement, après deux heures de jeu j'avais presque tout perdu et je me maudissais d'être aussi stupide. C'est alors que quelque chose se passa.

On en était à la *telesina* et Francesco distribuait les cartes. D'abord la carte fermée, puis la carte ouverte. J'avais une dame visible et une dame cachée. Le blond avait un dix, Massaro un roi, Francesco un as.

« Cinquante », dit Francesco. Les deux autres jouèrent tout de suite, moi je pris quelques secondes pour réfléchir – il me restait un peu plus de cent mille lires – et je me dis que, au diable, j'allais perdre mes derniers sous, je me lèverais et je ne jouerais plus jamais. De ma vie. Et que c'était comme ça qu'on apprenait.

Francesco distribua à nouveau et me donna la troisième dame. Je sentis mon pouls s'accélérer tandis que le blond recevait un autre dix, Massaro un valet. Francesco un nouvel as, ce qui lui donna encore la parole.

« Deux cent mille. » C'était l'équivalent du pot et déjà beaucoup plus que ce qui me restait.

Merde, merde et merde, qu'est-ce que je fais ? Le maître de maison joua, Massaro dit qu'il se couchait et moi, que cet argent, je ne l'avais pas. Est-ce qu'on pouvait me faire crédit ? Aucun problème, dit Francesco. L'autre acquiesça. Il n'avait probablement pas confiance, mais je l'avais pris de court. Je mis au centre de la table tout ce qui me restait et nous notâmes sur une feuille de papier ma dette envers le pot. Puis Francesco donna les cartes pour l'avant-dernière fois. As de cœur pour moi, troisième dix pour le blond. Sept pour lui.

« Cinq cent mille », dit le blond.

Francesco se coucha à son tour et je réclamai un moment pour réfléchir. En réalité j'essayais de m'extirper d'un gouffre franchement infernal. Et si sa carte fermée était le quatrième dix ? J'avais bien quelques économies à la banque, mais cela me semblait une folie de les jeter par la fenêtre de cette manière. Putain, qu'est-ce que je fiche ici ? Je regardai autour de moi et je croisai un instant le regard de Francesco.

Il fit un mouvement imperceptible de la tête, comme pour me dire de jouer. Je détournai aussitôt les yeux en espérant que les autres n'avaient pas vu ce geste. Ils n'avaient rien remarqué : je jouai et j'inscrivis l'énorme montant de ma dette sur la feuille.

Les deux dernières donnes volèrent au-dessus de la table. Roi pour le blond.

La quatrième dame pour moi.

J'étais persuadé qu'ils entendaient les battements déchaînés de mon cœur. Bon Dieu, j'avais un carré de dames. Avec ça j'allais sûrement gagner. Maintenant je priais pour que la carte fermée du blond soit le quatrième dix, ou au moins un roi. Parce que cela le pousserait à jouer, à n'importe quel prix, et que je gagnerais. J'avais l'impression de devenir enragé à force de me contenir. J'avais l'impression qu'une drogue me courait dans les veines. J'avais l'impression de vivre un orgasme sans fin.

« Parole au brelan de dames », dit le blond. Au ton de sa voix, je fus certain qu'il avait un carré ou un full. Et qu'en son for intérieur il était sûr de gagner et de me réduire en bouillie.

« Un million. » Le son de ce mot, d'abord dans ma bouche, puis dans l'air de cette cuisine, épaissi par la fumée, me sembla irréel. C'était quoi, un million ? Une entité inexistante. Jusqu'à peu de temps auparavant, c'était bien ce que cela représentait pour moi, mais maintenant ce million s'était transformé en quelque chose de concret. De multipliable.

« Tu l'as, ce fric ? » dit le maître de maison, avec une pointe de mépris dans la voix.

Je sentis mon visage devenir brutalement cramoisi. J'éprouvai à la fois de la honte et de la rage – il me traitait de minable – et une sorte de peur excitante. Parce qu'il voulait m'empêcher de jouer, parce que je n'avais pas d'argent. Je fis un effort pour contrôler ma voix.

« Je ne l'ai pas ici. Je l'ai déjà dit.

– Tu me signes une reconnaissance ?

– Si je perds, je te la signe, OK. » J'aurais voulu ajouter : c'est aussi valable pour toi si tu perds. Ou tu me payes en liquide ? Ou en chèque ? Mais je ne dis rien par crainte de susciter son inquiétude. Par peur qu'il s'arrête de jouer.

« Relance. Un million plus un autre million. » Il était diablement sûr de gagner le connard, avec son carré de dix. Je ne dis pas tout de suite que j'allais demander à voir. Après sa dernière mise, j'avais tout à coup retrouvé mon calme. Une exaltation tranquille et féroce à la fois. Je tenais à savourer cette sensation pendant quelques secondes. Je regardai autour de moi et il me semblait apercevoir un très léger sourire sur les lèvres de Francesco.

« Pour voir, dis-je à la fin.

– Il y a le quatrième dix, là-dessous. Alors si tu n'as pas la quatrième dame... »

Je retournai la carte fermée, avant de parler.

« J'ai la quatrième dame. »

Il resta immobile, les yeux rivés sur la carte que j'avais dévoilée. Il n'arrivait pas à y croire. On ne pouvait pas avoir deux carrés dans un coup de *telesina*.

Même moi j'avais du mal à y croire.

« Génial », dit joyeusement Francesco. Le blondin se retourna et lui décocha un regard haineux. Moi j'arborais un sourire angélique tout en me demandant s'il allait pouvoir me payer. Je pris le contenu du pot et je consignai sur le papier le montant des enchères conclues sur parole.

À l'heure fixée pour boucler le jeu, le blond avait d'abord récupéré quelques sous, mais finalement perdu plusieurs millions. J'étais pratiquement le seul vainqueur. Je crus élégant de dire que, pour ma part, je pouvais encore jouer. Francesco se hâta d'intervenir avant que Roberto ouvrît la bouche. Il était désolé, mais il ne pouvait vraiment pas s'attarder parce que des obligations l'attendaient le lendemain matin. Comme il est impossible de jouer à trois, nous devions donc en rester là.

Le blond me fit un chèque de trois millions sept cent mille, Francesco me donna deux cent mille en liquide et Massaro à peu près la même chose.

Au moment de partir – j'étais un garçon bien élevé –, je remerciai pour l'hospitalité et tandis que je parlais, je me rendis compte que j'en faisais trop. Comme si, non content d'avoir gagné un paquet de fric, je voulais en plus me foutre d'eux.

Mais peut-être, à bien y réfléchir, que je *voulais* me foutre d'eux.

Roberto ne dit rien. Massaro non plus, mais lui n'avait pratiquement pas ouvert la bouche de la soirée. Tous deux avaient des mines livides. On aurait cru qu'ils n'arrivaient pas à comprendre ce qui s'était passé. En partant, Francesco déclara qu'il allait organiser la revanche.

Il était deux heures du matin et j'étais sûr de ne pas réussir à m'endormir. Aussi quand Francesco me demanda si je voulais aller boire un verre, je ne dis pas non. D'ailleurs c'était à moi de payer la tournée, avec tout ce que j'avais gagné.

Il acquiesça avec un sourire étrange.

6

Nous étions allés dans une sorte de piano-bar – le Dirty Moon – qui faisait de la musique live et restait ouvert jusqu'à l'aube. Après avoir pris des cappuccinos et des croissants chauds au nutella fraîchement arrivés de la pâtisserie, nous nous sommes assis à une table au fond de la salle.

« C'était ta soirée, hein ? fit Francesco, d'un air énigmatique.

– Sûr. Un truc pareil, ça ne risque plus de m'arriver. Tu te rends compte ? Deux pokers à la *telesina*. Et c'est moi qui ai le plus fort.

– Et pourquoi ça ne devrait plus t'arriver ?

– Bah, une veine pareille, je ne pense pas que ça puisse se reproduire.

– Tu sais, la vie est pleine de surprises », dit-il d'un ton vague et avec une expression bizarre. Puis il se leva, se rendit au comptoir et en revint avec un jeu de cartes français. Il retira les cartes jusqu'au six, battit et se mit à distribuer comme si nous étions quatre autour de la table et que nous devions jouer. Au poker. Quand j'eus devant moi les cinq cartes fermées, il me dit de les regarder.

« Qu'est-ce que ça veut dire ?

– Regarde tes cartes. Simulons une autre partie. »

Je regardai. J'avais quatre dames et l'as de cœur. Je demeurai baba tandis que lui découvrait les cartes distribuées aux deux joueurs imaginaires. L'un des fantômes avait un poker de dix.

« Que... qu'est-ce que ça signifie ? » balbutiai-je vaguement et à voix basse, après avoir jeté un coup d'œil autour de moi.

« La chance est une entité changeante. Elle est élastique. Elle accepte même de faire du favoritisme, si tu sais comment lui demander.

– Tu es en train de me dire que tu as triché, ce soir ?

– J'aime pas cette expression. Disons...

– Disons quoi, bordel ? Qu'est-ce que tu racontes ? Tu as triché et tu m'as fait gagner ce paquet de fric.

– Je t'ai aidé. T'as pas manqué de couilles pour continuer à jouer, même si c'était dangereux. C'était comme une sorte d'expérience.

– Tu me racontes que tu as fait une expérience, et maintenant je me retrouve avec quatre millions escroqués en poche ? C'est bien ça que tu es en train de dire ? Ma parole, tu es cinglé. Ou je rêve, ou tu m'as bien balancé dans une escroquerie. Dans une saloperie d'escroquerie. Comme ça, sans rien me dire. Putain, j'aurais bien voulu décider par moi-même si je devais du jour au lendemain devenir un tricheur. »

J'avais beau continuer à parler à voix basse, j'étais en rage. Il ne réagit pas et ne perdit pas la face. Il se contenta d'effacer le sourire ironique qui flottait sur ses lèvres et d'adopter une expression très sérieuse. Et un air *honnête.* Je sais que ça peut sembler absurde, mais c'est pourtant ce que je pensai à ce moment-là.

« Je suis désolé. Mais je voulais juste que tu saches d'où venait cet argent. Je veux dire : comment tu te l'es fait. Si tu penses que c'est immoral, tu peux rendre le chèque, ou tout bêtement ne pas l'encaisser. Ce chèque provient d'une embrouille, c'est vrai, donc si tu veux rester en dehors de l'embrouille, sors-le de ton portefeuille et déchire-le. La décision n'appartient qu'à toi. »

Je restai interdit. Dans ma fureur éthique je n'avais pas envisagé la possibilité de restituer cet argent, ou simplement de détruire le chèque et en conséquence, de me priver du gain de ma malhonnêteté. En effet je pouvais suivre sa suggestion. Mais bon Dieu, cet argent était *à moi* désormais. La situation s'était retournée. Je cherchais nerveusement quelque chose à dire, sans trouver quoi, quand il reprit la parole.

« Maintenant que tu as tous les éléments d'appréciation, il y a encore une chose que tu dois savoir. Ces deux zigs – Roberto et Massaro –, ce sont des tricheurs.

– Tricheurs… dans quel sens ?

– Des tricheurs à deux balles. Le blond ne sait faire qu'un tour : quand on joue à la *telesina* et que c'est à lui de distribuer, il connaît les cartes fermées. Pour réussir il ne faut pas que le jeu soit coupé. Massaro était à sa droite : parfois il ne coupait pas, il soulevait un paquet mais Roberto remettait les cartes exactement comme elles étaient avant. »

J'étais soufflé. Je ne m'étais aperçu de rien. Francesco poursuivit ses explications.

« Et puis ils ont un système de signes pour communiquer entre eux pendant la partie. Est-ce que tu me suis ? »

Je le suivais. Et comment !

« Ils sont nuls, mais ils ont ruiné plusieurs types avec leur business. Maintenant que tu sais, tu peux te décider librement. »

Je pensai que – vue sous cet angle – la question changeait du tout au tout. Il ne s'agissait plus d'une banale escroquerie aux dépens de deux naïfs, honnêtes et occasionnels compagnons de jeu. C'était un acte de justice fondamental, et, de complice d'un escroc, je devenais compagnon de Robin des Bois.

En conséquence de quoi je pouvais garder l'argent.

Puis une idée se fraya un chemin dans mon esprit : l'idée que, peut-être, je devrais partager l'argent avec Francesco.

« Si je décide de le garder, dis-je avec précaution, on partage ? »

Il éclata de rire. De bon cœur.

« Et pourquoi pas. Bonne réaction mon vieux. Nous avons extorqué du fric à deux cochons. C'est comme si nous avions volé un trafiquant. »

À ce moment-là, connaissant sa réputation, je pensai que Francesco pouvait *même* déjà avoir volé des trafiquants.

« Comment tu as fait ?

– Je sais faire quelques tours avec les cartes.

– Ça je l'ai vu. Je veux dire *comment* ?

– Tu as déjà vu un prestidigitateur expliquer ses tours ? Ça ne se fait pas, c'est contraire à l'éthique de la profession. » Il sourit, amusé, et quelque temps après il poursuivit.

« J'ai appris avec un prestidigitateur. C'était un ami de mon père et quand j'étais gamin, aux fêtes de famille, après s'être laissé un peu prier, il faisait des tours incroyables. J'étais obsédé par l'idée d'apprendre et quand on me demandait ce que je voulais faire plus tard, je répondais prestidigitateur. À dix ans je me suis acheté un manuel avec mes économies, et j'ai passé tout mon temps à m'entraîner. Vers quinze ans – je m'en souviens comme si c'était hier : mon père venait de mourir –, je suis allé chez cet ami et je lui ai demandé de devenir mon professeur. Je lui ai montré ce que j'avais appris tout seul, et ce qu'il a vu l'a époustouflé. Il m'a dit que j'étais doué, et c'est ainsi que pendant plus d'un an, je me suis rendu chez lui deux, trois fois par semaine, pour mes leçons. Il pensait que je deviendrais un grand prestidigitateur. Un prestidigitateur classique, de spectacle. »

Il s'arrêta pour allumer une cigarette. Ses yeux semblaient regarder très loin, avec une sorte de nostalgie.

« Puis il a eu une crise cardiaque. »

Il resta silencieux. Comme s'il venait d'apprendre la nouvelle de la bouche de quelqu'un d'autre : son maître avait eu une crise cardiaque. Je pris moi aussi une cigarette et je me tus en attendant qu'il se remette à parler.

« Il n'est pas mort, mais à partir de ce moment-là il a cessé de travailler. Et mon cours de magie a pris fin. Quelques mois plus tard, j'ai triché aux cartes pour la première fois.

– Pourquoi ?

– Pourquoi je triche ? Ou pourquoi j'ai triché cette première fois ?

– Les deux.

– Je me le suis souvent demandé, et je ne suis pas sûr

d'avoir trouvé la bonne réponse. Peut-être que j'étais en colère à l'idée de ne pas pouvoir devenir prestidigitateur. Ou que je lui en voulais d'avoir eu cette crise avant d'avoir terminé mon apprentissage. J'étais probablement en colère contre moi-même parce que je n'avais pas eu le courage de tout envoyer balader et d'aller faire autre chose, ou de chercher un autre maître. Mais je n'avais pas encore dix-sept ans. »

Il fit une autre pause et écrasa sa cigarette dans le cendrier.

« Ou peut-être, tout simplement, que c'était mon destin de le faire. Tu vois : tricher au jeu est sacrément amusant. Et c'est une forme d'art, un peu comme tenir un rôle sur scène.

– Tu oublies un petit détail. Si je vais voir un spectacle de magie, je paie pour ne rien comprendre. Le mystère est justement l'objet du contrat passé entre moi et le magicien. Je prends un billet, et lui me vend une énigme et ça me va comme ça. Si je m'assieds à la table d'un tricheur en pensant faire une partie régulière…

– C'est juste. Mais en réalité la vie est toujours plus compliquée que dans nos démonstrations. Soyons clairs et prenons le cas de ce soir. Ces types sont dans cette maison comme deux araignées dans leur toile et ils brisent des personnes sans défense. Donc ils méritent bien ce qui leur arrive. Et ce qu'on fait n'a rien d'immoral.

– C'est tout de même un délit », ajoutai-je, mais je n'avais pas vraiment envie de polémiquer. Je parlais désormais sans colère ni agressivité.

« C'est un délit, c'est vrai. Mais moi je me sens personnellement engagé à ne respecter que les règles juridiques qui correspondent à mes principes éthiques.

L'autre soir chez Alessandra, quand tu as cassé la gueule à cet humanoïde, tu as bien commis un délit…

– Non. C'était de la légitime défense.

– Justement, au sens large c'était de la légitime défense, mais d'un strict point de vue juridique, l'agresseur c'était toi. Lui, il n'avait même pas levé un petit doigt. Mais c'était un acte moralement légitime, comme il est moralement légitime de voler les voleurs. Et il est moralement légitime, et c'est même un devoir vis-à-vis d'eux, de ne pas se faire pincer.

– Donc, si je te suis bien, toutes les fois que tu as triché, tu l'as fait avec d'autres tricheurs.

– Je n'ai pas dit cela. Le vol doit être justifié par l'immoralité de l'autre. Excuse l'emphase. Mais, en somme, je ne triche pas avec les premiers venus, avec ceux qui s'asseyent pour jouer, histoire de passer une heure ou deux, et je ne triche pas avec les amis.

– Tu triches avec qui alors ?

– Avec les crapules. Pour moi, prendre de l'argent – en truquant les cartes – à des personnes moralement répréhensibles, c'est comme une métaphore pratique de la justice. »

Là-dessus il marqua une pause, me regarda le plus sérieusement du monde, et, un instant après, éclata de rire.

« D'accord, j'exagère un peu. Ce qui rend ce travail attrayant, c'est justement le fait de voler. Tu conviendras que c'est très excitant. »

En quelques minutes tout avait changé, et les situations sur lesquelles une heure auparavant j'aurais porté des jugements drastiques étaient au minimum devenues discutables. Je me rendis compte, avec une sorte d'inquiétude amusée, que – c'était vrai – je trouvais plaisant le moyen par lequel l'argent avait surgi.

Je me renvoyais des questions silencieuses, et c'était comme projeter, avec une torche, des faisceaux de lumière dans la zone la plus cachée et la plus méconnue de mon esprit.

Supposons un retour en arrière, de quatre ou cinq heures, avant cette partie : est-ce que je serais allé jouer si j'avais su ce qui pouvait arriver ? Et encore : en ayant le pouvoir de décider maintenant, a posteriori, que la provenance de cet argent était licite, et non l'inverse, qu'est-ce que j'aurais fait ? Je ne pensais plus à restituer le chèque ou à ne pas l'encaisser. J'avais déjà largement dépassé ce stade de la réflexion. Et je me répondis que les choses étaient bien ainsi ; que je serais allé jouer pareillement, même si j'avais su ce qui allait se produire. Et qu'il était beaucoup plus amusant que cet argent fût le produit d'un jeu de magie – c'est-à-dire le fruit d'une habileté supérieure et d'un dessein humain – plutôt qu'une émanation obscure de la chance.

Et puis je me rendis compte d'une chose déconcertante. Encore plus déconcertante que les autres.

Je voulais recommencer.

Francesco lut dans mes pensées.

« Ça t'irait une autre partie, dans quelques jours ? Cinquante-cinquante.

– Excuse-moi, mais pourquoi ? Est-ce que tu as vraiment besoin de moi ? »

Il m'expliqua pourquoi. On ne peut pas tricher tout seul, surtout au poker. À une table sérieuse, si tu gagnes tout le temps – et que tu gagnes gros – quand c'est toi qui donnes les cartes, les autres s'en aperçoivent rapidement et ont des soupçons. Le compère est au moins aussi important que celui qui mène le jeu. L'un apprivoise les cartes, l'autre encaisse et tout le monde est content. Content, c'est une façon de parler, mais les perdants pensent que c'est la faute à pas de chance. Comme l'ont fait Roberto et Massaro.

Francesco m'expliqua brièvement comment cela fonctionnait. Au jeu, le compère doit se comporter comme un fou ou comme un fanfaron, ce qui au poker revient exactement au même. On peut avoir une grosse main, ou ramasser beaucoup de petits pots selon le cours de la soirée. Il est important que le manipulateur perde un peu, et que la victoire du complice apparaisse comme la veine de pendu que seul peut avoir un dilettante. Et cetera, et cetera.

Quand il a eu fini, je posai la question qui, à ce moment-là, me brûlait la langue.

« Et pourquoi moi précisément ? »

Il me regarda en silence. Puis il détourna les yeux, prit une cigarette, la tapota sur le dessus de la table, sans l'allumer. Il me regarda à nouveau, toujours en silence. Quand il parla, il semblait un tantinet mal à l'aise.

« En règle générale, je me méfie de mes intuitions et j'essaie de ne pas leur accorder trop d'importance. Mais là, j'ai senti que tu étais la personne qu'il me fallait, que tu étais capable de *comprendre*. Tu as lu *Demian* de Hesse ? »

Je fis un signe de tête. Je l'avais lu, et, s'il voulait me convaincre, il avait touché juste. Il poursuivit sans que je prononce une parole.

« En somme j'ai suivi mon intuition, ce que, en

principe, je ne fais jamais. Est-ce que tu peux me comprendre ? »

Il était en train de me dire qu'il avait confiance en moi. Pour une qualité particulière que j'avais *moi*.

C'était suffisant.

Certes il était clair que quelqu'un avant moi avait tenu le rôle de complice et que je devais le remplacer. Mais Francesco n'aborda pas le sujet, et moi, cette nuit-là, je ne posai aucune question.

Nous quittâmes le Dirty Moon tandis que le barman et l'unique serveur commençaient à mettre les chaises au-dessus des tables.

Dehors nous attendait une aube livide de janvier.

7

Presque chaque soir j'allai chez Giulia ; quand j'avais fini mon travail ou que la journée n'avait pas été fructueuse. Ça pouvait arriver. Dans ces cas-là, j'étais pris d'une légère mais désagréable agitation. Une sensation physique, un fourmillement sur les bras et les épaules. Une perception agaçante des vêtements sur la peau, de la respiration, du rythme cardiaque légèrement accéléré.

Je sortais, et marcher en ville avec un but calmait un peu cette sorte d'anxiété.

Je trouvais toujours Giulia chez elle, à travailler avec son amie Alessia. Elles se ressemblaient, Giulia et Alessia. Toutes les deux douées et studieuses. Mêmes familles aisées socialement bien établies, mêmes habitudes de vie organisée et confortable. Maisons dans le centre de Bari, meubles coûteux style années 1960, villas à Rosa Marina, sports d'hiver, club de tennis et tout le reste. Je pénétrai dans ce monde comme un voyageur étranger, dépaysé et curieux. Ma famille appartenait à un autre territoire. Le Parti, la vie politique, le mépris pour ce barisianisme opulent et poisseux. Le sentiment orgueilleux et un peu snob d'être membre d'une minorité, et de vouloir le rester. Même ma sœur était comme ça.

Moi, au contraire, j'avais toujours éprouvé de la curiosité pour ce monde différent. Et à la curiosité se mêlait une sorte d'envie. Pour une existence qui semblait plus facile, où on se posait moins de questions ; une vie exempte de la pratique quasi obsessionnelle du sens critique.

Ainsi, en commençant à fréquenter Giulia, je devins en quelque sorte explorateur.

J'aimais pénétrer dans ces maisons et observer comment vivait ce monde-là ; participer à ses rituels ; se joindre à lui mais sans s'y mêler vraiment. C'était un jeu de théâtre, de mimétisme. Le jeu m'amusa pendant quelques mois, juste le temps de la découverte.

Lorsque cette histoire a commencé, j'en étais, bien qu'inconsciemment, déjà fatigué.

Quand j'arrivais chez Giulia, Alessia et elle s'arrêtaient de travailler. Nous restions là dans la grande cuisine à bavarder. La maman faisait son apparition, de retour d'un après-midi d'expéditions dans les magasins, les boutiques, chez les coiffeurs et les esthéticiennes, et souvent elle s'asseyait elle aussi avec nous. Jusqu'au moment où elle s'apercevait qu'elle allait être en retard : pour une partie de *burraco* [1], un dîner, le théâtre et ainsi de suite. Elle sortait pratiquement tous les soirs, tandis que le père de Giulia, lui, s'attardait dans l'appartement contigu à son cabinet, où il passait le plus clair de son temps. On ne le voyait pratiquement jamais.

1. Jeu de cartes proche du rami. *(N.d.T.)*

Nous restions souvent à la maison. Parfois seuls, Giulia et moi, parfois avec des amis qui nous rejoignaient – des amis à elle – et nous nous faisions des spaghettis ou une salade. C'était plutôt en fin de semaine que nous sortions tous ensemble : cinéma, puis pizzeria.

Je ne me souviens plus de quoi nous parlions au cours de ces nombreuses soirées passées dans la cuisine de la famille De Cesare, face aux rangées de poêles coûteuses suspendues de façon ostentatoire, agréablement immergés dans une lumière limpide et une odeur de propreté et de confort. Une odeur d'intérieur et de nourriture fraîche, de savon de luxe et de cuir.

Ce que je préférais, quand j'arrivais dans cette maison, c'était le parfum composite, agréable et réconfortant qui y régnait. Et parfois je me demandais quelle odeur remarquaient ceux qui entraient chez moi, et ce que cette odeur, à laquelle moi je n'étais plus sensible, leur apportait comme sensation.

Le soir qui suivit la partie de poker avec Roberto et Massaro, j'arrivai chez Giulia plus tôt que d'habitude. Le matin, j'avais encaissé ma part de gains, et je lui avais acheté un sac. Pour me faire pardonner la dispute de la veille ; pour apaiser le sentiment diffus de culpabilité qui s'était emparé de moi.

Je lui tendis mon paquet et elle l'ouvrit, un peu surprise. Quand elle vit de quoi il s'agissait, elle me regarda très étonnée : c'était un sac luxueux, et il n'y avait aucune raison pour que je lui fasse un cadeau de cette importance.

« J'aimerais bien avoir un fiancé comme ça », soupira Alessia en s'en allant.

Une fois seuls, je racontai à Giulia ce qui m'était arrivé. Du moins la partie avouable. J'avais joué au poker, j'avais eu une chance incroyable, et j'avais gagné beaucoup d'argent. Quelque chose comme ça.

« *Combien* tu as gagné ? » me demanda Giulia en écarquillant les yeux et en s'approchant de moi. Comme pour être sûre d'avoir bien compris.

« Plusieurs millions, je te l'ai dit. » Instinctivement je sentais qu'il était préférable de rester dans le vague.

« Plusieurs millions. Mais tu es devenu fou ? Où est-ce que tu es allé jouer ? »

Elle n'était pas en colère. Seulement sceptique et sidérée.

« Je suis allé chez un… chez un ami de Francesco Carducci.

– Parce que tu copines avec Francesco Carducci maintenant. On joue d'abord les bagarreurs, puis les habitués des tripots. Bientôt vous irez aussi draguer les femmes, bras dessus, bras dessous ? Je dois dire à ma mère de faire attention quand tu te promènes ?

– Il m'a invité à jouer, il manquait un quatrième. Je te l'ai déjà dit hier, quand tu t'es mise en colère.

– Tu ne m'as pas dit *qui* t'avait invité à jouer.

– Bon, comme tu vois, il n'y avait rien à cacher. Et jusqu'à un certain point, ça a été une partie tout à fait normale. Et puis il y a eu ce coup incroyable, avec deux carrés distribués. Ce n'est pas moi qui ai forcé le jeu, ça s'est passé comme ça. »

Pendant que je racontais les faits de cette manière, je percevais très nettement que mon existence se divisait en deux. D'un côté une partie normale et de l'autre une zone d'ombre, dont je ne pourrais parler avec personne.

À partir de ce moment-là, je sus que j'avais une double vie.

Et je réalisai que ça me plaisait bien.

« Tu peux m'expliquer comment vous êtes devenus amis tous les deux ?

– Nous ne sommes pas devenus *amis*, encore que je n'y verrais rien de mal ou d'étonnant. » Je sentais une tension bizarre dans ma voix pendant que je prononçais cette phrase, comme pour défendre Francesco du préjugé sous-entendu dans les paroles de Giulia. Et je me rendis compte que – même à ce moment-là – je n'étais pas sincère avec elle. J'étais vraiment devenu l'ami de Francesco, et je voulais que lui devînt mon ami, pensai-je tout en poursuivant.

« Le soir de la bagarre chez Alessandra on est partis ensemble. Ce qui me semble normal vu ce qui s'était passé. Au moment de se quitter, on s'est dit qu'on pourrait se revoir de temps en temps. Puis il lui a manqué un quatrième au poker et il m'a appelé. C'est tout.

– Et si tu l'avais perdu, cet argent, au lieu de le gagner ?

– Je ne pouvais pas perdre ma main, avec ce carré de dames. » C'était la vérité ; j'omettais simplement quelques détails. Giulia garda un moment le silence. Puis elle reprit le sac, le retourna, l'essaya à son épaule.

« Il est magnifique. »

J'acquiesçai avec un sourire idiot.

À la fin elle mit le sac de côté et me demanda si, vu la chance que j'avais au jeu, elle devait se faire du souci. Je lui dis que j'espérais que non, qu'il n'y avait pas de quoi s'inquiéter. Si nous le voulions, nous pouvions contrôler la situation. Avec un peu d'intimité. Nous ne manquions pas d'intimité, étant donné que sa sœur était mariée depuis six mois, son père à un congrès hors de Bari, et sa mère à un *burraco*. Histoire de changer.

Nous avons fait l'amour dans sa chambre, et j'avais une conscience surprenante de mes mouvements et de mes gestes. Même les plus insignifiants. Un sens du contrôle inquiétant. La sensation d'être là, pendant que nos corps bougeaient ensemble, avec un rythme différent de toutes les autres fois ; et en même temps d'être ailleurs.

Nous étions allongés l'un contre l'autre dans son lit, et Giulia me dit que si gagner au poker me faisait cet effet-là, elle était bien disposée à me laisser y retourner. Je ne répondis pas.

Je fixais le plafond. J'étais seul dans cette chambre.

8

Deux semaines au moins étaient passées. Francesco ne m'avait toujours pas rappelé. Au bout de quelques jours, j'avais acquis la conviction qu'il y avait bien pensé, mais, que se rendant compte de son imprudence, il avait décidé de me laisser tomber. C'était raisonnable.

Malgré mon envie, je m'étais retenu de lui téléphoner. Je ne voulais pas lui montrer combien sa proposition m'emballait. Je ne voulais déjà pas l'admettre moi-même ; je me dis que c'était mieux ainsi. Ma vie reprit son cours vasouillard.

Un vendredi après-midi, tandis que j'essayais de me concentrer sur un manuel de procédure civile, le coup de fil arriva. En reconnaissant sa voix, je fus parcouru d'une décharge d'adrénaline. Il ne me dit pas pourquoi il ne s'était pas manifesté plus tôt, et je ne lui demandai pas non plus. J'étais libre ce soir ? Je dis que oui, en pensant à ce que j'allais devoir inventer pour Giulia. Il était clair que j'aurais quelque chose à inventer.

« OK, dit-il, je passe te prendre à dix heures. On sort de Bari.

– Pour aller ?

– À une soirée. »

Je n'eus pas de problème avec Giulia ce soir-là. Elle avait attrapé la grippe et quand je lui téléphonai, elle fut la première à me dire de ne pas passer ; elle ne voulait pas mc contaminer. D'accord, dis-je sur un ton vaguement désolé. J'irai sans doute prendre un verre avec un ami, un de *mes* amis ; histoire de passer la soirée.

Je le dis pour éviter qu'elle ne m'appelle à la maison quand je serais sorti avec Francesco. Le lendemain, je penserais à ce qu'il faudrait lui raconter.

Francesco fut ponctuel. Quand je descendis, il m'attendait déjà devant le portail, dans sa DS garée en double file. Il avait cette manière de sourire que j'apprendrais vite à reconnaître, mais qui me resterait toujours énigmatique.

Nous avons glissé rapidement le long des rues à moitié désertes et quitté la ville en quelques minutes. C'était une nuit claire et froide de pleine lune, et la campagne qui défilait autour de nous était baignée d'une lueur azur et magique. On aurait pu rouler feux éteints ; on aurait pu aller n'importe où par une nuit pareille.

Nous n'avons pas échangé trois mots. D'habitude le silence m'angoissait, et je parlais pour remplir le vide, mais cette nuit-là, non. Cette nuit-là, je maîtrisais mon excitation que je percevais comme un fourmillement intérieur. Une légère ivresse mélangée à une sensation de contrôle complet. Je n'éprouvais pas le besoin de parler.

Nous nous sommes glissés dans une allée bordée de

pins très hauts. Derrière on distinguait un parc qui pouvait donner l'illusion d'un bois. Au fond de l'allée, la villa, et sur la droite un espace où étaient rangées plusieurs voitures somptueuses et rutilantes. Nous nous sommes garés là nous aussi, et avons gravi un escalier imposant avant de pénétrer dans la maison.

« C'est chez qui cette fête ? demandai-je en me rendant compte à ce moment-là que je ne le savais pas.

– Elle s'appelle Patrizia. Son père est milliardaire. Ils ont des centaines et des centaines d'hectares de blé et autre. C'était son anniversaire il y a quelques jours, je crois. »

J'allais dire quelque chose sur le fait d'arriver les mains vides, puis je réfléchis qu'au fond ce n'était pas mon problème. Si problème il y avait.

La porte vitrée ouvrait sur un large vestibule ; de là nous passâmes dans un immense salon.

La pénombre régnait. Le lustre central était éteint et l'éclairage – minimal – provenait de sources lumineuses disséminées au ras du sol. Invisibles.

Il faisait chaud. Il y avait beaucoup de monde ; des gens de notre âge et d'autres plus âgés. Quelques-uns dépassant certainement la cinquantaine. On percevait l'odeur des cigarettes, celle des parfums sur les corps humains légèrement moites, celle des meubles encaustiqués. L'air avait une consistance : physique et charnelle.

Francesco saluait à droite et à gauche tout en cherchant du regard la maîtresse de maison. Tout à coup une fille le prit par les épaules, le fit se retourner et l'embrassa énergiquement.

« Tu es venu ! Comme c'est gentil.

– Et alors, je n'aurais pas dû venir ? »

Il me sembla saisir une nuance narquoise dans sa voix. Ce n'était peut-être que mon imagination, et à ce moment-là ça n'avait aucune importance.

« Je te présente Giorgio. Mon ami Giorgio. Patrizia, une des femmes les plus dangereuses de la région. Elle est championne de judo. »

Elle se tourna vers moi, semblant ravie de faire ma connaissance : l'ami de Francesco. Je ne savais pas comment faire, lui tendre la main me semblait gauche et bureaucratique. Je souris en m'approchant d'elle et lui présentai mes vœux. Elle résolut mon problème : elle m'étreignit et m'embrassa, comme si nous nous connaissions depuis toujours. Elle était brune, pas grande, robuste, avec des yeux sombres légèrement proéminents, un nez large et masculin. Elle donnait une impression de vigueur physique, de sensualité joyeuse et primitive. Mes pensées avaient désormais quitté leur cours habituel. J'essayais de me la représenter nue, et m'imaginais en train de lui faire l'amour. Je voyais un corps blanc et musclé appuyé contre le mur, et moi qui la prenais brutalement par-derrière. À la santé du judo.

« Est-ce que tu serais une canaille toi aussi ? Est-ce qu'on doit se méfier de toi également ? » dit-elle d'un air joyeux ; et je pensai que j'ignorais si j'étais une canaille ou autre chose. Je souris sans rien dire, en la regardant droit dans les yeux.

« Par ici il y a à boire et à manger. » Elle fit un geste en direction d'une autre pièce, plus éclairée, où on pouvait voir une grande table couverte de vaisselle et de bouteilles. Puis quelqu'un l'appela du fond d'un canapé ; elle répondit qu'elle arrivait.

« Je te retrouve après », dit-elle en portant sur

Francesco un regard plein de sous-entendus. « N'essaie pas de filer en douce comme d'habitude. » Francesco lui sourit, en fermant les yeux à demi, et fit un signe d'assentiment de la tête. Une attitude belle et sympathique. Spontanée.

Elle s'était à peine retournée que l'expression de Francesco s'éteignit, tel un néon à l'heure de la fermeture.

« Mangeons », fit-il sur le ton de celui qui en a terminé avec les politesses et qui va se restaurer avant d'exécuter son travail. Je l'accompagnai.

C'était un type de buffet auquel je n'étais guère habitué. À nos fêtes on trouvait des *foccacie*, des *calzone*, des sandwiches au jambon et au saucisson ; de la bière et du Coca. Là ce n'était que plats de saumon, salades de crabe, toasts au caviar, carpaccios d'espadon et grands crus.

Une fois nos assiettes remplies, Francesco prit une bouteille de vin blanc à peine débouchée, et nous allâmes nous asseoir sur un canapé, dans le salon obscur.

« Ici nous devrions trouver des pigeons pour notre prochaine partie », dit Francesco après avoir nettoyé son assiette – nous avions mangé en silence – et vidé deux verres. J'acquiesçai d'un signe de tête. Parce que je ne savais pas quoi dire, et que je commençais à apprendre que si la parole est d'argent, le silence est d'or. Après avoir sorti une cigarette et l'avoir allumée, ce fut lui, à nouveau, qui entama la conversation.

« Maintenant je vais faire un tour ; attends-moi ici, ou fais des mondanités, ou mange des douceurs. À ta guise ; je reviens dès que j'ai fini. »

Une fois de plus je restai coi et il disparut dans la pénombre.

Il y avait bien une centaine de personnes. Beaucoup d'hommes en costume-cravate, d'autres avec des tenues moins conventionnelles. Un type attira mon attention : il devait faire un mètre quatre-vingts, avait la tête complètement rasée – ce qui à l'époque n'était pas fréquent – et portait un tee-shirt noir moulant qu'étiraient ses muscles gonflés par la pratique du culturisme.

Il avait peut-être trente-cinq, quarante ans, et était accompagné d'une fille maigre dont le look pouvait évoquer un mannequin flirtant avec l'anorexie. Elle n'était guère plus âgée que moi. Belle, mais avec quelque chose de nerveux, d'agité, qui dérangeait. Le couple me donnait une sensation de malaise, de décalage. De maladie qui couvait sous une apparence normale.

Il y avait beaucoup de belles femmes. À part la fiancée du chauve, cependant, aucune ne réussit à susciter mon intérêt. C'était comme de se retrouver dans un grand magasin luxueux et étincelant, rempli de marchandises attirantes ou appétissantes. Rempli. Au point que l'on n'arrive pas à se décider, parce que, en choisissant un objet, on a l'impression d'abandonner tous les autres. J'avais terminé la bouteille de blanc et allais m'allumer une cigarette.

« Tu m'en offres une ? » Je levai la tête sur ma gauche, là d'où venait la voix.

« Bien sûr », dis-je en faisant un geste pour me mettre debout. Par bonne éducation et parce que je n'arrivais pas à la voir en face. Elle me toucha l'épaule en me disant de ne pas me déranger, et esquissa autour de moi un mouvement qui libéra une délicieuse odeur de parfum ; elle s'assit sur le canapé à la place laissée vide par Francesco.

« Clara », dit-elle en allongeant la main d'un geste

féminin ; dessinant dans le prolongement du poignet une légère courbure.

« Giorgio », répondis-je sans pouvoir empêcher mon regard de folâtrer une seconde de trop sur sa généreuse poitrine. Je me ressaisis, lui tendis le paquet, allumai sa cigarette puis la mienne.

« Un gentleman », fit-elle après avoir levé la tête et expiré sa première bouffée.

« Pourquoi ?

– Je m'intéresse à la manière qu'ont les hommes d'offrir des cigarettes. La différence fondamentale se trouve entre ceux qui, d'abord, dégagent une cigarette du paquet et ensuite tendent le paquet, et ceux qui tendent le paquet, un point c'est tout. Tu as choisi la seconde manière. Tu ne m'as donc pas obligée à fumer la cigarette que tu avais touchée. Ce qui serait revenu à me mettre les doigts dans la bouche. » Elle prononça cette rapide phrase après une courte pause, en me regardant droit dans les yeux. Je tirai sur ma cigarette, faisant mine de méditer sur le sens de ses paroles. En réalité je cherchais une réponse adaptée à la situation, et, en attendant, je percevais une odeur d'alcool. Décidément, ce soir-là, Clara avait déjà bu.

« Et qu'est-ce que tu fais dans la vie, Giorgio ?

– Cette année je devrais faire ma thèse en droit. » En disant cela, je me voyais tel un lycéen empoté en train d'expliquer ses dix années de scoutisme. Clara devait bien avoir dans les trente-deux ou trente-quatre ans ; ni belle ni laide, mais un regard rapace. Pas très intelligent, mais rapace. Avec cette poitrine qui remplissait de façon si arrogante son chemisier blanc et que je m'efforçais de ne pas regarder.

« Moi aussi j'avais commencé le droit. Puis j'ai laissé tomber ; de toute façon je n'aurais jamais pu être avocate. Je ne sais pas si tu vois ce que je veux dire. »

Je ne voyais rien mais j'acquiesçai d'un air entendu.

« Et qu'est-ce que tu fais maintenant ?

– Maintenant je fais un procès à mon ex-mari qui est un salaud de pingre et qui ne me paie pas ce qu'il devrait. Mais il paiera, c'est sûr, il paiera ce qu'il doit. Tu es ici tout seul ?

– Je suis venu avec un ami.

– Pourquoi tu ne vas pas chercher quelque chose à boire, Giorgio ? » Je me levai et récupérai une bouteille de prosecco. Elle voulut porter un toast à nous deux, et tandis que nos verres s'entrechoquaient, je me sentis transporté dans une quatrième dimension. Et j'avais envie de rire. Pas parce que c'était amusant. Mais d'une façon mécanique, comme cela m'arrivait quand j'étais gamin et que la maîtresse me surprenait en train de rêver en classe. Ça m'arrivait souvent et ça l'énervait. Moi ça me faisait rire. C'était un comportement idiot parce que, plus je riais, plus elle s'énervait. Mais je n'arrivais pas à me retenir ; au mieux j'évitais de rire mais je faisais la grimace typique de celui qui se retient. Comme ce soir.

« Tu n'es pas quelqu'un qui parle trop. J'aime bien ça. Les mecs se sentent obligés de t'ensevelir de bavardages avant de révéler leur véritable intention : qu'ils ont envie de te baiser. » Elle me tendit son verre vide et je le remplis. Après en avoir bu la moitié, d'un trait, elle se remit à parler.

« Tu aimerais me baiser ? »

C'était trop absurde. Le réflexe de rire fut si violent que je dus faire un gros effort pour me retenir. Il en résulta certainement un visage énigmatique ou une tête de parfait crétin. Mais ce n'était pas un problème : elle avait absorbé trop d'alcool pour faire la différence.

« Oui », répondis-je quand je fus certain de pouvoir me contrôler. Moi aussi j'étais passablement imbibé.

Elle resta à me regarder en silence, comme si elle cherchait à analyser ma réponse, pour en extraire le sens caché.

À ce moment-là Francesco revint.

« C'est fait », me dit-il en me touchant l'épaule. Il sourit à Clara, et se tournant à nouveau vers moi. « Je peux te parler seul deux minutes ? » Et s'adressant à Clara : « Je te l'emprunte deux secondes, tu veux bien nous excuser ? » Elle le regarda sans le voir. Ses yeux étaient devenus vides, tout d'un coup. Vitreux.

Je me levai et le suivis en direction de l'entrée.

« Félicitations, collègue. Je vois qu'on ne perd pas de temps.

– C'est elle qui a tout manigancé…

– Je sais. Naturellement tu fais ce que tu veux, mais j'aime mieux te prévenir. Elle est pas nette.

– Dans quel sens ? » m'entendis-je répondre d'un air pincé. Comme si, parce qu'une femme m'abordait au cours d'une soirée, elle devait forcément être dérangée.

« Elle a des problèmes », et il porta deux doigts à son front. « C'est une espèce de nymphomane, elle boit beaucoup, et si tu veux un conseil, pour tirer un coup gaiement, va plutôt chercher ailleurs. En plus, avec le trafic d'hommes qu'elle fait, ça ne me rassurerait pas d'avoir un contact intime avec elle. Je ne sais pas si tu me suis. »

Je le suivais et cela ne me fit pas plaisir.

« Comment tu sais tout ça ? »

– Qu'elle boit, tu le vois tout seul. Elle est déjà ivre. Il suffit de regarder ses yeux. Pour le reste – à part les on-dit – un de mes potes a commis l'erreur de la sauter. Ça a fait toute une histoire.

– Qu'est-ce qui s'est passé ?

– Le premier soir, tout de suite après avoir baisé, elle lui a fait tout un cirque. Tu vois, elle est sortie de ses gonds, elle s'est mise à hurler et à lui dire qu'il était un porc, comme les autres. Qu'il était sorti avec elle uniquement pour baiser et ainsi de suite. »

Je me tournai instinctivement en direction du canapé où Clara était assise. Elle n'avait pas bougé et continuait à boire.

« Et ton ami, qu'est-ce qu'il a fait ? demandai-je.

– Il était sidéré et il a cherché à la calmer. Elle s'est calmée, est devenue adorable et ils ont à nouveau fait l'amour. Puis il est parti – ils étaient chez elle –, et à partir du lendemain elle a commencé à le démolir de manière systématique. Parfois elle lui téléphonait et elle lui déclarait qu'elle était follement amoureuse de lui, qu'il était vraiment l'homme de sa vie, différent des autres et cetera, et cetera. Ensuite, elle disparaissait et demeurait introuvable pendant une semaine. Ça n'aurait pas été grave si cet imbécile n'était pas tombé amoureux. Alors il s'est trouvé embarqué dans ce petit jeu. Elle lui a dit qu'elle s'envoyait d'autres types et que lui n'était qu'un passe-temps. Après, elle s'est excusée en pleurant et lui a dit – je m'en souviens très bien – qu'il devait lui apprendre à aimer. Et lui, il a foncé la tête la première dans ce jeu de massacre.

– Ça s'est terminé comment ?

– Ça s'est terminé. À un certain moment elle a même fini par se lasser de cet amusement. En admettant qu'on puisse parler d'amusement, parce que moi je pense qu'elle est vraiment givrée et que son comportement est plutôt compulsif. Bref c'est fini. Depuis plus d'un an ; mais lui, il cherche encore à recoller les morceaux. »

Avant de poursuivre il me regarda comme pour voir si j'avais des questions.

« Elle traîne dans les soirées, et drague principalement des types plus jeunes qu'elle. Elle les emmène chez elle – elle t'a sûrement déjà dit qu'elle était séparée – et le manège recommence. »

Après quelques secondes de silence, je me tournai à nouveau vers le canapé. Cette fois Clara avait disparu. Je haussai les épaules comme pour dire : OK, l'affaire est close.

« Alors tu as organisé la prochaine partie ? »

Il l'avait organisée. Nous allions jouer samedi soir chez un rupin, là-bas, à Altamura. Il valait mieux ne pas traîner trop longtemps ce soir. Je pensai que par bonheur Giulia serait encore malade et que cela allait me simplifier la vie. Francesco me donna une tape amicale dans le dos. Il me dit qu'une prochaine fois, il me présenterait une fille canon. Puis il s'éloigna à nouveau.

« Je vais passer un petit moment avec Patrizia. Question d'éducation, tu sais », me dit-il avec un sourire entendu, et il me laissa seul.

Je me sentais tout à coup vide et déplacé. L'excitation qui avait précédé s'était transformée en quelque chose d'autre. De désagréable. Alors je tournai au milieu de la fête, je bus quelques verres supplémentaires, je fumai d'autres cigarettes, pour passer le temps.

Finalement, une heure plus tard peut-être, Francesco revint et déclara que nous pouvions partir.

9

La matinée suivante laissait prévoir une très belle journée d'hiver, claire et froide.

J'étais seul à la maison. Mes parents étaient sortis alors que je dormais encore.

Ma sœur Alessandra était sortie trois ans plus tôt.

Elle allait terminer ses études de droit quand elle informa la famille qu'elle avait décidé de tout arrêter. Elle ne savait pas quelle direction donner à son existence, mais elle savait bien – dit-elle – quelle direction elle ne voulait *pas* lui donner. Elle refusait de devenir avocate, ou notaire, ou juge. Rien qui puisse avoir des liens avec ce qu'elle avait étudié ces dernières années. Elle détestait simplement tout cela. Vu la manière dont elle exprima ces théories – ainsi que quelques autres –, il était clair qu'elle détestait aussi nos parents.

Quelques semaines plus tard, elle était partie avec un type de dix ans son aîné, mais qui avait les mêmes idées qu'elles : nettes. Enfin, si on veut. Ils partirent pour Londres et y restèrent six mois à travailler dans un restaurant. Quand ils revinrent, ils allèrent vivre au sein d'une communauté passablement anachronique, dans une usine près de Bologne. Elle tomba enceinte, et lui reprit sa liberté. Convaincu d'être promis à un destin exceptionnel, il ne pouvait s'encombrer de vulgaires engagements familiaux.

Alessandra avorta, vécut quelque temps encore dans la communauté, eut d'autres digressions masculines, toutes plus tristes les unes que les autres, je crois. À la fin elle revint à Bari, resta quelques mois chez une amie, puis trouva un petit logement et un emploi.

Secrétaire dans un cabinet de comptabilité des entreprises. Entendons-nous : elle préparait les enveloppes de paye d'ouvriers, d'employés, de domestiques, et cetera. La vie joue parfois de ces tours.

Elle passait de temps en temps à la maison, et restait parfois à dîner. Dans ces occasions la tension était perceptible. Mes parents cherchaient à faire comme si de rien n'était, comme si tout allait bien, et quelquefois Alessandra s'y efforçait elle aussi.

Mais tout clochait. Elle était incapable de leur pardonner son échec, leur amour disproportionné, leur sollicitude maladroite. C'est ainsi que, presque à chaque fois, la carapace de la comédie craquait et que le ressentiment qui bouillonnait juste au-dessous s'en échappait comme de la lave. Alors elle disait quelque chose de méchant, ou même de très méchant, selon l'humeur et les circonstances, puis elle s'en allait.

Quant à moi, dans ces cas-là, et comme toujours depuis que nous étions petits, je n'existais simplement pas. Pour ma sœur, je n'avais jamais existé.

Après le petit déjeuner je tournai à travers la maison, j'allumai la télé et je passai en revue mon répertoire de prétextes.

Je m'assis enfin à mon bureau devant un manuel de procédure civile. Et je me dis que je n'avais aucune envie de l'ouvrir, et que je n'avais aucune envie de rester à la maison. Alors je sortis.

Il faisait un froid inhabituel, même pour un mois de janvier, mais l'air était propre et sec. Grâce au vent qui avait balayé l'humidité. En ouvrant la porte d'entrée, je perçus l'effet du gel sur mon visage et mes oreilles. Ce n'était pas une sensation douloureuse ou désagréable. On le sentait, ce froid. Il rappelait qu'on avait bien un visage, des oreilles, et toutes les parties du corps qui n'étaient pas protégées. Cela contribua illico à améliorer mon humeur.

Je rejoignis rapidement le centre-ville, fis un peu de lèche-vitrines, m'achetai une chemise, puis me rendis à la librairie.

Depuis que j'étais gosse, j'avais l'habitude, quand je me baladais comme ça sans but précis, d'aller à la vieille librairie Laterza. J'y passais un bon bout de temps, dans cette librairie. Les livres que j'avais envie de lire étant plus nombreux que ceux que je pouvais m'acheter, je lisais en douce, par épisodes, entre rayonnages et présentoirs.

Quelquefois je restais là, à l'intérieur, à bouquiner jusqu'à l'heure de la fermeture, et je me demandais toujours si les employés me reconnaissaient et s'ils m'avaient identifié comme resquilleur récidiviste. Je me demandais si, un jour ou l'autre, je me verrais interdire l'accès de la librairie.

J'entrai et je respirai avec plaisir l'odeur familière du

papier neuf. On était samedi matin et il y avait peu de monde, hormis quelques habitués de mon acabit. Beaucoup d'entre eux, comme moi, s'installaient, dévoraient gratis et achetaient peu. Parmi ceux-là, une dame plutôt âgée – elle avait sûrement plus de soixante-dix ans – et qui l'hiver portait une veste bleue, genre veste de marin, et dont la poche laissait dépasser *L'Unità*, suscitait ma curiosité. Elle avait un air bourru mais sympathique ; on aurait dit que c'était sa vocation, de lire sans acheter les livres. Elle se déplaçait avec efficacité, et je la voyais presque toujours dans le rayon des romans policiers ou des livres d'horreur, et, parfois mais plus rarement, dans celui des essais de sciences politiques. Quelquefois elle m'adressait un signe de tête en guise de salut, et je lui répondais de la même manière.

Ce matin-là elle était absorbée dans la lecture d'un polar, je suppose, car elle se trouvait dans le rayon éponyme. Nos regards ne se croisèrent pas et je poursuivis mon chemin.

Je vagabondai au beau milieu des livres d'histoire, des manuels de sport, et, évitant les ouvrages juridiques, j'atterris au rayon des romans étrangers. Il y avait une nouvelle parution. Le titre en était *L'Étudiant étranger* et, sur la couverture, une sorte de statue de plâtre se détachait d'un fond couleur noisette. Elle représentait un garçon qui marchait les mains dans les poches. L'auteur était un écrivain français dont je n'avais jamais entendu parler.

Je pris dans mes mains un exemplaire qui n'avait probablement pas été touché depuis sa mise en rayon. Peut-être bien le matin même.

Je le retournai et lus la quatrième de couverture ; j'en

garde encore un passage en mémoire. Il parlait de la jeunesse et « des jours fragiles dans lesquels tout ce qui arrive, arrive pour la première fois, et nous marque de manière indélébile, pour le meilleur et pour le pire ».

Alors je l'ouvris, avec l'intention d'en lire les premières pages, comme j'avais l'habitude de le faire.

Je m'arrêtai tout de suite à celle qui précède le prologue. Elle portait une citation, d'un auteur anglais. Je ne le connaissais pas lui non plus.

« Le passé est une terre étrangère : on y fait les choses autrement qu'ici. »

Je ne tournai même pas la page. Je refermai le livre, j'allai à la caisse et je l'achetai.

Puis je rentrai à la maison parce qu'il y avait urgence à le lire. En paix, sur mon lit, sans être dérangé.

C'était un très beau roman, poignant, plein de nostalgie et d'ivresse.

L'histoire d'un étudiant français et de sa jeunesse dans l'Amérique des années 1950. Une histoire d'aventures, de tabous violés, d'initiations, de honte, d'amour et d'innocence perdue.

Tout l'après-midi et jusqu'à la dernière page, je ne réussis pas à me détacher de ce livre. Pendant que je lisais, quand j'eus terminé et même bien des années plus tard, jamais je ne pus me libérer de cette incroyable impression que, d'une certaine manière, cette histoire parlait de moi.

Quand je refermai le livre, il était presque l'heure de sortir. Alors j'appelai Giulia qui était encore malade, et lui dis que je comptais aller au cinéma. Avec qui ? Avec Donato et ses amis, et je pensai qu'il ne fallait pas oublier d'avertir Donato. Mais est-ce que ça m'ennuyait de ne pas la voir ce soir ? Bien sûr que ça m'ennuyait, oui, elle me manquait à moi aussi.

Je bluffai. Si elle voulait, je pouvais aller lui tenir compagnie au lieu d'aller au cinéma. Elle dit non, comme je m'y attendais. Elle prononça les mêmes phrases que la veille. Ce serait idiot que je tombe malade moi aussi, et cetera, et cetera. D'accord, alors ciao, mon amour, à demain. Ciao, mon amour.

Quand je raccrochai et que j'allai me préparer pour sortir, j'étais d'excellente humeur.

J'étais libre, prêt, et impatient.

10

La partie avait lieu chez quelqu'un de notre âge, qui habitait un quartier résidentiel de la périphérie. Nous étions cinq. Le maître de maison, fils d'un entrepreneur ; un type qui ne devait pas encore avoir trente ans et qui était déjà complètement chauve ; une femme, Marcella, osseuse, la peau grasse et de tout petits yeux.

À l'instant même des présentations, j'eus un réflexe d'hostilité à leur encontre. Je me dis qu'ils étaient affreux et qu'ils méritaient bien ce qui allait leur arriver. Je cherchais à me justifier, c'était clair.

C'est clair maintenant. Sur le moment, ce fut une méthode rapide, involontaire mais efficace pour étouffer les derniers murmures de ma conscience. Quoi qu'on puisse en dire. J'avais besoin de les voir laids et méchants ces trois-là ; et c'est ainsi que je les vis : laids et méchants.

La soirée ressembla à la précédente, à la différence que, maintenant que j'en connaissais le mécanisme, j'y pris davantage de plaisir. Cette fois, comme toutes les fois où je jouai avec Francesco, je ressentis la même émotion que celle née du plus pur des hasards. En plus intense cependant. La certitude de vaincre ne diminuait pas l'excitation, au contraire elle la multipliait. Lorsque nous jouions les coups décisifs, ceux qui devaient véritablement nous rapporter de l'argent, je sentais un frisson sauvage à la base de la nuque ; quand j'abattais mon jeu et que je gagnais contre une main très forte, j'oubliais que la chance, avec ce que nous faisions, n'entrait pas en ligne de compte. Je gagnais, point.

En quittant les lieux ce soir-là, je tenais plusieurs centaines de milliers de lires en liquide et deux chèques à six zéros. C'était l'argent de notre hôte et de la femme-osselets, et je pensais que nous avions bien fait de nous l'approprier.

Je me dis que je devais ouvrir un compte en banque : je ne pouvais pas continuer à garder en liquide tout l'argent que je gagnais.

Une fois rentré chez moi, je me glissai dans mon lit et m'endormis presque immédiatement.

Nous avons commencé à jouer régulièrement. Trois, quatre, au maximum cinq fois par mois. Le plus souvent chez des particuliers ; rarement dans des cercles, autrement dit des tripots clandestins. Comme l'endroit où nous étions allés après la bagarre chez Alessandra. Francesco les connaissait tous, comme il connaissait beaucoup d'autres lieux nocturnes.

Il nous arrivait de jouer plusieurs fois avec les mêmes personnes, mais cela faisait partie d'une stratégie. Cela servait à détourner d'éventuels soupçons. Par exemple, après avoir gagné chez le gros quincaillier, nous sommes retournés jouer, une dizaine de jours plus tard, avec lui et son ami le géomètre. Ils ont gagné – nous les avons laissés gagner – quelques centaines de milliers de lires, ils ont eu l'impression d'avoir pris leur revanche, et que tout était régulier.

Je gagnais cinq, six, et même sept millions par mois, ce qui faisait vraiment une grosse somme.

J'avais effectivement ouvert un compte en banque et je me permettais des dépenses que je n'aurais jamais pu imaginer quelques mois plus tôt. Vêtements, dîners dans des restaurants prestigieux, une montre d'un prix hallucinant. Tous les livres dont j'avais envie, et cela, plus que tout le reste, me donnait l'impression d'être riche.

Et puis, je m'achetai une voiture, une BMW ; d'occasion, parce que je n'étais pas *si* riche. Au moment de signer les papiers, j'eus un instant de doute, parce que jusque-là j'avais toujours associé ce genre de voiture à une certaine catégorie de paroissiens. Mais cela ne dura qu'un instant et, quand je sortis de chez le concessionnaire au volant de cet objet noir, menaçant et inutile, j'arborais un sourire d'imbécile heureux.

Naturellement je la cachai à ma famille, parce qu'elle était vraiment injustifiable. Je la parquai dans un garage loin de la maison et, pour prévenir le moindre soupçon, je feignais certains soirs d'emprunter la voiture de ma mère.

« Je prends les clés », disais-je ostensiblement au moment de sortir. Une oreille attentive aurait relevé ce détail : maintenant j'annonçais que je prenais la voiture, alors qu'auparavant je la prenais, un point c'est tout.

Personne n'y prêtait attention. Pourquoi aurait-on dû, d'ailleurs ?

Avec Giulia les choses empirèrent inexorablement.

Elles roulèrent vers leur épilogue, comme la boule de billard glisse vers la blouse, placide et silencieuse, poussée par un effet subtil et fatal.

Ce fut un goutte-à-goutte de disputes dans lesquelles se mêlaient son incompréhension, son ressentiment, sa tristesse. Mes mensonges. Et mon intolérance.

J'avais moins de temps à lui consacrer, mais la question n'était pas là.

Pour simplifier : je n'avais plus la moindre *envie* de passer du temps avec elle. Quand nous nous rencontrions, ou que nous sortions, je m'ennuyais, j'étais ailleurs ; mon attention se réveillait seulement pour relever la banalité de ses paroles ou de ses gestes. Pour noter ses défauts.

Puis elle essaya malgré tout de me relancer, pendant quelques semaines peut-être. C'était inutile et à la fin elle s'en rendit compte.

J'ignore si elle a vraiment souffert à cause de moi, et combien ; et pendant combien de temps. À partir de ce moment-là je ne lui ai plus jamais parlé, si ce n'est pour la saluer, froidement, dans la rue.

Lorsque nous nous quittâmes, j'éprouvai seulement une sensation de soulagement, que j'oubliai même instantanément. J'avais beaucoup de choses à faire.

Et j'avais hâte de toutes les faire.

DEUXIÈME PARTIE

1

Le lieutenant Chiti entra dans son bureau. On était déjà en mai, mais dehors il pleuvait et il faisait froid.

Il était arrivé à Bari quelques mois plus tôt, pensant trouver une ville où alternaient un été chaud, un automne serein, un printemps doux. L'hiver en mai, il ne l'avait pas envisagé.

De même qu'il n'avait pas envisagé la possibilité d'être débordé de travail, dans ce poste que tous, dans les années 1980, considéraient comme tranquille. Un passage obligé pour gagner son avancement, devenir capitaine, et cetera.

Et cetera.

Il s'était tout de suite aperçu qu'il en irait autrement.

Il y avait la routine des arrestations pour drogue, vols à la tire, cambriolages ; il y avait les interventions en ville et dans tout le district pour vols, extorsions, attentats à la dynamite. Pour homicides.

Il y avait quelque chose de semblable à la mafia qui serpentait souterrainement. Quelque chose d'opaque, comme la créature gracile et monstrueuse qui transparaît à travers la coquille de l'œuf d'un reptile.

Et puis ces viols. Qui se répétaient à l'identique, visiblement perpétrés par un seul et unique fantôme, auquel ils s'épuisaient en vain à donner la chasse, eux les carabiniers, ainsi que les hommes de la brigade mobile. Comme toujours en ordre dispersé.

Cette nuit il y en avait eu un autre. Le cinquième, à leur connaissance. Le cinquième déclaré, parce que, souvent dans ce genre de cas, les victimes dévorées par la honte ne trouvent pas le courage de se rendre chez les carabiniers, ou à la police.

Il se laissa choir sur la chaise placée derrière son bureau, alluma une cigarette, puis commença à feuilleter les rapports que ses hommes avaient préparés.

Rapport de service de la radio mobile, informations sommaires de la victime, déclarations d'un couple de témoins. Témoins ? Deux passants qui avaient vu la fille sortir du hall de l'immeuble, lui avaient porté secours, avaient appelé le 112. Sur l'auteur, encore une fois, pas le moindre mot. Un foutu fantôme, assurément.

Personne ne l'avait vu, à l'exception des victimes. Même pas elles en réalité. Il leur avait, sous peine de mort, interdit de le regarder en face. Elles avaient toutes obtempéré.

Chiti s'apprêtait à lire le procès-verbal destiné au procureur, quand le caporal-chef Lovascio fit son apparition dans la pièce. Avec sa phrase rituelle du matin.

« Vous prenez du café, lieutenant ? »

Il répondit oui, merci, il en prenait, et Lovascio disparut vers la cantine.

Les premières fois, il disait non merci, il irait se servir

tout seul, ce n'était pas la peine de se déranger pour lui. C'était ce qu'il ressentait : il ne voulait pas déranger et cela le mettait mal à l'aise de se faire servir. Puis il avait réalisé que ses refus contrariaient Lovascio. Que le caporal-chef, incapable de concevoir une pareille gêne de la part d'un officier, allait finir par croire à un sentiment d'antipathie à son égard. Alors Chiti commença à accepter le café.

Il retourna à ses procès-verbaux. Il savait qu'il allait y trouver toutes sortes d'erreurs en italien. Les unes banales, les autres extraordinairement fantaisistes. Il savait qu'il les laisserait passer presque toutes, en signant sans se poser trop de questions. Cela aussi était le résultat d'un changement. Au début il corrigeait tout, de la syntaxe à la grammaire, à l'orthographe, jusqu'à la ponctuation. Puis il se rendit compte qu'il ne pouvait pas continuer ainsi. Les hommes le prenaient mal, lui il passait des heures et des heures à corriger des textes presque toujours impossibles à corriger, et personne parmi ses supérieurs, au Parquet ou ailleurs, ne voyait la différence. Alors, après un moment il s'adapta. Il changeait un mot par-ci par-là, juste pour faire comprendre qu'il lisait tout, mais en somme il s'adapta.

D'ailleurs, il avait toujours été très doué pour s'adapter.

2

Lovascio passa la tête dans le bureau. Comme ce matin-là il avait déjà apporté le café, il devait y avoir autre chose.

« Lieutenant, le colonel Roberti veut vous parler. Il demande que vous alliez le voir tout de suite. »

Chiti éteignit sa cigarette et ferma le dossier. Le colonel – il en était sûr – voulait savoir s'il y avait du nouveau dans l'affaire des viols. Cette histoire complètement dingue rendait tout le monde nerveux. Du nouveau il n'y en avait pas, et cela n'allait pas atténuer la nervosité du colonel.

Le lieutenant parcourut les couloirs du bâtiment à l'architecture mussolinienne qui abritait le commandement. Il n'avait pas envie de rencontrer le colonel et il aurait préféré que son supérieur hiérarchique direct, le capitaine Malaparte, ne soit pas parti à l'école de guerre, pour devenir major, en le laissant seul, à vingt-six ans, à la tête de la section opérationnelle.

Il frappa à la porte, entendit la voix grêle du colonel

dire « entrez » ; il entra. Il se mit au garde-à-vous à trois mètres du bureau jusqu'à ce que Roberti, sûr que le rituel militaire avait été respecté, lui fît signe d'approcher et de s'asseoir.

« Alors, Chiti, est-ce qu'on a du nouveau sur cette histoire de viols ? » Bien vu.

« En vérité, colonel, nous cherchons à analyser tous les éléments en notre possession. Mais naturellement nous avons besoin de nous concerter avec les hommes de la brigade mobile. Sur cinq cas, trois ont été déclarés chez nous et deux chez eux. Comme vous le savez, il n'est pas très facile de travailler ensemble…

– En somme, nous n'avons rien de nouveau. »

Chiti se passa la main sur le menton et sur la joue, il sentit le bruissement de la barbe à rebrousse-poil. Avant de parler, il répondit d'un signe de tête, synonyme de capitulation.

« Non, colonel. Nous n'avons rien de nouveau.

– Le procureur me casse les couilles, le préfet me casse les couilles. Les journaux me cassent les couilles à propos de cette histoire. Qu'est-ce que je dois répondre à cette escadre de casse-couilles ? On a fait quoi jusqu'à maintenant ? »

Il raffolait de ce genre de propos, Roberti. Il pensait probablement que la vulgarité lui donnait un air viril. Avec sa voix perçante au contraire, le résultat était inversement proportionnel à l'effet recherché ; mais il ne s'en rendrait jamais compte.

« Comme d'habitude, colonel. Le premier cas, on nous l'a rapporté environ trois heures après les faits. La fille est rentrée chez elle, elle a tout raconté à ses parents qui l'ont accompagnée à la caserne. Nous avons envoyé une patrouille sur place, mais apparemment nos hommes n'ont trouvé qu'une rue déserte. Pour le deuxième et le troisième cas, c'est la brigade mobile qui est intervenue, parce que les filles sont allées se faire soigner aux urgences où il y a une permanence de la police nationale. Nous avons tout de même obtenu une copie des déclarations, et les faits se sont déroulés à peu près tous de la même manière. Dans des entrées de HLM, où le portail reste ouvert en permanence, même la nuit. C'est nous qui sommes sur les deux derniers. Dans le premier, la victime est venue directement à la caserne, toute seule. Dans l'autre, qui est le plus récent, deux passants ont appelé le 112 en la voyant pleurer à terre, près du portail où on a vérifié que l'agression avait eu lieu...

– Ça va, ça va. Qu'est-ce qu'on fait de concret ? Interpellations, filatures, on a des noms ? Que disent les indics ? »

On interpelle qui si on n'a pas la moindre trace de suspect ? Et les indics, qu'est-ce qu'ils peuvent nous dire ? Ce type est un maniaque, pas un dealer ou un receleur.

Mais il ne dit pas cela.

« En réalité, colonel, nous n'avons pas le plus petit indice pour réclamer un mandat d'amener au procureur. Et bien sûr on a mis la pression sur tous les indics, mais personne n'a la moindre idée sur la question. Ça n'a rien d'étonnant, étant donné qu'il s'agit d'un maniaque, et non d'un délinquant ordinaire.

– Chiti, tu ne m'as pas compris. Il faut obtenir un résultat, il faut arrêter quelqu'un. D'une manière ou d'une autre. Moi l'année prochaine, je dois quitter Bari et je ne veux pas le faire avec ce dossier non résolu sur les bras. »

Il semblait avoir fini. Au contraire il poursuivit, après

une courte pause, comme s'il avait été sur le point d'oublier une chose importante.

« Et du reste, pour ta carrière aussi, ce ne serait pas le meilleur des débuts, mon cher Chiti. Mets-toi bien ça dans la tête. »

Mon cher Chiti.

Il essaya d'ignorer la dernière réplique.

« Je pensais, colonel, consulter des psychologues experts en criminologie. Pour tenter de tracer une sorte de profil psychologique de ce type. C'est ce qu'ils font au FBI, j'ai lu plusieurs articles et… »

Le colonel éleva la voix d'un ton. Ce qui la rendit encore plus stridente, et extrêmement désagréable.

« Qu'est-ce que tu racontes ? Profil psychologique ? FBI ? Chiti, les criminels ne s'attrapent pas avec ces couillonnades à l'américaine. Les enquêtes se font avec les indics. Indics, interpellations, surveillance du territoire. Je veux voir tous les hommes de la brigade dans la rue, qu'ils interrogent leurs informateurs et qu'ils les mettent sous pression. Je veux voir des patrouilles en civil se balader toute la nuit. Ce cinglé, c'est à nous de le coincer, et avant la patrouille mobile. Prends des hommes parmi ceux qui ont des couilles et mets-les au boulot, uniquement sur cette affaire, et immédiatement. Le FBI et la CIA, tu vas te les voir au cinéma. C'est clair ? »

C'était clair, en effet. Le colonel n'avait jamais fait une seule enquête digne de ce nom : pistonné, il avait poursuivi toute sa carrière entre confortables bureaux ministériels, commandements de bataillon et centres de formation.

Le cours de technique d'investigation était fini. Il n'y avait rien à ajouter, et le colonel lui fit, de la main, signe qu'il pouvait se retirer. Comme on fait avec un domestique importun.

Comme pendant tant d'années Chiti avait vu faire son père avec les subalternes, avec la même expression bornée de condescendance et de mépris.

Chiti se leva, fit trois pas en arrière et claqua les talons.

Enfin, il se retourna et sortit.

3

Encore une de ces fichues nuits.

Ça se passait toujours de la même manière. Chiti s'endormait presque tout de suite, deux heures d'un profond sommeil de plomb, puis le mal de tête le réveillait. Un élancement sourd entre l'œil et la tempe, parfois à droite, d'autres fois à gauche ; il restait au lit quelques minutes, tandis que la douleur augmentait et le réveillait tout à fait. Parfois il caressait, pendant quelques minutes, l'absurde espoir que le mal de tête finirait par passer, aussi spontanément qu'il était apparu, et qu'il le laisserait se rendormir. Il ne passait jamais.

Même chose cette nuit. Au bout de cinq minutes il se leva avec l'œil et la tempe qui battaient. Il alla se préparer quarante gouttes de Novalgine, en priant qu'elles fassent effet. Quelquefois ça marchait, d'autres fois non, et le mal de tête durait, dévastateur, pendant trois ou quatre, ou même cinq heures. Avec l'œil qui pleurait et l'impression qu'une barre de métal garnie de ouate lui frappait de manière implacable, rythmique et lancinante l'intérieur du crâne, comme l'aurait fait le sourd tambour de la folie.

Il avala la potion amère en frissonnant. Puis il alluma la chaîne stéréo, mit le premier CD des *Nocturnes*, s'assura que le volume était bien au minimum, et alla, entortillé dans son peignoir, se blottir dans son fauteuil. Dans l'obscurité, parce que la migraine lui rendait la lumière encore plus insupportable que le bruit.

Il se recroquevilla en position fœtale tandis que la musique commençait. Celle que jouait sa mère, tant d'années auparavant. Dans des maisons tout aussi froides et désertes que celle-ci, il écoutait alors, recroquevillé de la même manière, à l'abri. Pendant quelques minutes.

Le piano de Rubinstein avait la transparence du cristal. Il libérait des images de clairières illuminées par la lune, des mystères familiaux, une obscurité sereine pleine de parfums, ainsi que promesses et nostalgie.

Cette nuit-là, le remède fonctionna.

Porté par ces sonorités limpides, il réussit à s'endormir à un moment indéterminé.

À nouveau le matin. À nouveau l'heure de descendre au bureau. Même bâtiment, même parcours asphyxiant entre logement de fonction, cantine, locaux de la brigade d'intervention, mess des officiers et vice versa.

L'appartement de fonction était meublé chichement par l'administration, et avec un minimum d'objets personnels. La chaîne hi-fi, les disques, les livres ; pas beaucoup plus.

Près de la porte était accroché un miroir dans lequel on pouvait se voir de la tête aux pieds. Moche. Un classique de collectivité.

Avant de sortir, Chiti était quasiment condamné à se regarder dedans. Depuis son installation à Bari, il lui arrivait à nouveau, de plus en plus souvent, ce qui lui était arrivé vers les quinze, seize ans et qu'il croyait perdu dans les méandres lointains d'une adolescence passée dans un collège militaire.

Il se regardait dans le miroir, examinait son visage, ses vêtements – pantalon, veste, chemise, cravate – et il se retenait de tout casser. D'un même coup la surface réfléchissante et l'image réfléchie. Une sorte de rage froide générait ce geste impulsif. Contre cette banale surface ; contre la silhouette entière – la sienne – tellement différente de ce qu'elle recouvrait. Éclats, fragments, vapeurs, lapilli incandescents, ombres, lueurs. Hurlements soudains. Abysses au fond desquels il ne pouvait même pas regarder.

Ce matin-là, il ressentit la même pulsion, foudroyante.

Il voulait briser le miroir.

Pour voir son image réfléchie dans les milliers de fragments éparpillés.

Ce matin-là, il y avait au programme une réunion, appelée réunion d'intervention, avec le maréchal des logis et les deux brigadiers qui constituaient l'équipe d'investigation réclamée par le colonel.

« Commençons par récapituler les éléments qui sont en notre possession ; sait-on jamais, on pourrait peut-être découvrir quelque chose. Les cartes, tout le monde les connaît ; on va faire un tour de table et chacun va donner son opinion et dire, selon lui, ce qu'il y a de commun entre les cinq cas. Martinelli, vous commencez. »

Martinelli était un vieux maréchal. Un vrai dur. Trente

années passées comme sbire au milieu des brigands sardes, des mafieux siliciens et calabrais, des membres des Brigades rouges. Maintenant il était à Bari, de retour au pays, pour ses dernières années de service avant la retraite. Il était grand et gros, il avait le crâne tondu, les mains larges comme des raquettes de ping-pong, et aussi dures. Une bouche fine, des yeux comme des fentes.

Aucun délinquant n'avait jamais aimé avoir affaire à lui.

Il ne semblait pas à l'aise, quand il remua sur sa chaise en lui arrachant des gémissements. Il n'aimait pas recevoir d'ordres d'un gamin de l'Académie. C'est la réflexion que se fit Chiti lorsqu'il commença à parler.

« Lieutenant... je ne sais pas. On a constaté que les cinq agressions ont eu lieu entre San Girolamo, le quartier Libertà et... non, attendez, il y en a une – une sur laquelle enquête la police – qui a eu lieu à Carrassi [1]. Je ne sais pas si ça signifie quelque chose. »

Chiti avait une feuille de papier devant lui. Il nota ce qu'avait dit Martinelli, et tandis qu'il écrivait, il réalisa qu'il était simplement en train de se donner une contenance, qu'il cherchait à diriger cette enquête comme il pensait que cela devait se faire. De façon abstraite. Comme il l'avait lu dans les livres, et encore mieux, vu dans les films. Peut-être que ce connard de colonel avait raison et que les hommes, tous plus expérimentés que lui, en avaient parfaitement conscience. Il s'efforça de chasser cette pensée négative.

« Et vous, Pellegrini, qu'est-ce que vous en dites ? »

---

1. Quartier populaire et petit-bourgeois entre le centre de Bari et la périphérie. *(N.d.T.)*

Le brigadier Pellegrini, grassouillet, myope, diplômé en comptabilité. Pas vraiment un homme d'action, mais un des rares à savoir se servir d'un ordinateur ; à savoir trouver son chemin dans les paperasses d'une administration, à savoir faire parler les relevés bancaires. C'est pour cela qu'ils l'avaient pris, et qu'ils se le gardaient jalousement, à la section opérationnelle.

« Je crois que nous devrions éplucher les archives. Il faut chercher ceux qui ont déjà écopé pour des cochonneries pareilles au cours des dernières années ; il faut les contrôler un par un et voir s'ils ont des alibis pour les soirées des agressions. En fait, il faut savoir qui est sorti de prison récemment, juste avant le début de l'affaire. Comme ça au moins, on aura des noms sur lesquels travailler. Parce que ces types-là restent vicieux, la prison n'arrange rien. Si on trouve beaucoup de noms qui collent, je les rentrerai dans un fichier de l'ordinateur ; au fur et à mesure qu'on avancera on insérera les faits puis on les croisera... en somme on ne sait jamais ce qui peut sortir d'un bon travail sur les archives... »

Juste. C'était là une hypothèse qui offrait un minimum de perspective et Chiti se sentit un peu mieux.

« Cardinale, et vous ? Qu'est-ce que vous en pensez ? »

Cardinale était devenu brigadier avant l'heure. Un des rares cas, dans l'arme des carabiniers, d'avancement pour mérites spéciaux. Il était petit, maigre, avec une bouille de gamin. Deux années plus tôt, tandis qu'il *n'était pas*, comme on dit, *de service*, il s'était trouvé dans une banque quand y étaient entrés des braqueurs. Trois. Un avec un fusil à pompe, les deux autres avec des pistolets.

Cardinale en avait abattu un et avait arrêté les deux autres. Scénario de film, sauf que tout était vrai, y compris le mort. Un garçon de dix-neuf ans dont c'était le premier coup. Cardinale était à peine plus âgé que lui et il avait été promu brigadier sur-le-champ, avec la médaille d'or qui d'habitude ne revient qu'aux carabiniers morts en mission.

Un type étrange. Il était inscrit à l'université, en faculté de sciences naturelles. Ce qui lui valait d'être considéré par ses collègues avec un mélange de méfiance et de respect. Il parlait peu, très peu, au point de paraître – ou d'être –, certaines fois, brusque. Il avait des yeux sombres, un regard foudroyant et énigmatique.

« Je ne sais pas, lieutenant. » Il marqua une pause, comme s'il se préparait à ajouter quelque chose. Comme si ce *je ne sais pas* était seulement une façon d'introduire une idée qu'il avait déjà bien clairement en tête. Mais il n'ajouta rien d'autre.

La réunion dura encore quelques minutes. On décida de suivre les propositions de Pellegrini, concernant ceux qui avaient des antécédents de violence sexuelle. Sortir leurs dossiers, contrôler les périodes de détention, examiner les modes opératoires, relever les photos signalétiques – s'il y en avait de récentes, sinon en faire de nouvelles – et commencer à les montrer aux abords des lieux où les agressions s'étaient produites.

En espérant arriver quelque part.

Mais avant cela, il allait sortir.

4

Avec Giulia nous nous sommes séparés début avril. Deux semaines plus tôt, j'étais sorti avec quelqu'un d'autre.

C'est Francesco qui m'avait présenté la fille un samedi matin. Nous nous voyions désormais presque tous les jours, même en dehors du poker. Nous étions *amis*. C'est lui qui le disait, en y mettant une emphase particulière. *Amis*. Il disait en avoir eu très peu, peut-être deux, avant moi. En revanche, quand je lui demandais de me parler d'eux, ses réponses étaient évasives et fuyantes. En réalité, il devenait évasif et fuyant chaque fois que la conversation se portait sur lui de manière plus intime.

Il connaissait beaucoup de monde, Francesco ; j'avais compris cela dès le premier soir. Il connaissait des personnes très différentes les unes des autres, avec lesquelles, parfois, je ne réussissais pas à comprendre comment il avait pu établir un contact.

La Bari chic des professions libérales, des solides patrimoines et des filles les plus belles ; les milieux des commerçants et des parvenus, où il allait dénicher nos futures victimes ; les groupes alternatifs qui se retrouvaient dans les cercles et les lieux underground. Et le milieu : celui des tripots surtout, mais aussi celui de tous les autres trafics.

Il avait un extraordinaire talent pour le mimétisme. En fonction du groupe dans lequel il se trouvait, il modifiait sa manière de se tenir, de parler, et même de se mouvoir. Il était – il semblait – toujours à l'aise, quel que fût le groupe auquel il avait affaire.

Ce fameux samedi matin, nous avions rendez-vous pour l'apéritif. Quand j'arrivai, il était déjà à l'intérieur du bar, assis à une table avec deux filles que je n'avais jamais vues auparavant. Elles étaient toutes les deux voyantes, trop soigneusement maquillées, trop parfumées, habillées trop à la mode. Trop tout.

« Voici Mara et Antonella. Je vous présente mon ami Giorgio », dit Francesco. Il avait son sourire que je connaissais bien maintenant. Le sourire qui signifiait qu'il se payait la tête de quelqu'un.

Je serrai la main de Mara et celle d'Antonella, je m'assis et nous commandâmes nos apéritifs.

Mara était employée dans une compagnie d'assurances. Antonella suivait des cours pour devenir prothésiste dentaire. Elles avaient toutes les deux à peine plus de vingt ans et un accent mortel ; elles fumaient des Kim et mâchouillaient des chewing-gum à la chlorophylle.

Nous avons parlé de choses toutes plus passionnantes les unes que les autres. D'horoscope par exemple. Du meilleur jour pour aller en discothèque, si c'était le vendredi ou le samedi. Du fait qu'elles venaient toutes les deux de lâcher leurs fiancés respectifs – deux emmerdeurs – et que maintenant elles avaient la ferme intention de s'amuser. Ce détail précis, c'est Mara qui l'avança, puis ensemble, elles nous regardèrent bien en face, comme pour s'assurer que le concept avait été exprimé assez clairement.

Il faisait très beau, et soudain, Francesco proposa que nous allions tous ensemble déjeuner au restaurant, au bord de la mer. Les deux filles n'opposèrent pas de résistance et nous quittâmes le bar pour rejoindre la voiture. En marchant, Francesco et moi les précédions de quelques mètres.

« Cet après-midi, ces deux-là, nous allons nous les faire, dit Francesco à voix basse.

– Qu'est-ce que tu dis ? » demandai-je, à voix basse moi aussi. Il poursuivit comme si je n'avais pas ouvert la bouche.

« On les fait boire un peu et puis on les saute. Ça ne sera même pas la peine de les faire boire. Elles en meurent déjà d'envie. »

Il avait raison et je faillis me mettre à rire. Pas parce que c'était drôle mais par nervosité. Je dus faire un effort pour me retenir et j'arborai une sorte de sourire idiot. Je le sentais sur mes lèvres, comme une grimace. Alors je dis la première chose qui me venait à l'esprit ; pour effacer cette fichue grimace.

« Et après, on va où ?

– T'inquiète pas, j'ai un endroit. On prend ta voiture, parce qu'avec ces deux-là la BMW fera plus d'effet. »

Alors nous avons pris ma BMW noire qui effectivement impressionna les deux pétasses. Nous sommes allés dans un restaurant de bord de mer, à l'extérieur de la ville, manger des oursins, des fruits de mer et des homards grillés. Nous avons bu du vin blanc frais et au fur et à mesure que verres et bouteilles se vidaient, la conversation s'épaississait d'allusions sexuelles de moins en moins implicites. De moins en moins élégantes.

Ce jour-là, je découvris que Francesco avait une sorte de pied-à-terre [1]. C'était un deux-pièces cuisine meublé de neuf, au décor anonyme de chambre d'hôtel.

Il était quatre heures lorsque nous y entrâmes avec Mara ct Antonella passablement éméchées. La chose se fit sans formalités, préliminaires ou problèmes de choix. Antonella et moi échouâmes dans la chambre à coucher, tandis que Francesco et Mara s'arrêtèrent dans le séjour qui était équipé d'un grand divan noir.

Mon regard et celui de Francesco se croisèrent quand j'entrai dans la chambre. Il me fit un clin d'œil.

Plutôt grossier, mais sur le moment je n'y prêtai pas attention. Je ne pouvais pas et ne voulais pas m'en rendre compte. Ainsi, une fois de plus, je répondis par un sourire niais.

Tout de suite après je m'écroulai sur le lit, accroché à Antonella. Je me souviens surtout de son haleine qui empestait le vin et la fumée froide. Pendant que nous faisions l'amour – nous le fîmes plusieurs fois –, elle m'appelait amour et moi je me disais mentalement : amour ? on se connaît ? T'es qui, toi ? Et de nouveau j'avais envie de rire comme un con. Je pensais que j'étais là à m'envoyer en l'air avec cette fille – une belle nana – que je ne connaissais même pas. Plusieurs fois je dus presque m'arrêter et faire un effort pour me rappeler son nom.

1. En français dans le texte. *(N.d.T.)*

J'aurais pu me sentir mal à l'aise, mais au contraire j'étais submergé par une sorte de jubilation crétine.

Pendant une pause nous avons allumé et fumé ensemble une cigarette ; les bruits qui parvenaient de l'autre pièce la firent glousser et elle me donna des coups de coude. Elle commença même à gloser sur ce sujet lorsque brusquement, elle s'arrêta. Elle resta un instant immobile, l'air étrangement absorbée.

Et elle lâcha un pet.

C'était un son ténu et prolongé ; une manière de trompette de carnaval, dans la pénombre de cette chambre inconnue.

Un instant, elle mit une main devant sa bouche, avant de parler.

« Mon Dieu, excuse-moi. Ça m'arrive quelquefois après une bonne baise. Pas moyen de me retenir. Sans doute parce que je suis bien détendue. »

J'étais complètement sidéré et je ne savais pas quoi dire.

Et d'ailleurs, que peut-on répondre, dans le registre bonne éducation, à une phrase de ce genre ?

Ne t'inquiète pas, moi aussi, quand je suis cool, j'aime lâcher un beau pet sonore ? En fonction de l'humeur et de ce que j'ai mangé, je peux aussi lancer un couple de rots ? Quelque chose comme ça pour la mettre à l'aise.

Je ne dis rien, et d'ailleurs, elle n'avait pas besoin de mon aide pour se sentir à nouveau parfaitement à l'aise.

Elle fit glisser sa main sur mon ventre, puis entre mes jambes. Je laissai faire.

Quand nous sommes rentrés le soir, je me suis rendu compte que la pensée de Giulia ne m'avait pas effleuré une seconde.

5

J'aurais dû passer la procédure civile en session anticipée [1], début mai. Les semaines précédentes, je n'avais pratiquement pas ouvert un livre. Le jour de l'examen, je me rendis comme un somnambule à l'université, je consultai le registre et j'attendis mon tour. Quand ils appelèrent celui qui était juste avant moi par ordre alphabétique, je me levai et m'en allai.

Cela ne m'était encore jamais arrivé. Dans mon dossier, il n'y avait que des trente et je n'avais jamais manqué une session d'examens.

Jusqu'à ce matin de mai.

En quittant la fac, je me sentais un peu chose. J'errai un moment sans bien me rendre compte de ce que je venais de faire, mais avec la perception floue d'un désastre imminent.

---

1. À l'université, session d'examens qui a lieu tout de suite après la fin des cours et est réservée aux étudiants qui estiment ne pas avoir besoin de temps de révision. *(N.d.T.)*

Puis je me dis que, après tout, c'était quelque chose qui pouvait arriver. J'avais eu raison de ne pas me présenter parce que, effectivement, au cours de ces dernières semaines, j'avais été un peu distrait et je n'avais pas beaucoup travaillé. J'avais évité de donner inutilement une mauvaise impression, d'être ajourné, avec les conséquences sur la moyenne, et cetera, et cetera.

Maintenant, j'allais prendre un ou deux jours de répit, puis je me remettrais à travailler. En juin, au plus tard en juillet, je passerais la procédure civile. J'aurais mon diplôme en décembre, au lieu de l'avoir en été. De toute façon, avant mes collègues de promo. Après tout, c'était un petit retard sans conséquence ; j'avais été si sacrément rapide jusqu'à maintenant. Qui allait s'en plaindre ?

Ces pensées me tranquillisèrent et je retrouvai ma bonne humeur en marchant vers la maison, content d'avoir pris depuis toujours l'habitude de ne jamais annoncer mes examens, et par conséquent, de ne pas avoir de mensonge à inventer ce jour-là.

Je pris ces deux jours de repos.

Et puis j'en pris d'autres, parce que je ne me sentais pas encore prêt à me remettre au travail. Et puis d'autres encore, parce que j'étais sorti trop souvent et que je m'étais couché trop tard, et que le lendemain j'avais du sommeil à récupérer.

Puis tout simplement, je cessai d'y penser.

Depuis plusieurs semaines, en quelque sorte, j'avais entrepris d'étudier une autre matière.

6

Un soir, alors que nous étions occupés à fumer et à bavarder de choses sans importance dans la voiture en stationnement, je demandai à Francesco pourquoi il ne m'apprendrait pas un de ses tours. C'étaient des mots en l'air, de ceux qui ne mènent à rien. Certes, l'idée de réussir à faire avec les cartes ce qu'il faisait, lui, me plaisait, mais je ne pensais pas qu'il prendrait ma demande au sérieux.

Au contraire, il la prit terriblement au sérieux.

« Tu es sûr de vouloir apprendre ? » dit-il en saisissant mes paroles au vol. Il faisait toujours le contraire de ce à quoi on s'attendait. Je disais une chose sérieuse et lui la transformait en plaisanterie. Cela me plongeait dans l'embarras, et je me mettais à penser que, au fond ce n'était pas si sérieux que ça. Après tout.

Ou bien tu disais quelque chose pour rire, une plaisanterie ou autre. Lui ne riait pas et te regardait d'un air consterné, presque offusqué ; en silence. Parfois il t'expliquait que *cela* était un sujet sérieux, sur lequel il n'y avait pas lieu de rire ou de plaisanter. Et toi, tu te sentais à nouveau déstabilisé ; et tu pensais qu'il avait probablement raison et qu'une fois de plus quelque chose t'avait échappé.

Il avait cette capacité à formuler des jugements rapides et définitifs, dans lesquels flottait toujours une note de mépris pour son contradicteur.

Tout cela je ne l'ai compris qu'après. Sur le moment, il me semblait tout simplement qu'il avait davantage de moyens à sa disposition que moi, pour comprendre le monde et les situations ; pour savoir comment s'y comporter.

« Manipuler les cartes, manipuler les objets, c'est bien plus qu'un simple exercice d'adresse. La véritable habileté du prestidigitateur tient dans le pouvoir d'influencer les esprits. Et réussir un tour de prestidigitation veut dire *créer* une réalité. Une réalité alternative dans laquelle c'est à toi d'établir les règles. Tu me suis ?

– Je crois que oui. Mais quant à moi… » Il m'interrompit. Ma réponse ne l'intéressait pas. Évidemment.

« Si quelqu'un dit que la vie n'est pas une continuelle succession de manipulations, c'est qu'on a affaire soit à un menteur, soit à un crétin. La vraie différence n'est pas entre manipuler ou ne pas manipuler. La différence est entre manipuler volontairement et manipuler involontairement. Prends un type marié depuis peu. Un soir il rentre à la maison et dit à sa femme qu'il est invité à une soirée entre vieux copains, ou à un petit poker, pour rester dans le sujet. Est-ce que ça l'embête s'il sort ? Non, si ça lui fait plaisir, dit celle-ci après une brève hésitation, avec une tête qui dit tout le contraire de ce qu'elle vient d'affirmer. Si cela t'ennuie, je reste à la maison, réplique-t-il. Mais non, mais non, vas-y, répète-t-elle. Cependant son visage dit : c'est clair que tu te fiches pas mal de moi puisque tu veux sortir tout seul. Lui alors est déstabilisé parce qu'il reçoit deux messages contradictoires, et il commence à s'énerver. Il en rajoute en disant qu'il ne lui est pas indispensable de sortir et qu'il peut rester à la maison ; et elle, de son côté, insiste en disant qu'il peut bien sortir. À la fin lui, culpabilisant, *décide* de ne pas sortir. Il ne pourra pas lui reprocher de l'en avoir empêché, puisqu'elle lui a dit que, s'il le voulait, il pouvait le faire. Et lui ne pourra pas se plaindre parce que c'est lui qui a décidé de ne pas sortir. Et voilà la cause de son malaise. Elle l'a manipulé, mais aucun des deux n'en est conscient. »

Je le regardais : où voulait-il en venir ?

« Les jeux de magie – ou la tricherie aux cartes – sont une métaphore de la réalité quotidienne, des rapports entre les gens. Il y a quelqu'un qui dit des choses et qui en même temps agit. Ce qui arrive réellement est caché dans les méandres de ses paroles et surtout de ses gestes. Et c'est différent de ce qui apparaît. Mais l'acteur en est conscient et contrôle le processus. La substance des choses, leur vérité, est presque toujours différente de ce qui est communément perçu. Les choses arrivent réellement en des lieux et des moments différents de ce que nous croyons, regardons ou percevons. Les intentions véritables sont différentes de celles qui sont énoncées. Tiens, par exemple : essaye d'analyser les motivations qui poussent les gens à commettre ce qu'on appelle de bonnes actions. Ce que tu vas découvrir ne va pas te plaire. La vérité est difficile à supporter, et elle n'est pas bonne pour tout le monde. »

Je fis une tentative pour glisser un mot. Inutilement. Il devait compléter sa démonstration, avec la partie qui lui tenait le plus à cœur.

« Regarde par exemple le poker. Celui qui s'assied à une table le fait parce qu'il a l'intention de nuire à quelqu'un. La méchanceté est une condition requise indispensable. Le joueur médiocre s'assied à la table avec l'espoir que la chance lui sourie, et qu'elle fasse grise mine à ses adversaires. Dans cette hypothèse, suppose que quelqu'un – ange ou démon – se présente avant la partie à ce joueur médiocre, qu'il lui dise qu'il a le pouvoir de lui faire gagner une grosse somme d'argent, précisément dans cette partie. En échange il réclame la moitié du gain. Notre joueur lui demande comment cela est possible, et celui-ci lui répond de ne pas s'inquiéter. Il doit seulement se décider : oui ou non. Si c'est oui, il devra s'engager à verser la moitié du gain de la partie. Un point c'est tout.

« Dans cette situation, que crois-tu que va faire notre joueur ? Tu penses qu'il va refuser, soutenant que le fait de savoir à l'avance qu'il va gagner constitue une violation de l'éthique du jeu de poker ? Crois-tu que quelqu'un refuserait jamais une proposition de ce genre ? »

Je pris les cigarettes et en allumai une. Francesco me l'attrapa des lèvres après la première bouffée et la garda pour lui. J'en allumai une autre tandis qu'il se remettait à parler.

« Il acceptera, notre joueur. Et il sera ravi de s'asseoir à la table en sachant que le destin est déjà de son côté, et il jouira de chaque instant de cette partie. La seule chose qui l'embêtera un peu, ça sera de partager l'argent à la fin de la partie.

« Ou bien pense à une partie entre des joueurs du dimanche et un joueur professionnel. Je ne veux pas dire un manipulateur de cartes. Un vrai professionnel du poker. À combien tu évalues les chances de gagner des amateurs face au professionnel ? Plus que quand ils jouent avec nous ? Non. Exactement le même nombre : zéro. La méthode est différente mais le résultat est le même. La chance n'a rien à voir avec ça. »

Ses yeux verts lançaient des éclairs dans la demi-obscurité de la voiture. Les cendres de la cigarette presque entièrement consumée approchaient de ses doigts. Les vitres étaient baissées, l'air était doux, et le silence n'était brisé que lors du passage d'une mobylette à l'échappement trafiqué.

« Tu as joué au poker de manière régulière, jusqu'à notre association. Tu te souviens de ton émotion lorsque tu avais une figure forte sur une mise importante ? Est-ce qu'elle était différente de celle que tu éprouves maintenant quand tu as une figure forte, même si la soi-disant chance n'y est pour rien ? »

Il avait raison. Bigrement raison.

« Les gens manipulent et se font manipuler, trompent et se font tromper continuellement, sans s'en rendre compte. Ils font du mal et en reçoivent, sans s'en rendre compte. Ils *refusent* de s'en rendre compte parce qu'ils ne pourraient pas le supporter. La prestidigitation est une chose honnête parce qu'il est clair dès le départ que la réalité n'est pas dans ce qui se voit. Et dans un certain sens, sur un plan universel, il est même honnête de tricher aux cartes. Je veux dire que le contrôle de la situation est soustrait au hasard et se retrouve entre nos mains. Je sais que tu comprends ça. C'est pour cela que je t'ai choisi. Je ne tiendrais ce discours à personne d'autre. Nous défions l'aveugle brutalité du hasard et nous la battons. Tu comprends ? Tu comprends ? Nous violons des règles médiocres et nous orientons le cours du destin. Toi et moi. »

Il s'arrêta brusquement de parler, après avoir dit ces derniers mots en élevant le ton de façon inhabituelle. Il semblait tout à coup épuisé. Il sortit le paquet de cigarettes de ma poche et en alluma une autre. La précédente était à peine éteinte. Je me dis que nous fumions trop tous les deux, et je me sentis un goût âcre dans la bouche. Pendant quelques instants, j'eus une sensation de vertige tandis que dans ma tête rebondissait cette phrase : « C'est un tas de conneries. Tout ça c'est un tas de conneries. » Ce fut un phénomène très étrange parce que je la voyais mentalement, comme sur une page blanche ; et en même temps je l'entendais comme si quelqu'un la prononçait dans ma tête ; et je la sentais comme une entité douée d'une consistance matérielle.

Je ne dis rien cependant, et cette phrase fondit quand Francesco se remit à parler après avoir violemment aspiré la moitié de sa cigarette.

« Je vais t'apprendre. Tu es le seul à qui je puisse apprendre parce que je sais que tu comprendras ce que je suis en train de faire, véritablement. »

J'acquiesçai et il me demanda de le ramener chez lui, merci. Il était épuisé.

Je mis le moteur en marche et allumai le lecteur de cassettes. La BM glissa, fluide comme le mercure, à travers les rues mal éclairées.

Dans l'habitacle, à faible volume, la voix de Leonard Cohen encore jeune chantait la chanson de Marianne.

Maintenant, Francesco se taisait. Il regardait droit devant lui, il était ailleurs.

Subitement je sentis la solitude et la peur m'empoigner. Glaciales. Il me vint à l'esprit quelque chose de quand j'étais gosse, mais c'était un souvenir difficile à retrouver, et il disparut avant que je réussisse à l'attraper. Comme un rêve, de ceux qu'on fait le matin, entre le sommeil et le réveil.

Un rêve triste.

7

Deux jours plus tard, Francesco me téléphona pour me dire que nous allions nous voir l'après-midi, à trois heures. Pour commencer les leçons.

Je n'étais jamais allé chez lui auparavant, et je ne m'étais même pas imaginé l'endroit où il habitait.

C'était un appartement sombre et oppressant. Odeur de renfermé, de moisi. Meubles vieux, mais sans style. Pas anciens ; vieux, un point c'est tout.

La maison était rangée, mais bizarrement. Malgré une apparente normalité, quelque chose semblait déplacé, *profondément* déplacé.

Je savais que Francesco vivait seul avec sa mère, mais cet après-midi-là c'est une dame âgée que je découvris. Avec un visage sec, hostile, pétri de ressentiment.

Francesco me fit entrer dans sa chambre et ferma la porte. C'était une pièce plutôt grande. Là, l'odeur de moisi qui régnait dans le reste de l'appartement se faisait moins sentir. Un bureau d'écolier, couvert de livres ; livres sur les étagères, livres par terre et même quelques livres sur le lit. Une grosse boîte en carton pleine de bandes dessinées de Tex Willer et de l'*Homme-Araignée*. Les murs nus. Il n'y avait qu'une vieille affiche, avec le visage de Jim Morrison, les yeux perdus dans le vague. Le destin déjà écrit, entièrement, dans ce regard. Francesco ne dit rien ; il ne me regardait même pas. Il ouvrit un tiroir de l'armoire, en tira un jeu de cartes françaises, fit de la place sur le bureau en bousculant quelques livres éparpillés, me désigna une chaise et en prit une autre. Il finit par lever les yeux sur moi. Il resta alors figé pendant un certain temps, avec une expression étrange, comme s'il ne savait pas quoi faire. Pour la première fois depuis que je le connaissais, il semblait fragile. À ce moment-là je ressentis un élan d'affection et de tendresse pour lui.

Enfin il posa les cartes sur le bureau.

« Mon père nous a abandonnés quand j'avais treize ans. Il était plus jeune que maman et il est parti avec une femme plus jeune que lui. Beaucoup plus jeune. Une chose plutôt banale j'imagine. Deux ans après, il a eu un accident de voiture avec son amie. Ils sont morts tous les deux. »

Il s'arrêta brusquement, alla à la fenêtre et l'ouvrit. Puis il tira un cendrier d'un tiroir, s'assit et alluma une cigarette.

« Je ne lui ai jamais pardonné. Je veux dire : pas seulement d'être parti. Je ne lui ai jamais pardonné d'être mort sans me donner la possibilité de lui faire payer le fait d'être parti, et de me laisser seul. À sa mort, j'ai eu une sensation très étrange et très désagréable. J'éprouvais à la fois une douleur terrible et une rage furieuse. Il m'avait échappé. Nom de Dieu ! il m'avait échappé. Je ne pensais pas textuellement ces paroles mais le sens en était bien celui-là. J'avais tant de fois imaginé la manière dont, une fois adulte, j'aurais pu lui reprocher ce qu'il avait fait. Moi, adulte ayant réussi, et lui, vieux père cherchant à renouer des liens avec le fils abandonné tant d'années auparavant. Trop facile maintenant, j'aurais dit. Trop facile après m'avoir laissé seul quand j'avais besoin de toi. Trop facile de mourir comme ça, sans faire les comptes. »

Il se passa les mains sur le visage. De haut en bas, en appuyant, comme s'il voulait se faire mal.

« Bon Dieu, je l'aimais ce con. Je me suis senti seul à crever quand il est parti. Bon Dieu. Je me suis toujours senti seul, après ça. »

Il s'arrêta comme il avait commencé. Brusquement. Il reprit le jeu de cartes, fit deux ou trois exercices à toute allure et d'une seule main, puis il déclara que nous pouvions commencer.

Le ton de sa voix était à nouveau celui que je connaissais. Le visage aussi.

Il tira du jeu la reine de cœur et les deux dix noirs, trèfle et pique.

« Tu connais le jeu des trois cartes ? »

Je le connaissais pour en avoir entendu parler, mais en fait je ne l'avais jamais vu faire.

« Alors suis-moi. La reine gagne, le dix perd. La reine gagne et le dix perd. »

Il fit glisser délicatement les trois cartes sur le bureau, l'une à côté de l'autre. Je vis clairement que la reine avait été placée à gauche.

« Où est la reine ? »

Je touchai de l'index la carte de gauche. Il me dit de la retourner et je vis que c'était le dix de trèfle.

Comment avait-il fait ? Il les avait posées si lentement que je ne pouvais pas m'être trompé.

« Recommence. »

Il prit la reine et un dix de la main droite, en les tenant entre le pouce et l'index et entre le pouce et le majeur. Il prit l'autre dix de la main gauche, en le tenant entre le pouce et le majeur.

« La reine gagne, le dix perd. Ça va ? »

Je ne répondis pas, et je fixai ses mains afin qu'aucun mouvement n'échappe à mon regard. Il refit lentement les mêmes gestes, posa les cartes, me demanda de trouver la reine. À nouveau j'indiquai la carte de gauche. Il me dit de la retourner et à nouveau je tombai sur un dix.

Il répéta le coup six ou sept fois et je ne réussis jamais à découvrir la place de la reine. Même en cherchant à deviner, pour échapper à l'illusion de ces mains qui bougeaient de manière envoûtante et incompréhensible.

Il est difficile d'expliquer, à qui ne l'a pas expérimenté, le sentiment de frustration produit par un jeu aussi simple en apparence. Il n'y a que trois cartes. Avec la reine, bien sûr, et tout se passe sous tes yeux à quelques centimètres. Et pourtant tu n'as aucune chance de la trouver.

« Dans ce jeu, les possibilités pour le parieur de gagner sont pratiquement nulles. Ce tour est un bon truc pour commencer. On y apprend tout de suite les principes fondamentaux. »

Il m'expliqua, puis il répéta le tour deux ou trois fois, encore plus lentement. Pour me faire comprendre la technique. Et malgré cela, alors que je connaissais le tour et savais où était la reine, il m'arrivait encore d'indiquer une mauvaise carte.

Alors il me passa les trois cartes et me dit d'essayer.

J'essayai. Et je réessayai et je réessayai encore, des quantités de fois. Il me corrigeait, m'expliquait comment je devais tenir les cartes, comment je devais les laisser aller, où je devais diriger mon regard – pas sur la reine – et ainsi de suite.

Nous étions, lui, bon enseignant, moi, bon élève.

Quand nous arrêtâmes, environ trois heures après être entrés dans sa chambre, j'avais mal aux mains, mais j'étais déjà capable d'exécuter de façon acceptable ce tour de passe-passe.

Ce qui me donna une sensation d'ébriété. Je brûlais d'envie de le faire voir à quelqu'un, à mes parents par exemple, dès que je serais rentré à la maison. Francesco lut dans mes pensées.

« Inutile de te dire que les tours ne se montrent à personne, jusqu'à ce qu'on les maîtrise parfaitement. Faire un tour de magie et se faire prendre est une chose banale et frustrante. Se faire prendre à une table de jeu comporte des risques autrement plus sérieux. »

Je fis un signe de suffisance avec les mains, comme pour signifier qu'il me disait des choses évidentes.

Inutile d'insister, justement.

8

Ces rêves revenaient depuis son enfance. Ils faisaient écho à un passé indistinct et qui n'avait peut-être jamais existé. Dans des lieux inconnus et rassurants, au milieu de présences amies. Tiédeur, attente, ordre, désirs, excitation, pièces lumineuses et chaudes, bambins qui jouaient, voix passées et familières, sérénité, odeurs de bonne cuisine et de propreté.

Nostalgie un peu mélancolique, et douce.

C'étaient des rêves récurrents. Sans histoire véritable, ou personnages reconnaissables, ou endroits connus. Pourtant, et c'était étrange, il avait l'impression d'être chez lui, dans ses rêves.

Quand il les faisait, le réveil était très mauvais.

Cela ressemblait toujours, de la même manière, au jour où sa mère était morte.

Il n'avait pas encore neuf ans et un matin, en se réveillant, il avait trouvé la maison pleine de monde. Sa maman n'était pas là. La femme d'un des officiers de son père

– le général – l'avait pris en garde, en l'emmenant chez elle.

« Où est Maman ? »

Cette dame n'avait pas répondu tout de suite. D'abord elle avait porté sur lui un regard gêné et contrarié. Elle était grosse, avec un visage doux et embarrassé.

« Maman ne va pas bien, trésor. Elle est à l'hôpital.

– Pourquoi ? Qu'est-ce qui est arrivé ? » Et pendant qu'elle parlait l'enfant sentait les larmes jaillir accompagnées d'un désespoir inconnu jusque-là.

« Elle a eu un accident, Maman. Elle va… très mal. » Puis, ne sachant quoi dire d'autre, elle l'embrassa. Elle était douce et son parfum ressemblait à celui de leur femme de ménage. Une odeur que le petit Giorgio n'oublierait jamais.

Maman n'avait pas eu d'accident.

La veille au soir, Papa était sorti, comme cela lui arrivait souvent. Dîners officiels, travail ou autre. Maman ne l'accompagnait presque jamais. À neuf heures et demie pile, comme d'habitude, elle l'avait mis au lit et, selon le rituel, elle lui avait donné un baiser sur le front.

Puis elle s'était rendue le plus loin possible dans cette maison immense – le logement du général commandant, le plus grand de tous –, elle s'était enfermée dans les toilettes de service ; elle avait emporté avec elle un coussin et le petit pistolet de calibre 22 que Papa lui avait offert quelques années auparavant.

Personne n'avait entendu le bruit de la déflagration, amorti par le coussin et qui s'était perdu le long des couloirs obscurs de cette maison trop grande, et sinistre.

Elle avait eu trente ans justement ce soir-là, Maman.

Elle les aurait toujours.

Le lieutenant Giorgio Chiti pensait que lui aussi deviendrait fou. Comme sa mère. Elle avait les nerfs malades, lui avait expliqué bien des années plus tard son père, avec son expression glaciale et distante. Sans compassion, sans regret, sans rien.

Les nerfs malades, cela voulait dire folle.

Et lui, il ressemblait à sa mère, c'était évident. Le même visage, les mêmes couleurs ; quelque chose de légèrement féminin dans sa physionomie à lui, de légèrement masculin et distant dans sa physionomie à elle, qui apparaissait sur de rares photos floues. Dans ses souvenirs toujours plus estompés.

Il avait peur de devenir fou.

À certains moments, il était *sûr* de devenir fou. Comme sa mère. Il ne contrôlerait plus ses pensées et ses actes, comme cela lui était arrivé à elle. Parfois, cette idée – la folie comme destin inéluctable – devenait obsessionnelle et insupportable.

C'était dans ces moments-là qu'il se mettait à dessiner. Le dessin et la peinture – avec le piano – meublaient les journées longues et vides de sa mère, dans ces logements coincés au cœur des casernes. Logements toujours trop propres, aux sols brillants, dégageant tous la même odeur d'encaustique ; vides de bruits et de voix.

Impitoyables.

En cela aussi Giorgio ressemblait à sa mère. Depuis son très jeune âge, il était capable de copier des dessins très difficiles, d'inventer des animaux fantastiques et en même temps incroyablement réalistes. Mi-chat, mi-colombe ; mi-chien, mi-hirondelle ; mi-dragon, mi-homme ; et ainsi de suite. Et surtout il aimait dessiner les visages. Il adorait faire des portraits de mémoire. Il voyait un visage, il l'imprimait dans sa tête et ensuite – quelques heures ou quelques jours après, même – il le couchait sur le papier. C'est cette faculté surtout qui lui était restée en grandissant. Il reproduisait de mémoire le visage des gens. Ils étaient identiques à ceux qu'il avait vus et en même temps différents, comme si sur les physionomies des autres venaient se greffer son inquiétude et ses peurs.

Visages. Visages fous. Visages malheureux. Visages glacials, distants et rebutants, comme celui de son père. Visages cruels.

Visages distants, bouffis de mélancolie et de déception, qui fixaient un point au loin.

9

Le travail sur les archives n'avait rien donné. On avait recensé une trentaine de suspects dont les antécédents n'étaient pas incompatibles avec le mode opératoire utilisé lors des agressions. Quelques violeurs, incontestablement, des voyeurs, des agresseurs opérant dans les jardins publics. On les avait tous contrôlés, un par un.

Certains étaient en prison à l'époque des faits ; d'autres avaient des alibis inattaquables. Plusieurs étaient trop âgés ou invalides. De toute façon dans l'incapacité de commettre ce type d'agression sexuelle.

Finalement, on en avait retenu trois qui n'avaient pas d'alibi, et dont la physionomie n'était pas en contradiction avec les bribes de description fournies par les victimes.

Pourvus de mandats, les hommes de Chiti étaient allés perquisitionner chez eux. En tâtonnant, sans aucune idée précise. Ils cherchaient quelque chose susceptible de coller aux éléments de l'enquête. Une simple coupure de presse sur cette affaire par exemple, pour dire qu'on tenait – sinon une piste – du moins un bout par lequel commencer.

Ils n'avaient rien trouvé, à part des monceaux de saletés et des tonnes de journaux pornographiques.

Pendant un mois, ils avaient battu le pavé dans le secteur où avaient eu lieu les agressions, pour trouver d'éventuels témoins, une personne susceptible d'avoir remarqué quelque chose. Pas l'agression proprement dite, mais un type louche, rôdant dans le coin un peu plus tôt, quelqu'un repassant par là un peu plus tard, ou les jours suivants.

Chiti avait lu que les individus de ce genre sont parfois poussés à revenir à l'endroit où leur violence s'est déchaînée. Ils aiment se la rappeler, sur les lieux du délit justement ; savourer l'impression de maîtrise et de pouvoir que la violence leur a apportée. Ainsi, lui-même et ses hommes avaient tourné des heures et des jours durant pour montrer des photos, parler avec les commerçants, concierges, gardiens assermentés, locataires, facteurs, marginaux.

Rien.

Ils cherchaient un fantôme. Un putain de fantôme. Telles étaient exactement les pensées que Chiti ruminait lorsqu'il annonça à ses hommes que, pour le moment, on suspendait l'enquête. C'était par une radieuse matinée de juin, presque deux mois après les derniers faits. La période de calme la plus longue depuis le début cette affaire. Sans avoir le courage de l'avouer, Chiti espérait que tout finirait comme ça avait commencé. Le même type d'espoir qu'il entretenait avec ses maux de tête. Que ça passe tout seul.

Deux jours après eut lieu le sixième viol.

Chiti avait quitté son bureau et la caserne pour aller dîner. Il avait dit au planton qu'il rentrerait vers minuit et que de toute façon on pouvait le joindre avec le téléphone radio. Il était allé manger son habituelle pizza, puis faire un tour en ville. Seul, sans but et sans avoir cherché à s'en donner.

Il était rentré vers minuit, un quart d'heure après l'appel sur le 112. Un couple, en revenant du cinéma, avait vu la fille sortir en pleurant d'un HLM délabré. Ils avaient appelé les carabiniers et deux patrouilles de la radio mobile étaient arrivées tout de suite ; l'une avait accompagné la victime aux urgences, l'autre avait pris le couple à son bord pour recueillir les dépositions à la caserne.

Quand Chiti arriva, la fille était sur le point de quitter les urgences pour leur être amenée.

Les deux personnes – un couple d'enseignants à la retraite – n'avaient pas été en mesure de fournir des renseignements utiles. Ils revenaient du cinéma, quand ils avaient entendu sangloter derrière eux ; ils s'étaient alors retournés vers un portail – ils étaient passés devant quelques instants auparavant, précisa la femme – et ils en avaient vu sortir la jeune fille.

Avaient-ils remarqué quelqu'un, tout de suite avant ou tout de suite après ? Non, ils n'avaient remarqué personne ; certes, des voitures avaient eu le temps de défiler et ils ne pouvaient pas exclure que quelqu'un fût passé à pied pendant qu'ils secouraient la jeune fille. D'ailleurs, quelqu'un était sûrement passé, précisa la femme qui, dans le couple, semblait prendre les initiatives. Mais ils ne pouvaient pas dire qu'ils avaient *remarqué* une personne en particulier, par conséquent ils étaient dans l'impossibilité de fournir la moindre description.

C'était tout.

Ils signèrent un inutile procès-verbal tandis qu'arrivait la jeune fille, accompagnée d'un homme d'une cinquantaine d'années, qui ne paraissait pas encore avoir compris ce qui arrivait. Son père.

Elle était petite, un peu ronde, ni belle ni laide. Insignifiante, pensa Chiti, tandis qu'il l'invitait à s'asseoir devant son bureau.

Qui sait sur quel critère il les choisit, se demanda-t-il pendant que Pellegrini introduisait le formulaire de procès-verbal dans la nouvelle machine à écrire électronique qu'il était le seul à savoir utiliser.

« Comment vous sentez-vous mademoiselle ? » Au moment où il la formulait, il pensa que c'était une question idiote.

« Un peu mieux, maintenant.

– Pensez-vous être en mesure de nous raconter ce qui s'est passé, ce dont vous vous souvenez ? »

La fille ne répondit pas et baissa la tête. Chiti chercha du regard le maréchal Martinelli, puis, des yeux, lui indiqua le père qui se tenait là assis sur une banquette. Martinelli comprit et demanda courtoisement à l'homme si cela ne l'ennuyait pas de le suivre dans un autre bureau. Juste un instant.

« Peut-être qu'il vous était difficile de raconter ce qui s'est passé devant votre père. »

La fille fit oui de la tête mais ne s'exprima pas davantage.

« En fait je me rends compte qu'il pourrait vous être également désagréable de parler devant nous qui sommes tous des hommes. Nous pouvons appeler une psychologue, ou une assistante sociale pour vous seconder dans votre déposition, si cela peut vous aider. » En disant cela il se demanda où diable il aurait pu trouver une psychologue ou une assistante sociale à cette heure. Mais la fille dit que, merci, ça n'était pas la peine. Il lui suffisait que son père ne soit pas là.

« Alors, voulez-vous nous raconter ce dont vous vous souvenez ? Calmement, en essayant de commencer par le commencement. »

Elle était sortie avec trois amies, seules, comme cela leur arrivait souvent. Elles étaient allées prendre un verre et bavarder dans un endroit du centre-ville ; vers onze heures et demie, elle et une de ses copines étaient parties. Le lendemain, elles avaient cours à la fac et ne voulaient pas traîner. Elles avaient fait un bout de chemin ensemble puis elles s'étaient séparées. Chacune vers son domicile.

Non, elles n'avaient jamais rencontré de problème en rentrant seules le soir. Non, elles n'avaient jamais lu dans le journal ou vu à la télé des faits de ce genre.

Sur l'épisode de l'agression, Caterina – c'était son nom – s'était montrée plus confuse, évidemment. Elle avait quitté son amie depuis cinq minutes ou peut-être moins. Elle marchait normalement. Elle n'avait rien remarqué de particulier, ni personne. À un moment donné, elle avait senti un coup très violent derrière la tête. Donné par un poing ou un objet dur. Elle avait probablement perdu connaissance pendant quelques instants. Quand elle était revenue à elle, elle était dans le hall d'un vieil immeuble. Il l'avait fait mettre à genoux. Il régnait là, elle s'en souvenait, une odeur infecte, de saleté, de nourriture décomposée, de pisse de chat. Comme elle se souvenait de sa voix à lui. Calme et métallique. Il semblait parfaitement maître de lui, cet individu. Il lui avait dit de faire des choses ; il lui avait intimé l'ordre de garder la tête baissée et les yeux fermés, et de ne surtout pas essayer de le regarder en face. Il lui avait dit que si elle n'obéissait pas, il la tuerait de ses mains, là sur place. Mais tout cela avec un grand calme, comme s'il accomplissait une tâche dont il était coutumier. Et elle, elle avait obéi.

Pour finir il lui avait asséné un autre coup. Très fort, en pleine figure. Puis il lui avait ordonné de ne faire aucun bruit, de ne pas bouger et de compter jusqu'à trois cents. À ce moment-là seulement elle pourrait se relever et s'en aller. Il avait dit qu'il voulait l'entendre commencer à compter à haute voix. Elle avait obéi, et elle avait compté jusqu'à trois cents, à haute voix dans ce hall obscur, désert et puant.

Non, elle ne pouvait pas le décrire. Il lui avait paru grand, mais elle était incapable d'être plus précise.

Et le visage, elle ne l'avait même pas entr'aperçu.

Est-ce qu'elle pensait au moins pouvoir reconnaître sa voix si elle la réentendait ?

La voix oui, dit la fille. Celle-là, elle ne l'oublierait jamais.

Une fois le procès-verbal rédigé, Chiti la fit signer et la pria de l'appeler si autre chose lui revenait à l'esprit ; elle pouvait bien sûr appeler, si elle avait besoin d'aide. Elle acquiesça de la tête à tout ce qu'avait prononcé Chiti. Comme une poupée mécanique aux engrenages un peu défectueux.

Puis elle partit, d'un même mouvement d'automate.

10

Depuis cet après-midi-là, l'apprentissage des tours avec les cartes devint ma principale occupation. Il devint même mon *unique* occupation.

Le matin, je me réveillais lorsque mes parents étaient déjà sortis. Je me lavais, m'habillais, vérifiais que sur mon bureau étaient bien en vue les livres de droit que j'aurais dû étudier – et que mes parents pensaient que j'étais bien en train de potasser –, je sortais les cartes et je m'entraînais pendant des heures. La même chose l'après-midi, avec seulement un peu de vigilance, parce que généralement ma mère restait à la maison et que je n'avais aucunement l'intention d'aborder avec elle le sujet de mes prochaines échéances académiques.

Deux fois par semaine, j'allais chez Francesco prendre ma leçon. Il disait que j'avais beaucoup de talent : des mains agiles et la volonté d'apprendre. En bref, je devins capable de réaliser des choses que je n'aurais jamais pu imaginer auparavant.

En premier, le jeu des trois cartes. Je devins fort au

point d'envisager parfois d'aller m'asseoir sur un banc des jardins publics de la piazza Umberto, et de mettre au défi quelque imbécile de parier sur la place de la reine de cœur.

Je savais faire semblant de battre les cartes – en laissant finalement le jeu tel qu'il était au début – de trois manières différentes au moins. À supposer que quelqu'un soulève une carte, j'étais ensuite en mesure de remettre le jeu exactement dans la disposition précédente. D'une seule main, et assez habilement pour tromper un spectateur – ou un joueur – inattentif.

J'arrivais à prendre la dernière carte du jeu et à la présenter avec naturel comme une carte posée sur le dessus ; j'avais appris à placer en tête six cartes de mon choix, uniquement en truquant le battage. Francesco y arrivait avec vingt cartes, mais comme débutant, je me débrouillais très, très bien.

Évidemment, je n'étais pas encore capable de tricher à une table de jeu. Il me manquait la maîtrise absolue de Francesco. Il me manquait sa capacité somnambulique à marcher sur un fil, les yeux fermés, sans la moindre crainte de tomber.

Le soir désormais, je sortais exclusivement avec lui et, de temps en temps, avec les personnes qu'occasionnellement il choisissait. Je voyais mes vieux amis de plus en plus rarement. Je m'ennuyais avec eux. Je ne pouvais pas parler des rares choses qui m'intéressaient : les parties de poker ; l'argent que je me mettais dans la poche et que je dépensais avec une détermination aveugle ; mes progrès dans l'art de manipuler les cartes.

À cette même période, il commençait à faire chaud. Le printemps s'achevait et on était, comme on dit, au seuil de l'été. Beaucoup d'autres événements allaient surgir dans ma vie et dans le monde extérieur. L'un d'eux fut ma rencontre avec Maria.

Elle se produisit un soir que nous avions joué dans une villa au bord de la mer, près de Trani.

Francesco avait été invité par le propriétaire de cette villa, un ingénieur qui avait une entreprise de construction et pas mal de comptes à régler avec la justice. Dans cette circonstance précise, et comme dans presque toutes les autres, je n'ai pas réussi à comprendre par quel biais Francesco avait fait sa connaissance, ni comment il avait réussi à se faire inviter. L'ingénieur était un homme qui frisait la cinquantaine et aurait pu être mon père. Cela dit, je suppose que mon père n'aurait guère apprécié la comparaison.

En arrivant, nous avons compris, à voir les tables dressées sur une pelouse grande comme un court de tennis, qu'il s'agissait d'une fête.

À l'intérieur, dans une sorte de salon, plusieurs tables rondes recouvertes d'un tapis vert étaient prêtes pour le poker. Beaucoup de monde voulait jouer. Mais beaucoup de monde était là uniquement pour boire, manger et écouter de la musique. Ou pour autre chose, comme je pourrais le constater en fin de soirée. Les invités masculins étaient visiblement tous plus âgés que nous. En revanche, je vis bon nombre de filles de notre âge accompagnées de vieux types assez répugnants.

Comme à l'accoutumée, Francesco semblait parfaitement à l'aise. En attendant que le jeu commence, il se déplaçait parmi les groupes d'invités occupés à bavarder, se glissait dans les conversations ; on aurait pu croire qu'il fréquentait ces gens-là chaque soir.

Vers onze heures, les tables se constituèrent. Selon la règle de la maison, la mise de départ était de cinq millions par joueur. Nous n'avions jamais débuté avec une somme aussi monumentale.

Ce soir-là tout semblait démesuré, et avec cette mise de départ je me dis que tout pouvait arriver.

Je venais de m'asseoir lorsque, sans crier gare, la panique m'assaillit. J'avais l'impression, tout à coup, de m'être fourré dans un jeu trop gros, incontrôlable, et complètement dingue. J'eus la tentation d'abandonner cette table, cette maison et tout le reste. Avant qu'il ne soit trop tard.

Les voix des gens autour de moi se fondirent dans un bourdonnement confus, et il me sembla voir les choses bouger au ralenti.

Francesco se rendit compte que quelque chose m'arrivait. J'ignore comment, mais il le vit. Alors – il était assis à ma gauche – il posa, sous la table, une main sur ma jambe, pratiquement à la hauteur du genou. Je n'eus pas le temps de sursauter à ce contact que déjà il me cramponnait avec force, ses doigts pénétrant en profondeur dans la zone tendre et sensible de l'intérieur de la cuisse.

Il me fit mal et je dus faire un effort pour cacher ma réaction. Au moment où j'allais porter la main sous la table, il lâcha prise et me sourit. Je restai quelques instants ainsi, interdit, puis je m'aperçus que le moment de panique était passé.

Nous avons joué et j'ai gagné vraiment beaucoup d'argent. Le gain le plus important de notre carrière.

Quelquefois, il arrive que, sans raison – sans raison connue –, certains détails échappent à votre mémoire. Un psychanalyste vous expliquerait qu'il existe des motivations inconscientes, à l'origine de cette capacité sélective de la mémoire. Je n'en sais rien. Ce qui est certain, c'est que je n'arrive pas à me rappeler combien j'ai gagné ce soir-là. Je suis sûr qu'il s'agissait de plus de trente millions, mais mes souvenirs ne vont pas plus loin. Je ne sais pas si c'était trente-deux ou trente-quatre ou quarante millions ou une autre somme. Je l'ignore tout bonnement.

De toute façon, ce fut le gain le plus élevé de toute la soirée et, avant la fin de la partie déjà, le bruit s'était répandu parmi les invités restés à la fête qu'à notre table le jeu était devenu vraiment sérieux. C'est ainsi qu'un groupe de curieux s'était rassemblé, à distance pour ne pas déranger les joueurs, mais assez près pour suivre la partie. En ce qui nous concernait – Francesco et moi –, la partie était bel et bien conclue. Les mises importantes, nous les avions jouées, et j'avais déjà la recette en poche.

Mais Francesco était un prestidigitateur et nous avions un public. Il décida donc de lui offrir, gratuitement, une grande émotion. Il était hors de question pour moi de gagner à nouveau. Après avoir eu, sur des mises de plusieurs millions, deux fulls, une couleur et un carré, un supplément de chance aurait éveillé les soupçons. Pour la galerie, Francesco perdait très fort. Alors, pour une fois, il pouvait s'offrir le luxe de se servir directement les meilleures cartes. Ainsi dans le dernier tour, notre public eut le privilège d'assister à un duel où s'affrontèrent un full aux as (moi) et un carré de sept (Francesco).

Pur spectacle, suspense, souffle retenu. À la fin, Francesco avait les yeux brillants. Pas pour la victoire qui était simulée ; pour le spectacle. Cette fois il était vraiment magicien. Il s'amusait comme un gamin.

Ce fut un final grandiose et je me demandais comment la panique avait pu me saisir ; il me semblait que cela s'était produit longtemps auparavant et non le soir même. Ou que cela n'avait jamais eu lieu.

Nous fîmes les comptes et nous quittâmes la table. Celui qui avait perdu le plus était le maître de maison, mais la chose ne semblait pas le préoccuper. L'argent, pour lui, n'était pas un problème.

Il était très tard, mais, entre la maison et le jardin, il y avait encore beaucoup de monde. Francesco avait disparu, comme cela se produisait souvent dans ce genre de situation.

J'avais faim et je me demandais s'il restait quelque chose à manger.

« Il n'y a qu'au jeu que tu as de la chance ? » C'était une voix grave, quasi masculine avec une touche d'affectation, qui aurait essayé de cacher un accent étranger. Je me retournai.

Cheveux châtains, courts. Bronzée. Pas belle mais de grands yeux gris-vert, troublants. Plus âgée que moi. Beaucoup. Dans les trente-cinq ans, pensai-je tout en la regardant en quête d'une réponse. Elle en avait exactement quarante, je l'apprendrais un peu plus tard.

« Ce n'est pas la chance. Je suis fort. Et pas seulement au jeu.

– Tu veux dire que tu as gagné tout cet argent parce que tu es fort ? Il n'y a qu'une manière d'être fort pour gagner de la sorte. »

Pause.

« Tu as triché. »

J'éprouvai une sensation physique de paralysie. Pour tout dire, j'étais tétanisé ; et je n'arrivais pas non plus à prononcer le moindre mot, ni à mettre au point l'image que j'avais de son visage.

Elle nous avait démasqués et elle allait nous dénoncer ou nous faire chanter. Cette pensée me traversa le cerveau comme une flèche incendiaire. Je sentis le sang affluer à mes joues, en gros bouillons.

« Eh, je plaisantais. »

Elle avait un air amusé, mais un instant auparavant, il n'apparaissait pas clairement qu'elle s'amusait.

« Maria », dit-elle tout de suite après en tendant la main. Je la lui serrai et j'en sentis la prise agressive, tandis que je regardais le poignet bronzé sur lequel se détachait un bracelet d'or blanc orné d'une pierre bleue. Énorme. Je n'ai jamais rien compris aux bijoux et, à ce moment-là, d'une manière générale, je ne comprenais rien. Je pensai tout de même que, pour acheter un bracelet de ce genre, notre gain de la soirée n'aurait pas suffi.

« Giorgio », répondis-je, alors que mon cerveau se remettait à fonctionner et que les traits de Maria retrouvaient leur netteté.

« Alors, tu es un bon, Giorgio ? Tu aimes le risque ?

– J'aime ça », répondis-je avec une légère hésitation. Que dire ? Cette question pouvait-elle admettre plusieurs réponses ?

« Moi aussi j'aime ça.

– Quel genre de risque… tu aimes ? »

– Pas celui des cartes. Il est *artificiel.* »

Belle connerie. Tâche de perdre ou de gagner vingt ou trente millions, et on reparlera de risque *artificiel.*

Je gardai cette pensée pour moi et je dis, au contraire, qu'elle avait probablement raison, mais que j'étais curieux de mieux comprendre ce qu'elle avait voulu dire.

Pendant ce temps-là, je procédais à un examen plus approfondi de sa personne. Elle avait des pattes-d'oie autour des yeux, et, par comparaison, moins de rides aux commissures des lèvres. Son visage était très mobile. Des pommettes saillantes, un sourire blanc et carnassier.

Elle avait quelque chose de Francesco. Dans sa manière de bouger, de parler, ou dans la vivacité. Je ne sais pas exactement ce que c'était. Tandis que nous bavardions, cette expression apparaissait et disparaissait. Peut-être une certaine manière de diriger son regard droit dans les yeux, puis de le laisser filer soudainement. Une attitude à la fois attirante et repoussante.

Je ne m'explique pas ce qu'était son idée de risque *non* artificiel. Elle s'exprimait en termes vagues – exactement comme Francesco quand on lui demandait d'expliciter ce qu'il avait dit ou fait – et son regard signifiait : « Naturellement nous nous comprenons, *n'est-ce pas* ? »

Naturellement.

Nous nous sommes rendus dans le jardin en bavardant et avons pris quelque chose à boire.

Maria avait l'air de passer beaucoup de temps dans les salles de sport. Elle me dit qu'elle était mariée et qu'elle avait une fille de quinze ans. Je lui dis que je n'en croyais rien, et elle sourit, parce que j'avais prononcé exactement les mots qu'elle voulait entendre.

Son mari vendait des voitures de luxe et avait plusieurs concessions dans la région. Et il était souvent en voyage d'affaires. Elle prononça cette phrase en me regardant droit dans les yeux. Si droit que je fus contraint de détourner mon regard et d'avaler une gorgée de vin.

Nous nous étions assis dans le jardin lorsque Francesco nous rejoignit et s'arrêta devant nous. Entre Maria et lui un étrange coup d'œil zigzagua comme un éclair. Si étrange qu'il ne me vint pas à l'esprit de faire les présentations. Puis s'adressant à moi :

« Te voilà, ça fait un quart d'heure que je te cherche. On y va ? Il est presque quatre heures.

– Deux minutes et j'arrive », répondis-je.

Il dit qu'il allait m'attendre à la voiture, et s'éloigna après avoir fait un geste de salutation à Maria.

Je me tournai à nouveau vers elle, embarrassé. Je voulais lui demander si nous pouvions nous revoir, mais je n'en avais pas le temps et je ne savais pas comment faire. Je veux dire : je ne savais pas comment faire avec une femme mariée. Elle au contraire était parfaitement à l'aise et savait très bien comment s'y prendre.

Sur une des tables de jeu, elle attrapa un bloc de papier, de ceux qui servent à noter les gains et les dettes. Elle inscrivit un numéro de téléphone, arracha la feuille, et me dit que je pouvais l'appeler sans problème, entre neuf heures et treize heures.

Je quittai la maison sans saluer personne, rejoignis Francesco sur le parking et nous partîmes. Je lançai la voiture à cent quatre-vingt-dix à l'heure tandis que lui, après avoir incliné son siège, se tenait les yeux mi-clos avec un sourire – ce sourire habituel, narquois – qui lui effleurait les lèvres de temps à autre. De tout le trajet, nous n'avons pas échangé un mot.

En me déshabillant pour aller me coucher – dehors c'était presque déjà le matin –, je vis un bleu en train de se former à l'intérieur de ma cuisse gauche, à l'endroit où Francesco m'avait empoigné pour me guérir de ma peur.

11

Le lendemain matin – on était dimanche –, je me réveillai tard, évidemment. Malgré la porte fermée, il pénétrait dans ma chambre une odeur familière de cuisine.

Je me rendis compte que j'avais faim, que j'allais me lever et passer directement à table. J'avais toujours aimé déjeuner au saut du lit, comme cela se produisait au nouvel an ou dans certaines circonstances exceptionnelles.

Pas besoin de se demander quoi faire le matin, sitôt levé. Surtout le dimanche.

Délicieux.

Puis, alors que j'étais encore au lit, je sentis s'insinuer en moi un étrange malaise. Comme un sentiment de culpabilité, mêlé à une sensation de catastrophe imminente.

J'allais être démasqué. Une fois levé et assis à table face à eux, mes parents allaient tout comprendre, et ma détresse finirait par remonter à la surface.

C'est alors que tristesse et nostalgie m'envahirent. J'aurais voulu éprouver ce bonheur familial habituel et serein, et j'étais en train de m'apercevoir qu'il était à jamais perdu.

Ainsi – instinctivement –, j'aurais aimé que mes parents ne soient pas à la maison. J'étais sûr que, en me voyant ce matin-là, ils découvriraient le pot aux roses. Je ne savais pas pour quelle raison ; je ne savais pas pourquoi, précisément ce matin-là, mais j'étais certain que cela allait arriver.

Je me levai, fis ma toilette, m'habillai rapidement et entrai dans la salle à manger avec cette appréhension qui me glissait sous la peau, comme un fourmillement ; comme une fièvre légère et agaçante.

Le couvert était déjà mis et, sur l'écran de la télévision, apparaissaient des images irréelles et terrifiantes.

On était le 4 juin 1989. La veille, l'armée de Li Peng avait massacré des centaines d'étudiants sur la place Tian'anmen. Au même moment, je gagnais des millions en trichant au poker et je flirtais avec une quadragénaire nymphomane. C'était à peu près ça.

Je me souviens de ce long journal télévisé, presque entièrement consacré aux événements de Pékin, puis, après une sorte de fondu enchaîné, je vois mon père torturer avec sa fourchette une dernière bouchée de rosbif.

Il la déplaçait à droite et à gauche sans la prendre. Il avalait une gorgée de vin rouge, et recommençait à promener ce pauvre morceau de viande au milieu des résidus de purée de pommes de terre. La célèbre purée de pommes de terre de ma mère, pensai-je de façon incongrue.

J'attendais. Ma mère attendait. Je le savais, même si je

n'arrivais pas à la regarder en face. Je voyais son angoisse, posée là, comme un objet.

Enfin mon père franchit le pas.

« Il y a des problèmes avec tes études ?

– Pourquoi ? » Je feignis l'étonnement, forçai sur le ton interrogatif. Médiocre comédien.

« Il y a un an que tu n'as pas passé d'examen. »

Il parlait doucement, mon père. En détachant les mots. Et quand je le regardai, je notai sur son visage des indices, des rides, une souffrance qui faisaient mal à voir. Alors, je détournai les yeux mais il poursuivit.

« Tu peux nous dire ce qui t'arrive ? »

Ces paroles lui coûtaient. Jamais il n'aurait cru devoir me tenir pareil discours. En aucune manière je n'avais posé de problèmes ; surtout pas pour mes études. Ce genre de problèmes, ils les avaient déjà eus avec ma sœur, et cela leur avait suffi. Qu'est-ce qui m'arrivait ?

Je compris à ce moment-là qu'ils avaient dû discuter entre eux, plusieurs fois et longuement, de ce qui m'arrivait. De *ce* qui m'arrivait. Ils avaient dû se demander si c'était une bonne idée de m'en parler, ou si au contraire, cela ne risquerait pas d'aggraver la situation.

Je réagis comme tous les médiocres lorsqu'on les prend en faute. Je réagis comme une personne en tort qui n'a pas le courage de l'admettre. Avec agressivité.

Lâchement, parce qu'ils étaient plus faibles, et désarmés, comme seuls des parents peuvent l'être.

Mais qu'est-ce qu'ils voulaient de moi ? Je n'avais pas encore vingt-trois ans et j'avais déjà presque terminé mes études. Ils m'embêtaient parce que j'avais seulement un peu ralenti le rythme. Putain. On n'avait pas le droit de s'offrir une petite crise ? C'était interdit ?

Je criai des choses très désagréables et finis par quitter la table, les laissant là, assis et muets.

« Je sors », dis-je simplement, et je m'en allai.

Furieux contre eux parce qu'ils avaient raison. Furieux contre moi-même.

Furieux et seul.

Le lendemain matin, lundi, à neuf heures trente, je téléphonai à Maria.

12

Elle n'avait pas été surprise de m'entendre. Pas du tout. Elle avait fait comme si elle attendait ce coup de téléphone, ce matin précisément. Elle expliqua que ce jour-là elle n'était pas libre mais que nous pouvions nous voir le lendemain matin.

Tu peux venir demain matin, avait-elle dit. Chez elle. Bien entendu, je devais appeler avant, par précaution. Très bien. À demain alors. À demain. Ciao.

Ciao.

Après avoir raccroché, je restai un moment la main posée sur le combiné. Étonné par la neutralité de ce coup de fil et son absence totale de sous-entendu. Me demandant dans quoi j'allais me fourrer.

Pour commencer, j'allais chez elle demain.

Après avoir téléphoné, par précaution.

Elle n'avait même pas dit : viens, on va bavarder, boire un verre. Comme ça, pour mettre un minimum de forme. Viens demain matin. Point.

J'éprouvais une sensation de vide mêlée à une excitation primaire et confuse.

Cette étrange alchimie eut pour conséquence la mise hors circuit de mon ralentisseur cérébral. Je pensais sans vraiment réussir à penser. Une séquence d'images, lente mais incontrôlable, se formait dans ma tête. Ma mère. Mon père. Leurs visages, plus vieillis qu'ils ne l'étaient en réalité. Chassés à grand-peine du cadre, voilà qu'y apparaissait ma sœur, floue. Elle était difficile à distinguer.

En fait, je n'arrivais pas à me rappeler son visage. Comme cela m'attristait, je l'éloignais elle aussi. Mais plus facilement ; en la mettant dehors, je faisais entrer Francesco. Flou lui aussi. Ensuite, flashes du passé, toujours plus reculé. Souvenirs du collège, le premier jour de vacances à la fin du cours moyen (pourquoi justement celui-là ? pourquoi je m'en souvenais ?), le visage désespéré d'un gamin, à une fête de mon enfance. Pourquoi pleurait-il ce marmot ? J'étais triste pour lui, mais incapable de l'aider. Je n'avais pas trouvé les mots qu'il fallait quand deux garçons plus grands s'étaient moqués de lui avec méchanceté. J'avais seulement éprouvé une grande humiliation en me détournant de lui.

Et puis d'autres images encore plus lointaines. Si éloignées que je n'arrivais même plus à les distinguer. Et lentes.

Tout était très lent, d'une lenteur insupportable.

Quelque chose s'effritait en moi et à un moment donné, cela devint insupportable.

J'allai dans ma chambre et mis une cassette des Dire Straits. La guitare de Knopfler chassa le silence et tout ce qui m'encombrait la tête. Je sortis les cartes et commençai à m'entraîner. La musique s'arrêta et je continuai mon entraînement comme si rien d'autre n'existait. Je ne m'arrêtai que lorsque j'entendis la clé de ma mère dans la serrure, vers deux heures.

J'avais mal aux mains, mais maintenant mon cerveau était propre et calme.

Comme un lac gelé.

Après le déjeuner, j'allai dormir. Un bon moyen de fuir. Un excellent anesthésique naturel. Il était presque six heures lorsque je me réveillai, et, comme je ne supportais pas de rester à la maison après la discussion que j'avais eue la veille avec mes parents, je sortis immédiatement.

Pour un mois de juin, il ne faisait pas chaud, et, après avoir déambulé un moment sans but, j'atterris à la librairie. Comme d'habitude.

Il n'y avait là aucun des camarades que je croisais habituellement. En réalité, quand j'y entrai, l'endroit était absolument désert.

Lorsque je commençai à circuler autour des présentoirs et des rayonnages, je me rendis compte que même les livres ne m'intéressaient plus.

Je m'étais rendu à la librairie comme on va en boîte ou au café. Par habitude, parce que je ne savais pas où aller, ni chez qui aller, étant donné que la seule personne que je fréquentais désormais était Francesco. Et que c'était lui qui décidait du moment où nous allions nous voir.

Je feuilletai distraitement quelques livres pris au hasard, mais ce n'était qu'un geste physique. Chargé de vide et d'ennui.

Mon intérêt fut uniquement stimulé lorsque je me

retrouvai – dans le rayon des jeux et loisirs – face au *Grand traité des jeux de prestidigitation.* D'un éditeur inconnu. Jamais vu auparavant, jamais revu par la suite. Je le feuilletai jusqu'au chapitre consacré aux tours de magie avec les cartes, et je m'aperçus que n'y étaient décrits que quelques tours à faire en famille ; je le remis en place, déçu.

Je m'apprêtais à jeter un coup d'œil au *Manuel complet du joueur. Balles, massues, diabolos et torches*, lorsque je m'entendis appeler par mon nom. Trop fort.

« Cipriani ! »

Je me tournai sur ma gauche, vers le type rondouillard d'où semblait provenir la voix. Lui s'avança vers moi – je notai que quand il m'avait appelé il se trouvait devant le rayonnage des manuels de préparation aux concours – et lorsqu'il se rapprocha, un sourire niais étalé sur le visage, je le reconnus.

Mastropasqua. Camarade de classe au collège.

Unanimement réputé, et sans la moindre équivoque, comme le plus taré de la classe. Pas le dernier toutefois, parce que, travaillant huit heures par jour comme un forcené, il avait toujours réussi à obtenir la moyenne dans toutes les matières.

Nous n'avions jamais été copains lui et moi. En trois ans, nous n'avions pas échangé plus de trente mots. Pour la plupart pendant les parties de foot dans la rue, le samedi, en rentrant de l'école.

Jamais revu depuis le jour des examens écrits, à la fin du collège.

Il me rejoignit et m'embrassa.

« Cipriani », dit-il à nouveau, d'un ton affectueux. Comme pour dire : je t'ai enfin retrouvé, mon vieux pote.

Après m'avoir tenu serré dans ses bras pendant plusieurs secondes, alors que j'étais terrorisé à l'idée quune personne de connaissance puisse entrer dans la librairie et assister à la scène, Mastropasqua relâcha enfin son étreinte.

« Content de te voir, Cipriani. »

Je m'entendis répondre.

« Moi aussi Mastropasqua. Comment ça va ?

– Ça va, ça va. Ça baigne. »

Ça baigne. C'était une de nos expressions, à nous ados, à l'époque du collège. Mastropasqua n'avait pas vraiment mis à jour son vocabulaire.

« Et toi, ça baigne toujours ? »

Il me revint à l'esprit les phrases de notre jargon de ces années-là. Un jargon que j'avais abandonné et tout de suite oublié en entrant au lycée. Mastropasqua, apparemment non. Il devait l'avoir cultivé comme on le fait d'une langue morte mais riche de significations, de suggestions, de pouvoir évocateur.

« Ça baigne. Ça baigne toujours. » Ma voix, comme si elle avait appartenu à quelqu'un d'autre.

« Allez, allez, Cipriani. Comme je suis content. Tu fais quoi ? »

Je triche aux cartes, j'ai laissé tomber mes études, je prévois de m'envoyer en l'air avec des nanas de quarante ans, je brise le cœur de mes parents. C'est à peu près tout.

« J'ai presque fini mon droit. Et toi, qu'est-ce que tu fais ?

– Mince alors ! tu as presque fini ton droit ! Hé ben, c'était sûr que tu serais avocat. Ça se voyait, rien qu'aux interros. »

J'allais lui dire que le projet de devenir avocat était

récent. Mais je me retins. Sur ce que j'allais faire, mes idées n'étaient plus très claires. Mais lui continua.

« Moi je me suis inscrit à vétérinaire, mais c'est dur. Alors j'ai commencé à passer des concours. »

Il me montra le livre qu'il avait tiré du rayonnage. *Le concours des agents de la police nationale*. C'était le titre.

« Peut-être que je pourrai décrocher un boulot de fonctionnaire. Si j'y arrive, qu'est-ce que j'en ai à foutre de la fac ? Peinard pour le restant de mes jours. »

Je fis oui de la tête et puis je m'aperçus que je ne me rappelais plus son prénom. Carlo ? Non, ça c'était Abbinante. Un autre artiste.

Nicola ?

Damiano.

Mastropasqua Damiano.

Mastropasqua, Moretti, Nigro, Pellecchia...

« Et tu joues toujours au foot, Cipriani ? Arrière droit, eh ? »

Cela faisait des mois que je n'avais plus joué. Eh oui, j'étais arrière droit. Mastropasqua n'était pas un génie mais il avait une excellente mémoire.

« Oui, oui, je joue toujours.

– Moi aussi. Une partie par semaine, le samedi après-midi, aux terrains de Japigia. Comme ça je garde la forme. »

La forme. Je ne pus empêcher mon regard de glisser jusqu'à son ventre épanoui. Il devait faire du cinquante-quatre en pantalon. Pour un mètre soixante-dix ou un peu plus. Il n'y prêta pas attention.

« Tu sais quoi, Cipriani ?

– Quoi ?

– Un des plus beaux souvenirs du collège, c'est quand Ferrari nous a fait faire cette rédaction libre et que tu as écrit cette histoire idiote où tous les profs et tous les gars de la classe étaient transformés en animaux et en monstres. Que la prof elle t'a mis dix – la seule fois qu'elle a mis un dix – et puis qu'elle a lu le devoir en classe. Quelle rigolade. Punaise, quelle rigolade. Même Ferrari, elle riait. »

Je fus projeté dans le passé. Aspiré par un tourbillon qui me déposa dix années en arrière.

Collège d'État Giovanni Pascoli. Même bâtiment que le lycée Orazzio Flacco, dit « Le Flacco ». Toutes les classes avaient des barreaux aux fenêtres, depuis qu'un lycéen, pour gagner un pari idiot, s'était promené sur une corniche et avait regardé en bas. J'étais encore à l'école élémentaire, mais un garçon plus vieux m'avait raconté ce hurlement qu'on avait entendu dans toute l'école. Un hurlement qui avait glacé le sang et la jeunesse d'une centaine de garçons et de filles.

À Pascoli et à Flacco, il faisait froid. Ces bahuts étaient situés face à la mer, et, de septembre à mars, le vent y pénétrait pas les huisseries disloquées. L'image de Mme Ferrari surgit de ma mémoire, accompagnée par toutes ces sensations : le froid, le sifflement du vent, cette odeur mêlée de poussière, de bois, d'enfants et de vieux murs.

Mme Ferrari était un excellent professeur, et à juste titre réputée. On se faisait pistonner pour être inscrit avec elle.

C'était une belle femme aux yeux bleus, aux cheveux blancs coupés court et aux pommettes accentuées. Un visage sans peur. Elle avait une voix grave, un peu rauque à cause de la cigarette, avec un léger accent du Piémont. À l'époque où j'étais au collège, elle devait avoir entre cinquante et soixante ans.

Elle en avait tout juste vingt quand, le 26 avril 1945, elle était entrée dans Gênes avec les partisans et une mitraillette anglaise entre les mains.

Je ne me souviens pas qu'elle se soit mise une seule fois en colère, pendant mes trois années de collège. C'était le genre de professeur qui n'avait jamais besoin de se fâcher, ni même de hausser la voix.

Quand un élève faisait ou disait quelque chose de répréhensible, elle le regardait. Elle disait probablement un mot, mais je ne me souviens que de son regard et de sa manière de tourner la tête. Lentement, tandis que le reste du corps restait immobile, et qu'elle regardait l'importun droit dans les yeux.

Elle n'avait pas besoin de se mettre en colère.

Le dix attribué à mon devoir fut un cas unique : la note la plus élevée que mettait Mme Ferrari était habituellement huit. Très rarement, neuf. Comme ce fut un moment unique en son genre que la lecture d'une rédaction – d'une rédaction humoristique – en classe.

Et c'est vrai, qu'elle-même ne put pas se retenir de rire à la lecture de certains passages.

Je ne me rappelle pas en quel animal j'avais transformé le professeur de sciences et mathématiques. Mais ça devait être amusant parce que, à ce moment-là, Ferrari se mit à rire franchement, de bon cœur. Elle avait même dû interrompre sa lecture, poser la copie sur le bureau, et se cacher le visage derrière ses mains. Mes camarades riaient. Toute la classe riait et je riais moi aussi, mais surtout pour dissimuler ma satisfaction et mon orgueil. J'avais onze ou douze ans et je pensais que plus tard je deviendrais un auteur célèbre de romans humoristiques. J'étais aux anges.

L'image s'estompa pendant que Mastropasqua disait une chose que je ne compris pas. Il devait avoir changé de sujet et j'acquiesçai vigoureusement, en m'efforçant de sourire et en fermant les yeux à demi.

« Il faut organiser une réunion d'anciens. Après le concours, je m'en charge, moi, d'appeler tout le monde. »

Une réunion d'anciens. Mais bien sûr. On en fait une tout de suite, et puis pourquoi pas une à trente et une autre à quarante ans. J'acquiesçai de nouveau en m'efforçant même de sourire, mais je sentis que mon sourire virait à la grimace. Je suis content de t'avoir rencontré, toujours plongé dans les livres toi, Cipriani.

Moi aussi, je suis content de t'avoir rencontré. Ciao, Cipriani – accolade – ciao, Mastropasqua.

Il se dirigea vers la caisse avec son manuel pour le concours d'agent de la police nationale. Je restai devant mon rayonnage, en faisant mine de regarder un livre de bridge, et en attendant que mon copain d'école quitte la librairie. Quand je me retournai, il avait disparu, aspiré vers l'endroit d'où il était venu. Peu importe lequel.

Alors, je suis sorti moi aussi et j'ai marché jusqu'au front de mer, puis j'ai marché encore – comme si je voulais échapper à quelque chose – jusqu'aux limites de la ville, jusqu'aux derniers immeubles, jusqu'au kiosque ambulant qui, au sud, marquait la fin de chaque promenade à pied. J'ai acheté trois grandes bouteilles de bière et suis allé m'asseoir sur le soubassement en pierre du dernier lampadaire, tourné vers la mer, les yeux dans le vague. Les pensées à la dérive.

Je suis resté là longtemps, à boire et à fumer. La lumière du jour déclinait lentement. Très lentement. Puis la ligne de l'horizon s'est mise à fondre à son tour, sans hâte. Cette journée n'en finissait pas et je ne savais pas où aller. À un moment j'ai même eu l'impression que je n'arriverais jamais à me lever, ni à faire le moindre mouvement ; j'étais comme englué dans une sorte de toile d'araignée.

Il faisait déjà nuit lorsque je suis descendu de mon bloc de granit, laissant à ma place les bouteilles vides, debout, alignées vers la mer. Avant de m'en aller, j'ai regardé ces trois silhouettes rose violacé sur fond bleu de Prusse. J'ai pensé qu'il devait bien y avoir une signification, à ces trois bouteilles posées là, en équilibre face à la mer, dans l'attente que quelqu'un les fasse tomber.

Naturellement je ne l'ai pas trouvée. S'il y en avait une.

Pour rentrer à la maison, j'ai dû marcher presque une heure, à grandes enjambées forcées. Étourdi par la fatigue, par la bière, tête baissée, fixant uniquement le mètre de trottoir qui précédait mes pas.

Je suis allé me coucher et j'ai dormi longtemps. D'un sommeil sombre, profond et peuplé de rêves impénétrables.

13

Mardi matin, il pleuvait, de façon régulière et persistante. Insolite pour un mois de juin.

Le bruit de la pluie m'avait réveillé de bonne heure et je n'avais pas pu rester au lit. Il était à peine huit heures quand je m'étais levé. Il était trop tôt pour appeler et je devais trouver un moyen de tuer le temps. Je déjeunai calmement. Je me brossai les dents et me rasai. Puis, avant de m'habiller, vu qu'il était encore trop tôt, je décidai de mettre de l'ordre dans ma chambre.

J'allumai la radio, trouvai une station qui diffusait de la musique italienne avec un minimum de pauses publicitaires, et je commençai.

Je ramassai de vieux journaux, des notes qui ne me servaient plus, du bric-à-brac perdu au fond des tiroirs de mon bureau, deux vieilles pantoufles gisant sous mon lit depuis je ne sais combien de temps ; je mis le tout dans deux grands sacs-poubelle. Je rangeai des livres sur les rayonnages, raccrochai un poster – *L'Empire des lumières*, de Magritte – qui pendait de guingois depuis plusieurs mois, tenu par un seul et problématique morceau de scotch. J'allai même jusqu'à retirer la poussière avec un chiffon humide. Technique apprise enfant, lorsque mes parents me payaient pour mes prestations domestiques.

À la fin, après m'être douché et habillé, j'allai directement au téléphone et sans réfléchir, j'appelai.

À nouveau une communication sans chichis. Une communication administrative. Je voulais la rejoindre tout de suite ? Mais oui. Si elle me disait comment venir chez elle. Son numéro de téléphone me laissa penser qu'elle habitait en périphérie, du côté de Carbonara. D'après ses explications, je vis que je ne m'étais pas trompé. Elle habitait près du Tennis Club, deux kilomètres avant Carbonara. Quartier résidentiel. Bien vu.

Quand je suis sorti, la pluie continuait à tomber régulièrement, d'un ciel gris et chargé. Je suis monté en voiture en pariant qu'il me faudrait une demi-heure pour traverser le centre-ville. La circulation était celle des jours catastrophe. En temps normal, je me serais énervé. Là, au contraire, l'idée de passer un long moment en voiture, même dans des embouteillages, en écoutant de la musique – sur la même station que celle captée à la maison –, sans penser à rien, m'a détendu. Laisser vide ce temps suspendu.

C'est ainsi que j'ai traversé la ville lentement, entre les voitures stationnées en double file, les flaques d'eau dignes du tiers-monde, les gens étranges portant manches courtes et parapluie noir, les agents de la circulation en ciré. J'écoutais la radio, bercé par les essuie-glaces qui chassaient les gouttelettes agglutinées sur le pare-brise.

Tout à coup, je me suis aperçu que leur rythme me faisait imperceptiblement balancer la tête, et, quand je me suis retrouvé près du Tennis Club, j'aurais été incapable de dire quel itinéraire j'avais suivi pour y arriver.

Le jardin de la villa était entouré d'un mur de pierre ocre, d'au moins deux mètres de haut. Au-dessus se dressait une haie de cèdres. De couleur changeante, entre le vert de la mousse et le vert turquoise. Le reste du monde était en noir et blanc.

Je descendis, sonnai deux fois à l'interphone et remontai en voiture sans attendre la réponse. À cet instant précis, je réalisai que je me déplaçais comme si j'avais été programmé. J'avais perdu mon libre arbitre.

Le portail automatique s'ouvrit tout de suite, silencieux. Comme dans les rêves.

Tandis que je m'engageais lentement dans l'allée au bout de laquelle on apercevait, très loin, une villa de deux étages, l'inquiétude s'empara de moi. Accompagnée d'une sensation brutale d'irréalité et d'un réflexe de fuite.

Tout était irréel et définitivement étrange. La voiture avançait majestueusement dans l'allée bordée de pins immenses, et je n'avais qu'une idée en tête : faire marche arrière et me sauver. Mais en regardant dans le rétroviseur, je vis le portail se refermer, aussi silencieusement qu'il s'était ouvert.

La voiture avança. Toute seule. Jusqu'à la villa.

Celle-ci exhibait en façade une sorte de portique sous lequel Maria me faisait un signe de la main, vers la droite. Tout d'abord je ne compris pas bien ses intentions, et il me sembla qu'elle m'indiquait une issue pour prendre la fuite. Il y avait un imprévu – le mari ? – et je devais filer par là. Pendant un moment je ressentis un mélange de panique et de soulagement.

Puis je compris qu'elle voulait simplement m'indiquer où me garer. Je laissai ma voiture sous un abri recouvert de plantes grimpantes, à côté d'une Lancia qui semblait abandonnée là depuis des lustres. Il y avait aussi une utilitaire de couleur sombre. La voiture de Maria, pensai-je. Je franchis l'espace qui séparait le parking du portique, avec l'impression de me mouvoir au ralenti, sous la pluie qui m'arrosait.

Elle dit Ciao, viens ; et j'entrai dans la maison alors que je n'en étais encore qu'aux salutations. À l'intérieur où tout était parfaitement en ordre, il flottait une odeur de produit d'entretien parfumé.

Nous avons pris un jus de fruits à la cuisine. En bavardant, mais la seule information dont je me souviens concernait la femme de ménage qui n'arrivait qu'à l'heure du déjeuner ; le matin, Maria ne voulait personne à la maison. À cette heure-là je devrais être parti.

Nous étions encore dans la cuisine lorsqu'elle précipita sa bouche sur la mienne. Elle avait une langue dure, charnue, et sèche. Je sentais le parfum qu'elle s'était vaporisé sur le cou quelques instants avant mon arrivée. Trop, et trop doux.

Je ne me souviens pas du trajet parcouru pour arriver à une chambre qui n'était certainement pas la chambre conjugale. La chambre d'ami peut-être, ou celle des extras clandestins. Propre, très ordonnée, avec deux lits jumeaux, un meuble de bois clair et une fenêtre qui donnait sur le jardin. On apercevait deux palmiers et, derrière, une haie.

La maison était silencieuse, et venant de l'extérieur on

ne percevait que le tapotis de la pluie. Pas de bruits de voitures, pas de bruits humains. Rien. Seulement la pluie.

Maria avait un corps sec et musculeux. Le résultat d'heures passées en salle de gym. Aérobic, body-building et Dieu sait quoi encore.

Et cependant, à un certain moment, alors que j'étais allongé sur le dos et qu'elle s'agitait au-dessus de moi, je remarquai des vergetures sur ses seins. L'image instantanée – de ces seins vieillis sur un corps d'athlète – m'est restée en mémoire avec une précision photographique.

Triste et indélébile.

Tandis qu'elle se mouvait méthodiquement, attachée à mon propre corps – et que je bougeais moi aussi, comme dans un exercice de gymnastique –, je sentais ce parfum trop doux mêlé à une autre odeur, moins artificielle mais tout aussi étrange, envahir mes narines.

Nous approchions de la conclusion lorsqu'elle m'appela amour. Une fois. Deux fois. Trois fois.

Un nombre incalculable de fois. Comme dans ce jeu d'enfants, où on répète un mot jusqu'à ce que le cerveau se court-circuite et fasse disparaître le sens de ce mot.

Amour.

Après, j'eus envie d'allumer une cigarette, mais je ne le fis pas. Elle m'avait dit qu'elle détestait l'odeur du tabac. Je ne bougeais pas, étendu sur le dos, pendant qu'elle parlait. Nue, allongée sur le dos elle aussi. De temps en temps elle se passait une main à l'intérieur des cuisses, comme si elle se savonnait.

Elle parlait, je regardais le plafond, la pluie continuait à tomber, et le temps semblait immobile.

Je n'ai pas le souvenir de m'être rhabillé, d'avoir fait en sens inverse le parcours qui m'avait conduit jusqu'à cette chambre d'ami, d'avoir décidé qu'on se reverrait, de l'avoir saluée. Quelques photogrammes de cette matinée sont très nets. Les autres se sont perdus. Immédiatement.

Quand je suis sorti, il pleuvait toujours.

14

Jusqu'à ce mardi de juin, mes souvenirs se succèdent de façon chronologique. Ensuite, les événements, soumis à une étrange accélération, adoptèrent un rythme syncopé et surréaliste. Il ne m'en reste que des scènes, les unes en couleurs, les autres en noir et blanc ; souvent muettes, comme dans certains rêves ; accompagnées parfois d'une bande-son bizarre, mal synchronisée.

Ces scènes, je ne parviens à les voir que de l'extérieur, en spectateur.

Souvent, au cours des années, je me suis efforcé de rentrer mentalement dans les situations que j'avais vécues. J'ai essayé d'en revoir les séquences depuis la position que j'occupais lorsqu'elles se sont produites, mais je n'y suis jamais parvenu.

Encore maintenant, alors que j'écris, je m'y efforce à nouveau, et à peine je crois y arriver qu'une sorte d'élastique invisible me tire en arrière et fait disparaître mes repères. Quand je tente d'effectuer la mise au point sur une scène, je suis à nouveau spectateur. Placé sous un angle différent, parfois plus proche, parfois plus éloigné. Quelquefois même, et c'est un peu angoissant, en plongée.

Mais je reste spectateur.

Je suis souvent retourné chez Maria. Généralement le matin, mais parfois aussi, tard le soir. La maison était toujours silencieuse et impeccable. Quand je rentrais chez moi, j'éprouvais une légère nausée, et pour la faire passer, je me disais que je n'irais plus.

Quelques jours après, je retéléphonais.

Je n'ai pas le souvenir d'une seule conversation avec mes parents. Tous les moyens étaient bons pour ne pas les rencontrer, et lorsque cela se produisait, je m'appliquais à ne pas les regarder.

Je rentrais tard le soir, je traînais au lit le matin. Je sortais, j'allais à la mer ou chez Maria, ou simplement je quittais la ville pour aller me promener en voiture, avec l'air conditionné et la musique poussée à fond. J'étais de retour en fin d'après-midi, me douchais, me changeais, sortais à nouveau, et revenais à la maison à une heure avancée de la nuit.

Je revois beaucoup de scènes de parties de poker, avant et après notre voyage en Espagne.

Parties dans des salles climatisées et remplies de fumée stagnante, parties sur des terrasses, dans des jardins de villas au bord de la mer. Une fois même sur un bateau.

Et une fois dans un cercle de jeu. Autant dire un tripot. Cette partie-là, je ne l'oublierai jamais.

Francesco, en principe, ne voulait pas jouer dans les tripots. Il disait que c'était dangereux, que cela nous exposait à des risques inutiles. Le milieu des cercles et des salles de jeu est un milieu fermé, un peu comme celui des toxicomanes. Tout le monde connaît tout le monde. Avec notre rythme de quatre, cinq et même six parties par mois, on risquait d'être rapidement repérés. On aurait vite remarqué que je gagnais très souvent. Puis on aurait remarqué que nous étions toujours ensemble. Enfin, en nous observant plus attentivement, quelqu'un se serait aperçu que je gagnais sur les fortes mises lorsque c'était Francesco qui distribuait les cartes.

C'est pourquoi nous jouions en dehors de ces circuits, grâce à l'incroyable capacité qu'avait Francesco de trouver sans cesse de nouvelles tables et de nouveaux partenaires, souvent à l'extérieur de Bari. Presque toujours des amateurs que nous ne reverrions qu'une fois, pour la revanche.

Comment Francesco faisait-il pour organiser autant de parties, avec autant de personnes qui ne se connaissaient pas entre elles, cela je n'ai jamais réussi à le comprendre.

Au cours de ces mois-là cependant, le type de joueurs que je rencontrais avait progressivement changé. Au début il s'agissait uniquement de gens riches ; très riches. Des gens pour qui perdre cinq, six, dix millions au poker était une malchance, mais pas une tragédie personnelle ou familiale. Puis, en même temps que ces partenaires – toujours plus rares –, je me mis à rencontrer des gens différents. Petit à petit nos tables commencèrent à accueillir – puis à déborder – d'employés modestes, d'étudiants comme nous, d'ouvriers, et même de petits retraités. Quelquefois même à la limite de la pauvreté. Ils perdaient comme les riches mais, pour eux, les conséquences n'étaient pas les mêmes.

Les choses ne fonctionnaient plus selon les conditions

que nous nous étions fixées, et chaque nouvel épisode était une chute.

Je ne voulais pas savoir vers quoi.

À l'entrée du cercle était assis un homme chauve en maillot de corps ; on voyait des touffes de poils noirs jaillir de ses épaules. Je lui dis que je venais voir Nicola. Je ne savais pas qui était Nicola, mais je suivais les instructions de Francesco. Sans bouger, le chauve jeta un coup d'œil autour de lui puis, d'un signe de tête, désigna l'intérieur. Je traversai une grande salle qu'un climatiseur cacochyme n'arrivait pas à rafraîchir. Je vis une dizaine de jeux vidéo à l'aspect inoffensif. Guerres des étoiles, courses automobiles, fusillades et ainsi de suite. Ce soir-là il y avait peu de monde devant les machines. Uniquement des adultes, et, en traversant la salle, je me demandai distraitement à quoi ils pouvaient bien s'amuser. Francesco m'avait expliqué que beaucoup de ces appareils étaient équipés d'un dispositif – activé par une télécommande ou même une simple clé – qui les transformait en sanglants vidéopokers. Le client demandait au tenancier à faire une partie. S'il n'était pas connu, on lui répondait vertement qu'il n'y avait pas de vidéopokers dans ce cercle : ç'aurait pu être un flic ou un carabinier. Si au contraire le client était déjà connu, ou s'il était muni d'une recommandation, le tenancier changeait de monitor en tournant la clé ou en pressant la télécommande. Il y avait des gens qui perdaient des millions en jouant simplement quelques milliers de lires à la fois, pendant des heures et des heures. Si, pendant quinze secondes, l'appareil ne recevait pas d'impulsion, le jeu licite et innocent réapparaissait à l'écran. Celui que voyait la police quand elle entrait pour un contrôle, après avoir reçu, par exemple, la lettre anonyme d'une épouse désespérée.

De la salle des jeux vidéo, on passait dans une autre salle, plus petite, contenant trois tables de billard. Personne ne jouait, l'air conditionné fonctionnait mieux, et un autre type encore me demanda ce que je voulais. Je cherchais toujours Nicola.

Il me dit d'attendre là où j'étais. Et, s'approchant d'une porte métallique vers le fond de la salle, il prononça dans un interphone des paroles que je ne réussis pas à comprendre. Moins d'une minute plus tard, Francesco apparut et me fit signe d'entrer. Après avoir traversé un couloir chichement éclairé par une loupiote suspendue à un fil, nous descendîmes un escalier abrupt et étroit qui nous mena enfin à destination. C'était un sous-sol bas de plafond, avec six ou sept tables vertes, déjà toutes occupées à l'exception d'une seule. Au fond de la salle, du côté opposé à l'entrée, il y avait une espèce de bar. Derrière, un homme âgé, le visage émacié et mauvais.

Là, la clim fonctionnait bien. Trop même, car en entrant je frissonnai. On percevait l'odeur de moisi propre aux endroits qui reçoivent beaucoup de fumeurs, et dont l'air n'est renouvelé qu'artificiellement. Sur chaque table, une lampe verte tentait de donner de la classe à ce tripot de banlieue. L'ensemble produisait un effet à mi-chemin du surréel et du pitoyable. Une cave à moitié obscure, des cônes de lumière jaune, des traînées de fumée qui se perdaient en volutes à l'aspect maléfique, des hommes assis à cheval entre ces deux zones, de lumière et d'obscurité.

Devant le bar, Francesco me présenta au vieux et aux

deux types anonymes qui allaient jouer avec nous. Nous attendions quelqu'un d'autre : ce soir ce serait une partie à cinq. Pendant ce temps, Francesco m'expliqua le règlement de la maison.

Pour avoir une table il fallait donner un demi million au tenancier. Donc cent mille lires chacun. En échange, nous aurions un jeu de cartes neuf, des jetons et le premier café. Et la possibilité de jouer jusqu'au lendemain matin. Pour avoir d'autres cafés, de l'alcool, des cigarettes, il fallait payer un supplément. On jouait avec une mise de départ de cinq cent mille lires, et, à la fin de la partie, on devait laisser au tenancier cinq pour cent du chiffre. Le gagnant, bien entendu.

Le cinquième arriva quelques minutes après. Il se répandit en excuses pour son retard ; il respirait difficilement et épongeait son visage en sueur avec un mouchoir blanc plutôt ringard. Tout en lui était légèrement décalé. Une chemise blanche avec un col bizarre, qui semblait remonter à la dernière guerre. Des cheveux gris un peu trop longs, l'index et le majeur de la main gauche jaunis par la nicotine.

Ses yeux, entourés de cernes noirs et profonds, avaient une étrange douceur, mais étaient traversés d'éclairs d'angoisse. Il était fraîchement rasé et exhalait une odeur d'after-shave qui me rappela quelque chose de mon enfance disparue. Une odeur respirée sur le visage d'un grand-père, d'un oncle, ou de quelqu'un d'autre déjà très âgé quand j'étais encore très jeune. Quelque chose qui surgissait du passé.

Lui semblait complètement anachronique, comme sorti d'un film néoréaliste ou d'un vieux journal télévisé en noir et blanc.

Il était avocat, du moins c'est ainsi qu'on me le présenta. Je ne me souviens pas de son nom, mais tout le monde l'appelait maître, ou par son prénom : Gino. Maître Gino.

Une fois assis, on nous apporta le café, les cartes et les jetons ; tandis que je m'apprêtais à sortir mon portefeuille pour régler ma contribution, Francesco m'arrêta d'un coup d'œil et d'un geste imperceptible de la tête. Il n'était pas de bon ton, dans cet endroit, de payer à l'avance. Les patrons, même si on ne les connaissait pas, ne semblaient pas se préoccuper d'une éventuelle insolvabilité de leurs clients.

Nous avons joué pendant plusieurs heures, bien plus longtemps que d'habitude. Si je regarde cette scène, je vois un nuage fait de fumée, de lumière artificielle et d'ombres. À travers ce nuage n'apparaissent quasiment que le visage et les gestes de l'avocat, dans des clichés séparés les uns des autres. Impossible de me rappeler les visages et les noms des autres joueurs ; il est certain que, si je les avais rencontrés le lendemain, je ne les aurais pas reconnus.

Au cours de la partie, je n'avais eu d'yeux que pour cet homme de plus de cinquante ans, à la respiration difficile, une cigarette – il fumait les MS les plus fortes – toujours allumée, l'air apparemment imperturbable. Il m'attirait de manière incompréhensible et m'hypnotisait.

Notant à nouveau qu'il était rasé de frais, j'ai pensé qu'il avait dû se faire la barbe exprès avant de venir jouer. Dans ce sous-sol sordide et enfumé. Au milieu d'abrutis et de voyous en tout genre, moi inclus.

Il a l'âge de mon père, ai-je réalisé tout à coup, et je me suis immédiatement senti mal à l'aise.

Quand il perdait une mise, la commissure gauche de ses lèvres se mettait légèrement à trembler. Pourtant, un instant après, il souriait comme pour dire : « Ne vous inquiétez pas pour moi ; ne vous inquiétez *surtout* pas pour moi. Qu'est-ce que c'est qu'une mise perdue ! »

Des mises, il en a perdu des tonnes. Il acceptait tous les paris. Il jouait de façon méthodique et fébrile à la fois. Comme s'il n'en avait rien à faire de l'argent qui était là sur la table, sous forme de jetons crasseux. Peut-être que, dans un certain sens, c'était sa nature. Peut-être qu'il était assis là, pour des raisons qui n'avaient rien à voir avec l'argent.

Malgré tout, il y avait quelque chose de fébrile, de maladif dans sa manière extrêmement contrôlée de pousser les jetons vers le pot, pour quasiment ne jamais les récupérer à la fin de la manche.

De toute façon il aurait perdu, même si Francesco et moi n'avions pas été là, à cette table.

Le jeu s'est conclu à quatre heures du matin. Quand nous nous sommes levés, les autres tables étaient déjà vides ; presque toutes les lumières étaient éteintes et dans l'air flottait une brume grisâtre et inquiétante.

Naturellement je gagnai, et l'un des deux joueurs anonymes gagna aussi mais beaucoup moins que moi. Francesco m'avait expliqué que c'était le genre de type avec lequel il valait mieux ne pas avoir de contentieux. Il était prudent aussi de ne pas l'énerver. C'est pour cela qu'il l'avait fait gagner. Pour que, comme d'habitude, tout passe comme une lettre à la poste, sans le moindre lézard.

Les autres, y compris Francesco, perdirent. Et plus que tout le monde, l'avocat Gino. Il alluma une énième cigarette, sortie d'un paquet froissé et pratiquement vide, et dit que, si cela ne m'ennuyait pas, il me ferait un chèque, parce que, évidemment, il ne se promenait pas avec autant de liquide sur lui. Il dit aussi que si cela ne me dérangeait pas, il postdaterait le chèque. Je n'avais pas à me faire de souci, il attendait de l'argent d'un client. Affaire de deux ou trois jours. D'ailleurs, par précaution, il le postdaterait d'une semaine si j'étais d'accord. Je dis qu'il n'y avait pas de problème, mais cependant, je ne sais pas pourquoi, j'évitai le regard de Francesco.

Nous payâmes le vieux, Francesco paya en liquide le gars anonyme avec lequel il valait mieux ne pas entretenir de litige, quelques menus chèques passèrent de main en main, et pour finir je me retrouvai avec un chèque postdaté, rempli d'une écriture élégante et nerveuse. Aristocratique même, pensai-je. En parfaite contradiction avec l'aspect miteux de cet homme. Dernier vestige d'une personne qui autrefois avait dû exister, différente. Dans un coin reculé du passé.

15

Quelques jours plus tard, à la date indiquée par maître Gino, nous nous sommes rendus à la banque pour encaisser le chèque et partager l'argent. Comme d'habitude.

Après avoir effectué les contrôles de routine, le caissier déclara qu'il était désolé, mais que le compte était dans le rouge et, par conséquent, le chèque sans provision. Ça n'était encore jamais arrivé, et moi, de manière absurde, je me sentis comme pris en faute ; je pensai que le caissier allait m'interroger sur la provenance du chèque ; qu'il allait me presser de questions et qu'à mon expression coupable, il découvrirait qui j'étais. Le silence dura plusieurs secondes, interminables. Je ne savais pas quoi dire et, quand bien même j'étais là de mon propre gré, j'aurais tout bêtement préféré être ailleurs.

Puis j'entendis la voix de Francesco, juste derrière moi. Il demanda poliment à l'employé de nous rendre le chèque, parce qu'il était clair qu'il y avait eu un malentendu avec le client. Il dit exactement ceci : « Il a dû y avoir un malentendu avec le client. » Ce sont des choses qui peuvent arriver. Nous allions résoudre le problème tout seuls, il n'y avait pas lieu de faire des réclamations, d'entamer une procédure, ou autre chose. Merci et bonne journée.

Quelques instants plus tard, en quittant la banque, nous avions retrouvé la touffeur de l'été baresien.

« Le salaud. J'aurais dû y penser. » Pour la première fois depuis que je le connaissais, Francesco semblait en pétard. Vraiment en pétard.

« C'est de ma faute. Il faut pas aller jouer dans les tripots et encore moins jouer avec ces *mecs-là*. Merde.

– Quels mecs ?

– Les mecs drogués. Les joueurs malades. Les drogués du tapis vert. Comme celui-là justement. » Les paroles et le ton de Francesco exprimaient violence et mépris. Ce qui, pour plusieurs raisons, me parut naturel, même si je ne comprenais pas exactement pourquoi.

« T'as vu comment il jouait ? » Il marqua une pause, mais ce n'était pas pour écouter ma réponse. D'ailleurs je restai muet.

« Les types comme lui jouent comme d'autres se piquent à l'héroïne. Ils sont drogués. C'est comme avec les toxicos, impossible de leur faire confiance. Ils volent père, mère, épouse. Ils volent même leurs enfants pour venir jouer encore une fois. Ils empruntent à leurs amis et ne remboursent jamais. Ils croient savoir jouer et si tu les écoutes, tu as l'impression qu'ils connaissent des méthodes scientifiques, infaillibles, pour gagner ad vitam aeternam. Puis, quand ils sont à la table, ils jouent comme des cinglés. Et quand ils perdent, ils veulent tout de suite remettre ça. Ils en veulent toujours plus. Ils sont accros, parce que jouer leur donne l'impression d'être vivants. Des pouilleux. Tous des pouilleux. Y a pas une personne moins fiable qu'eux. Et dire que je le savais, et que j'ai quand même voulu jouer avec eux. C'est de ma faute. »

Francesco poursuivit, mais moi, au bout d'un moment, je finis par décrocher. Sa voix était devenue un bruit de fond quand il me sembla comprendre la raison de cette rage. Pendant un temps difficile à mesurer, j'eus l'impression de décrypter le sens de ses paroles.

Puis ce sens disparut aussi brusquement qu'il était apparu.

Des années plus tard, je lirais que l'addiction aux jeux de hasard est une tentative pour contrôler l'incontrôlable, et donne aux joueurs l'illusion d'être maîtres de leur destin. C'est alors que me revint – nettement – l'intuition que j'avais eue ce matin-là.

C'est parce que l'avocat Gino était son double, que Francesco exprimait autant de ressentiment à l'égard de ce malheureux. Il était son miroir. Tellement insupportable à regarder, qu'il le détruisait en pensant détruire sa propre angoisse.

Ils avaient tous les deux la même fièvre de l'âme. Comme lui, Francesco, en manipulant les cartes – et les personnes –, se donnait l'illusion de maîtriser son destin.

Tous les deux, de manière différente, marchaient sur le bord d'un même précipice.

Et je les suivais. De très près.

Nous sommes allés nous asseoir sous un parasol, à une terrasse du front de mer, là où se dressent les grands immeubles mussoliniens, à proximité de la Pinacothèque.

Francesco a déclaré que nous devions à tout prix

récupérer l'argent. Le soir de cette partie, lui-même avait payé ce qu'il avait perdu. Il avait perdu délibérément, avec cet homme dangereux dont je ne me rappelais même plus le visage, pour éviter d'éventuels soupçons quant à la régularité du jeu. Et puis il y avait eu les frais pour accéder à la table, le pourcentage versé au tenancier du tripot, et cetera.

Tout d'abord récupérer les pertes. *D'une manière ou d'une autre*, dit-il avec le ton neutre de celui qui est en train de discuter un point précis de bilan d'entreprise. Son visage cependant avait une expression qui ne me plaisait pas. Mais pas du tout.

J'avais la sensation que quelque chose de tordu allait arriver. La sensation qu'une catastrophe était imminente. La sensation d'avoir atteint un point de non-retour.

C'est pourquoi j'émis l'hypothèse de laisser tomber le pauvre vieux. On pouvait bien se passer de cet argent, on en avait plus qu'il ne nous en fallait, on allait se partager les pertes et affaire classée.

Cela ne lui plut pas.

Il resta un moment silencieux, mâchoires serrées, faisant visiblement des efforts pour contenir sa colère. Puis, sans me regarder, il se mit à parler tout bas, d'une voix tendue. L'intonation était glaciale, quasi métallique : celle d'un supérieur s'adressant au subalterne qui n'a pas su rester à sa place. Je piquai un fard, mais il ne s'en rendit pas compte. C'est du moins ce que je crois.

Ce n'était pas une question d'argent. Pas seulement. On ne pouvait pas laisser passer une dette de jeu impayée. D'une manière ou d'une autre, cela aurait éveillé des soupçons, fait courir des bruits, et pour nous ç'aurait été le début de la fin. L'argent que nous avions gagné, *nous devions* le récupérer. Intégralement.

Je ne cherchai pas à savoir ce qu'il aurait été naturel de savoir. De quelle manière les bruits auraient-ils pu courir, si la seule personne à être au courant était ce Gino ? Qui ne serait certainement pas allé crier sur les toits qu'il avait réglé une dette de jeu de plusieurs millions avec un chèque en bois.

Je ne répliquai pas parce que je ne voulais plus entendre Francesco parler sur ce ton. Je ne voulais pas le sentir en colère contre moi. Je ne voulais pas le sentir me désapprouver.

Je me dis alors que nous n'avions pas le choix. Il avait raison. On ne pouvait pas laisser tomber une affaire pareille ; c'était trop risqué. Il fallait récupérer l'argent – me dis-je confusément –, sinon c'en serait fini pour nous. Je me dis beaucoup d'autres choses vagues destinées à me convaincre.

Au fur et à mesure, mon malaise diminuait. À force de trouver des motifs pour donner raison à Francesco, mon inquiétude se dissolvait dans la trouble, fausse mais rassurante conviction que nous n'avions pas d'alternative.

Alors je finis par acquiescer, avec l'air et le ton d'un homme d'affaires convaincu par un autre homme d'affaires de la nécessité, malgré le désagrément qu'elle allait occasionner, de mener à son terme une opération.

Parce qu'il était clair, très clair, que ce ne serait pas une partie de plaisir que d'aller récupérer cet argent.

16

Le rendez-vous était fixé à vingt heures, dans les jardins de la piazza Battisti, face à la poste centrale et à la faculté de droit. Ma faculté.

J'arrivai avec un peu de retard et Francesco était déjà là.

Avec la *personne* en question.

Il s'appelait Piero. Taille moyenne, corpulence moyenne, visage ordinaire. Trente-cinq ans peut-être, ou un peu plus. Sans ses cheveux, il aurait semblé banal. Ceux-ci étaient longs, d'un blond parfaitement artificiel, et ramassés en une petite queue, à l'aide d'un ridicule élastique rose. Il portait un sac de cuir noir, tout gonflé, qui présentait un aspect bizarrement obscène.

Piero devait m'accompagner chez l'avocat Gino – il savait où il habitait – et m'aider à le convaincre de payer sa dette. Vite et sans faire l'idiot. Sans faire d'histoires.

Avant d'y aller, Francesco nous offrit un apéritif au Café de la Poste. Le café où, jusqu'à l'année précédente, nous avions l'habitude de nous arrêter après les cours ou les séminaires, ou à la sortie d'un examen.

Au fur et à mesure que je buvais mon prosecco glacé en grignotant des pistaches et en me repassant des photos de ma vie passée, je me sentais envahi par un sentiment d'irréalité. Comme si ces événements, et celui-là en particulier, n'étaient pas en train de m'arriver à moi. Et aussi, comme si mon passé n'avait pas été le mien. Suspendu entre deux sensations de vide également prégnantes et confuses. Sourdes et incisives.

Nous quittâmes le café, et Francesco – qui visiblement ne pouvait pas venir avec nous – nous salua. Il donna une poignée de main à Piero, et à moi une tape sur l'épaule. Satisfait.

Nous arrivâmes à proximité du tribunal. Un quartier calme le jour mais dangereux une fois la nuit tombée. Piero me montra la porte d'entrée d'un immeuble miteux de trois étages ; en dialecte il me dit que *notre homme* habitait là. Alors, nous l'attendîmes, assis sur le coffre d'une voiture en stationnement de l'autre côté de la rue.

Piero était infirmier généraliste au Policlinico, mais – me dit-il – il n'allait travailler que lorsqu'il en avait envie. C'est-à-dire presque jamais. Un collègue pointait pour lui et le chef de service fermait les yeux. Mais, quand on avait besoin d'un coup de main, retrouver une voiture volée par exemple ou quelque chose de similaire, c'était à lui qu'on faisait appel.

Il parlait d'une voix monocorde, moitié dialecte, moitié italien. Et il fumait. Des cigarettes Cartier, qu'il éteignait à mi-course, en écrasant tabac et papier entre le pouce et le majeur de la main droite.

Maître Gino arriva une demi-heure plus tard. Il était habillé de la même manière que l'autre soir. Même chemise blanche, même pantalon à la coupe démodée. Il fumait en marchant.

Nous traversâmes la rue et nous l'interceptâmes au moment où il allait atteindre son portail.

Il commença par me voir et s'apprêta à ébaucher un sourire, lorsqu'il aperçut Piero. Le sourire se figea immédiatement sur ses lèvres.

« Bonsoir, Maître. On va prendre un café ? dit Piero

– En fait, je ferais mieux de rentrer chez moi. Je suis dehors depuis ce matin. »

Piero s'approcha de lui et lui mit une main sur l'épaule.

« Allons prendre un café », répéta-t-il. Même ton monocorde. Sans l'ombre d'un sous-entendu ou d'une menace. L'avocat Gino n'opposa ni objection ni résistance. Il semblait rassuré.

Nous avons tourné l'angle de la rue, marché en silence jusqu'au bout du pâté de maisons, puis tourné encore et débouché dans une impasse. Sans bar ni magasin.

« Maître, qu'est-ce qui s'est passé avec ce chèque ? »

Nous étions arrêtés devant un rideau de fer baissé et rouillé, dans la tonalité bistre de la rue sans éclairage. Piero venait de parler sur le ton qui lui était habituel ; on n'avait même pas entendu le point d'interrogation. Gino s'apprêtait à ouvrir la bouche lorsque je vis zigzaguer dans la pénombre l'une des mains de Piero. Celle qui ne tenait pas le sac. Après avoir décrit une rapide trajectoire en demi-cercle, elle alla s'écraser avec violence sur le visage de cet homme qui avait l'âge de mon père.

La gifle fut si forte que je vis la tête de Gino osciller et le cou presque s'allonger sous l'effet de la secousse. Comme dans certaines scènes de matchs de boxe tournées au ralenti, quand arrive un uppercut et que la tête brinquebale, incontrôlée, d'un côté à l'autre, avant que l'athlète ne s'écroule au sol, les yeux révulsés.

Je m'aperçus à ce moment-là que l'avocat avait une mèche de cheveux plaquée en arrière. Je n'y avais pas fait attention auparavant, mais la gifle la lui avait déplacée. Et on pouvait voir le haut du crâne complètement dégarni et ce toupet tomber presque à la perpendiculaire, du front jusqu'au nez.

Je fus pris d'une sensation voisine de la panique. Mais très différente tout de même. À la honte, à la peur se mêlait une sorte de confuse, ignoble, inavouable exultation. Celle qu'on doit éprouver quand on exerce un pouvoir quasi absolu sur un autre être humain.

Je ne savais pas quoi faire. Le menton de Gino tremblait, comme celui d'un enfant sur le point de pleurer qui cherche désespérément à retenir ses larmes. La mèche pendait, pathétique, et ressemblait à un appendice postiche.

Je sentis quelque chose s'amplifier rapidement en moi et me parcourir, aussi incontrôlable qu'un torrent qui ruissellerait violemment à l'intérieur d'une tuyauterie trop étroite.

Pour finir, je me mis moi aussi à le frapper.

Je le giflai, moins fort que Piero, mais je n'y allai tout de même pas de main morte, et sur la même joue.

Je le giflai pour mettre fin à ce paroxysme. Je le giflai par méchanceté. Par colère. Cette colère qui te prend quand tu es face à la faiblesse, à la lâcheté de quelqu'un et que tu y reconnais – ou que tu crains d'y reconnaître – ta propre faiblesse ou ta propre lâcheté. Quand tu te trouves face à l'échec de quelqu'un et que tu cherches à effacer la crainte de subir, tôt ou tard, le même échec.

Je le giflai, et je vis dans le regard qu'il me lança un éclair de stupeur, qui s'éteignit instantanément. Laissant place à la résignation de celui qui pense avoir bien mérité cette raclée.

Alors je me mis à parler, pour ne plus penser à ce que je venais de faire. À ce que j'étais en train de faire. Pour éviter que ne surgisse un sourire méchant, pour le moment encore à l'abri de mes lèvres. Un sourire de complaisance à l'égard de ce que j'avais été capable de faire. Et peut-être aussi pour le protéger. Pour empêcher Piero de le cogner à nouveau. Je pris en quelque sorte la situation en main.

« Pourquoi tu nous obliges à faire ça ? »

J'affectai un air déçu, mais enclin à la compréhension. Comme si nous étions de vieux copains et que lui avait trahi ma confiance. Et que malgré tout j'étais encore disposé à lui pardonner, si seulement il m'en donnait la possibilité.

D'un geste pathétique de vanité, Gino chercha à remettre sa mèche en place. Il chercha à retrouver un minimum de contenance, vu que maintenant on avait entamé une manière de conversation.

« Mais je n'ai pas cet argent. Je voudrais bien te le donner, mais je ne l'ai pas maintenant. J'ai eu des ennuis. Je peux chercher à m'en procurer, mais pour l'instant je n'ai rien. »

J'eus le réflexe ridicule de dire : bon, ça va, d'accord. Excuse-nous pour les baffes – tu sais, les affaires sont les affaires – et on se voit dès que tu l'as, ce fric. Et puis de m'en aller, de disparaître.

Mais au contraire, Piero, qui était resté silencieux jusqu'à maintenant, prit les devants. Frappé, j'imagine, par la tournure qu'étaient en train de prendre les événements et par mon comportement inattendu.

Il déclara qu'il n'y avait pas lieu de s'éterniser en bavardages. Gino devait signer des traites, dix, douze au maximum. Naturellement, on allait appliquer un taux d'intérêt pour le retard et le dérangement. De *notre* côté – il dit bien de *notre* côté –, nous allions escompter ces traites et lui avait tout intérêt à les payer, et ponctuellement. Sans changer de ton, il lui dit que si une seule de ces traites n'était pas réglée, il reviendrait. Pour lui casser un bras.

L'avocat Gino se retourna pour me regarder. Stupéfait que quelqu'un comme moi puisse participe à une telle combine. Je détournai les yeux, en acquiesçant d'un air grave. Je tenais bien mon rôle. Comme pour dire : ça ne me plaît pas, mais pourtant, c'est bien ce qui va t'arriver si tu ne te conduis pas correctement. Ne m'oblige pas à le faire.

Techniquement, je suis en train de commettre une extorsion.

Ces paroles se formèrent involontairement dans mon esprit ; je les entendis et en même temps je les vis écrites, en caractères d'imprimerie, comme sur un papier. Ou dans un procès-verbal.

Pendant quelques secondes, nous restâmes là debout, en silence.

« Alors on va le prendre ce café, dit Piero pour

conclure. Comme ça on s'assied, on fait ces traites et puis on rentre à la maison. »

L'avocat Gino tenta une dernière objection.

« Mais on les trouve où, à cette heure, les traites ? Tous les tabacs sont fermés.

– Je les ai, moi. T'inquiète pas », dit Piero en montrant son sac difforme. Rien à dire, c'était un vrai pro.

Nous prîmes place à une petite table, au fond d'un bar, quasiment dans l'arrière-boutique. J'avais le tournis, une nausée indéfinissable. Quand le café arriva, je ne réussis pas à le boire. Piero sortit son paquet de Cartier et nous en offrit. Gino dit non merci, car, si ça ne l'ennuyait pas, il préférait ses cigarettes. Piero, avec sa voix habituelle, réitéra son invitation à prendre une des siennes. Gino alors s'exécuta. Moi aussi ; j'allumai ma cigarette mais la laissai se consumer sans la fumer.

Gino signa les traites, peut-être dix, peut-être douze. Il écrivait tête baissée ; moi je regardais ces morceaux de papier et la main qui s'appliquait à la calligraphie, avec une affectation éreintante. Mes yeux ne parvenaient pas à se détacher de cette main pâle, de cette pointe Bic à deux sous, du revêtement pisseux de cette table de bistrot ordinaire.

Le pensum terminé, je me levai, pris les traites, en fis un rouleau et les glissai dans ma poche de pantalon. Puis je me tins là immobile, ne sachant quoi faire, quoi dire. Il me venait seulement des phrases idiotes du style : merci, au revoir. Ou bien : j'espère vous rencontrer dans de meilleures circonstances. Ou encore : je suis désolé, mais les affaires sont les affaires et les dettes, malheureusement, doivent se payer. Dans toutes ces phrases imaginaires, je le vouvoyais. Comme ç'aurait été le cas si nous

nous étions rencontrés à une autre occasion. Moi et ce monsieur de l'âge de mon père.

Je m'apprêtai à lui tendre la main, pour lui exprimer une lâche solidarité, lorsque mon compagnon prit la parole. Mon complice.

« On y va. » De l'air impatient de ceux qui estiment que les amateurs ne devraient pas faire des boulots de professionnels. Peut-être que je me faisais des idées, et que lui voulait simplement s'en aller. Je marquai un temps d'hésitation, puis je me tournai et me dirigeai vers la sortie. Sans prononcer un mot.

Arrivé à la porte, je me retournai. Au fond du café, Gino se tenait, tel que nous l'avions laissé. Assis, la tête appuyée sur une main, le coude posé sur la table, l'autre bras abandonné le long du corps. Il semblait observer quelque chose, avec un intérêt mitigé.

Mais là où se portait son regard, il n'y avait qu'un mur à la peinture écaillée.

17

Cette nuit-là, les quarante gouttes de Novalgine n'avaient pas fait leur effet. La migraine avait diminué, mais il en était resté une trace sourde et oppressante sur l'œil et sur la tempe. Cette sensation bien connue qui, d'un moment à l'autre, pouvait se transformer en une douleur lancinante et insupportable.

« Lieutenant, je peux entrer ?

– Oui, Cardinale, venez. » Il lui fit signe de s'asseoir, prit son paquet de cigarettes – en pensant en même temps qu'avec cette menace de migraine il n'aurait pas dû fumer – et lui en offrit une. Celui-ci, question d'éducation, refusa.

« Non merci, lieutenant, j'ai arrêté.

– C'est vrai, vous me l'avez déjà dit. De quoi vouliez-vous me parler ?

– J'ai relu tout le dossier concernant le… maniaque que nous recherchons. »

Chiti reposa sa cigarette, sans l'avoir allumée. Il se rapprocha imperceptiblement du brigadier.

« Oui ?

– Lieutenant, je crois que le plus important, ça n'est pas l'endroit *où* les faits se sont produits, c'est-à-dire les agressions. À mon avis, le plus important, c'est de savoir d'où venaient les victimes.

– Ce qui veut dire ?

– Les filles venaient toutes de boîtes ouvertes la nuit, bar, pub, discothèque. Deux y travaillaient comme serveuses, quatre, y compris celle d'il y a deux jours, comme aventuriste. »

Aventuriste ? Ça existe, ce mot-là ? se demanda Chiti.

« Comment savez-vous qu'elles venaient de là ?

– C'est écrit dans les procès-verbaux. »

Parfaitement. C'était écrit dans les procès-verbaux et lui n'y avait même pas fait attention. Il les avait lus et relus en y cherchant des points de concordance dans les modes opératoires, dans les portraits inconsistants, voire inexistants, du violeur. Il n'avait pas fait attention à ce qui s'était passé avant. Il ressentit une pointe de jalousie à l'égard de son collègue qui avait été plus malin que lui.

« Continuez.

– Je pense que le violeur fréquente ces endroits-là. Il regarde autour de lui, choisit sa victime, de préférence parmi les filles qui ne sont pas accompagnées – il paraît que ça existe, des groupes de filles seules – et puis quand elle sort, il la suit et… fait ses saloperies.

– Et celles qui travaillent là ?

– C'est la même chose, lieutenant. Le type va au pub, même tard, repère la serveuse ou celle qui est au bar. Il s'assied, boit et attend. Au moment de la fermeture, il sort et il suit la fille, si elle est seule ou si personne ne vient la chercher…

– … et il se pourrait même que dans ce lieu, il soit allé plusieurs fois, pour choisir sa proie, observer ses habitudes. Ça colle, ça colle. »

Arrivé à ce point du raisonnement, il alluma sa cigarette en dépit de la migraine. Il demeura quelques instants à méditer cette idée, partagé entre l'admiration pour Cardinale, la jalousie pour ne pas avoir fait, lui, l'effort de relever tous les indices. Une excitation imperceptible, née de l'impression de tenir une piste, ou au moins un début d'hypothèse valable, apportait enfin une lueur dans le ciel de plomb de cette enquête.

« Les filles ont dit d'où elles venaient ?

– Les unes oui, les autres non. Il faudrait toutes les réentendre. On verra bien si elles ont remarqué quelqu'un le soir de l'agression, ou les jours précédents. Un homme seul, resté le dernier.

– Bien vu. Sûr qu'on va les réentendre, et on va même commencer par la dernière. On entendra aussi ses copines. Elle a dit qu'elles étaient quatre avant-hier. On fait ça tout de suite. Ce sont celles chez qui le souvenir sera le plus frais. »

Il éteignit sa cigarette, à moitié fumée seulement.

« Bien, Cardinale. Bien. On les convoque aujourd'hui même. D'abord Caterina Machinchouette, elle nous donnera l'identité de ses camarades. Très bien. »

Putain, bien, répéta-t-il en allumant une nouvelle cigarette, alors que le brigadier avait déjà quitté la pièce.

La migraine avait disparu.

18

Caterina Machinchouette n'avait aucun autre souvenir de cette soirée. Elle n'avait remarqué personne en particulier dans ce bar. Oui, c'était un endroit où elles allaient souvent, elle et ses amies. Non, ni les soirs ni les semaines précédentes, elle n'avait remarqué quelque chose de particulier. Non, elle ne saurait dire si, les jours précédents, elle avait été suivie.

Deux de ses amies dirent pratiquement la même chose.

Avec la quatrième ce ne fut guère mieux. Mignonne, une belle poitrine, l'expression malicieuse, mais pas très fine. Cardinale et Pellegrini qui assistaient Chiti alors qu'il dressait le procès-verbal la dévoraient des yeux.

« Alors, mademoiselle…

– Rossella.

– Ah oui, Rossella. Vous voulez bien nous donner votre identité complète, s'il vous plaît ? »

Elle la leur donna et Chiti se fit raconter pour la quatrième fois ce qui s'était passé ce soir-là. Caterina et Daniela étaient parties les premières ; elles avaient cours le lendemain. Elle et Cristina étaient restées encore un moment, à boire et à bavarder.

« Oui, bien, Rossella. Maintenant, je voudrais que vous vous arrêtiez sur ce qui s'est passé avant. Je veux dire, avant le départ de vos amies. Est-cc que vous auriez été frappée par une personne en particulier dans cet endroit ? Un homme, un garçon seul avec un air… je ne sais pas, différent ? Peut-être même quelqu'un que vous auriez déjà remarqué, dans le même lieu, un autre soir ? »

Rossella fit non de la tête en s'apprêtant à répondre à voix haute. Non, personne. Et voilà que l'idée de Cardinale était bonne à mettre à la poubelle, et qu'ils se retrouvaient une fois de plus au point de départ. Mais soudain, la fille arrêta de secouer la tête et prit un air concentré, comme si quelque chose lui était venu à l'esprit.

« À un moment il est arrivé un… mais non, ça ne peut pas être lui.

– Que voulez-vous dire ? Qui est arrivé ?

– Nous étions installées depuis peu de temps, lorsque ce… il est entré et s'est assis au bar. Dix minutes, puis il est parti. Mais ça ne peut pas être lui.

– Pourquoi ? Qu'est-ce que vous voulez dire par là ? »

Rosella le regarda droit dans les yeux, secoua à nouveau la tête. Il y eut un moment de suspense.

« Il était beau. Ça ne peut pas être le violcur. Un type comme ça a toutes les filles qu'il veut. Il ne peut pas avoir suivi Caterina… »

C'était impossible que quelqu'un d'aussi beau puisse avoir vraiment violé une fille comme Caterina. C'était à peu près ce que Rossella voulait dire, mais Giorgio l'interrompit.

« L'aviez-vous déjà vu avant ?

– Non. J'en suis sûre. Si je l'avais vu, je m'en serais certainement souvenue. Mais je vous répète que…

– Si vous le voyiez, ce garçon, est-ce que vous le reconnaîtriez ? »

Bien sûr qu'elle le reconnaîtrait. De la façon dont elle le dit, il était clair qu'elle aurait beaucoup aimé le *connaître*, ce type, plutôt que le reconnaître.

D'abord Chiti se le fit décrire – un mètre quatre-vingts, yeux clairs, cheveux foncés – nota-t-il, puis ils lui montrèrent l'album qu'ils avaient préparé, avec les photos de tous les individus fichés. Mais il ne se faisait pas trop d'illusions : comment cet Alain Delon aurait-il pu figurer au milieu d'un tel troupeau de pervers ?

Effectivement, il n'y était pas. La fille feuilleta rapidement, avec une grimace de dégoût, cette galerie de visages inquiétants ; peu gâtés par la nature, les traits enlaidis par leurs démons intérieurs, ou tout simplement par les coups reçus avant d'être photographiés et fichés. Elle referma l'album, l'éloigna d'un geste machinal et résolu, en secouant la tête. Chiti resta quelques instants immobile, puis il rompit le silence.

« Écoutez, Rossella, vous avez dit que vous vous souveniez bien de ce garçon. Est-ce que vous seriez capable de le décrire à un de nos dessinateurs, pour qu'on essaie d'en faire un portrait-robot ?

– Oui. Mais ce n'est pas possible que…

– Je sais, je sais. Vous dites qu'il est improbable qu'il puisse s'agir de celui que nous cherchons. Vous avez probablement raison, mais nous ne devons écarter aucune hypothèse. »

Tout en parlant, Chiti pensait à autre chose. Il ressentait un léger titillement, et s'il avait dû le traduire en mots cela aurait donné : *c'est possible que ce soit lui, c'est possible que ce soit lui ; je ne sais pas pourquoi ça colle parfaitement avec quelque chose ; je ne sais pas quoi, mais ça colle. Parfaitement.*

« Pellegrini, s'il vous plaît, appelez-moi… comment il s'appelle ce dessinateur, le caporal-chef moustachu ?

– Il s'appelle Nitti, lieutenant. Malheureusement, il est absent.

– Qu'est-ce que ça veut dire : il est absent ? Il est passé où ?

– Il est en convalescence, lieutenant. Il a eu un accident de moto et il s'est cassé le bras. Le bras droit pardessus le marché. »

Pause. Silence.

« Mais on pourrait demander au commissariat de nous en envoyer un. Ils en ont au moins deux et certainement…

– Qu'est-ce que vous racontez ? On appelle les flics et on leur dit : passez-nous un dessinateur pour nous aider à résoudre l'affaire des viols dans les cours d'immeubles, et eux ils répondent d'accord Avec plaisir, chers amis carabiniers, voici notre spécialiste. Gratis. Et ciao, parce que naturellement on n'a aucun intérêt à mettre le nez dans votre enquête. Qu'est-ce que vous en dites, c'est ça qu'ils vont répondre ? »

Pellegrini haussa les épaules et serra les lèvres. Une manière de dire : c'était une idée comme une autre, vu qu'on est dans une impasse.

Mais Chiti avait une autre idée. Un peu absurde peut-être. Mais peut-être pas.

Une idée qu'il ne lui était pas facile de communiquer à ses hommes réunis autour de lui.

Pourquoi ? se demanda-t-il. Parce qu'il éprouvait une certaine timidité à dire devant ses sous-officiers qu'il savait dessiner et qu'il pourrait essayer de le faire lui-même, le portrait-robot du violeur.

Alors bêtement il ne dit rien ; il se lança.

« Cardinale, s'il vous plaît, allez me chercher quelques feuilles de papier, un crayon et une gomme. »

Le brigadier le regarda en silence, mais en fronçant les sourcils. Comme s'il n'avait pas bien compris. Justement.

« Alors ? Vous vous remuez ? »

Il se remua et y alla. Il revint quelques minutes plus tard avec papier, crayons, gomme, taille-crayon.

« Maintenant, s'il vous plaît, vous sortez et vous me laissez seul avec mademoiselle. »

Il se contenta de cette phrase ; pour ne pas avoir d'explications à donner. Les deux hommes sortirent, sans dire un mot et sans même échanger un regard.

La fille et lui restèrent là pendant au moins une heure. Quand Pellegrini et Cardinale revinrent, il y avait un portrait sur le bureau.

Pellegrini ne put se retenir.

« Mais c'est vous qui l'avez fait, lieutenant ? »

Chiti ne répondit pas et resta silencieux un bon moment, son regard passant du dessin aux visages de ses sous-officiers et à celui de la fille.

« Mademoiselle Rossella dit qu'il ressemble au garçon qu'elle a vu, il y a deux jours, dans ce bar... »

La fille regarda autour d'elle ; elle était sur le point d'ouvrir la bouche, mais se contenta d'acquiescer de la tête. Elle paraissait très mal à l'aise. Il y eut encore quelques secondes de silence, et d'étrange embarras.

Puis Chiti lui dit qu'il la remerciait pour son aide,

qu'elle pouvait signer le procès-verbal et rentrer chez elle ; que s'il avait encore besoin d'elle, il la rappellerait. Il la raccompagna personnellement par les couloirs et les escaliers, jusqu'à la sortie de la caserne.

Quand il revint, il trouva les deux sous-officiers toujours plantés devant son bureau. À son arrivée, ils s'arrêtèrent de parler.

« Alors ? »

Silence. Le même qu'avant.

« Alors ? On a quelque chose à se mettre sous la dent, il me semble. »

Silence toujours. Les deux subordonnés se contentèrent de hocher la tête.

Chiti était sur le point de demander où était le problème. Parce que, visiblement, *il y avait* un problème. Sans chercher à en savoir davantage, il envoya les deux hommes photocopier le portrait. Quand ils revinrent, il leur dit qu'il fallait montrer ces photocopies à toutes les victimes ; qu'il fallait les réécouter sur ce qui s'était passé, vérifier où elles étaient allées les soirs des agressions, contrôler que – à part les serveuses – elles s'étaient rendues dans ces lieux aussi les jours précédents. Il dit tout cela en parlant trop vite, impatient de rester seul le plus tôt possible.

« On commence quand, lieutenant ?

– C'est parti depuis dix minutes. Merci. Ce sera tout. »

Puis, de la main, il leur fit signe qu'ils pouvaient disposer. Moins courtoisement que d'habitude, et même, pas courtoisement du tout. Ils se secouèrent, saluèrent et sortirent. Lui resta là, assis à son bureau.

Enfin seul, avec le portrait original. Il réussit à le regarder, calmement.

Il le regarda longuement, tandis qu'il sentait une tension grandissante envahir tous les muscles de son corps.

Qu'y avaient vu ses hommes ? Et lui, qu'est-ce qu'il y voyait ?

Le visage d'un criminel psychopathe anonyme, ou quelque chose ressemblant terriblement à un autoportrait ? Plus il regardait cette feuille, plus il avait l'impression d'être devant un terrifiant miroir de papier.

À la fin, la tension devint insupportable.

Alors, il roula violemment la feuille, la mit dans sa poche, et quitta le bureau en courant.

19

Aucune des filles ne reconnut le visage représenté par le dessin. Le soir des agressions, elles se trouvaient toutes dans des endroits différents. Elles n'avaient rien à ajouter à leurs premières dépositions.

Les portraits furent montrés dans les bars et les boîtes ; un des patrons dit qu'il avait l'impression d'avoir vu le type quelque part. Probablement au bar, mais il n'en était pas sûr. Les carabiniers avaient insisté pendant des heures, mais celui-ci n'avait pas réussi à se rappeler autre chose. Il lui semblait l'avoir vu, mais il ne pouvait dire ni où ni quand. Point final.

Quelques jours plus tard eut lieu le septième viol.

C'était un samedi pendant la nuit et une patrouille de la brigade mobile fut envoyée depuis le poste de commandement, dans le secteur du Politecnico. Un appel anonyme avait signalé la présence d'une jeune fille pleurant dans une voiture, les vêtements déchirés, en état de choc évident.

La brigade des carabiniers arriva quelques secondes

avant la patrouille mobile de la PJ, qui avait également reçu un appel anonyme. Il fut impossible de vérifier si les appels provenaient de la même personne ou de deux personnes différentes.

La fille fut conduite aux urgences par les carabiniers ; Chiti arriva presque en même temps qu'eux, avec un de ses hommes, récupéré parmi ceux de permanence de nuit dans la salle des transmissions.

Ils constatèrent rapidement que le mode opératoire était le même. Mais plus violent, et moins contrôlé, pensa Chiti. Comme si le salopard était en train de subir une évolution – une involution – et que le simple viol ne lui suffisait plus.

Il avait longuement frappé la fille avant les violences sexuelles, et avait recommencé, *après*. Pour le reste, la séquence était identique aux précédentes. Agression par-derrière, coups de poing sur la tête, victime traînée à demi évanouie dans l'entrée d'un vieil immeuble, encore des coups, coït buccal avec ordre de ne pas lever les yeux, encore des coups, ordre de ne pas quitter l'entrée pendant cinq minutes, comptage des secondes à haute voix, disparition.

Et comme les autres, cette fille-là n'était pas très jolie. Maigrelette, presque décharnée, les cheveux courts, un air hommasse : le genre asperge. Pendant qu'on la questionnait, dans le cabinet du médecin de garde des urgences, elle répondait en baissant les yeux et en tripotant d'épaisses lunettes démodées, qui avaient été brisées au cours de l'agression.

Elle ne pouvait rien dire sur l'aspect de l'agresseur. Sur sa voix, si, comme les autres en fait. Elle était sifflante et métallique, et semblait venir d'ailleurs. Elle dit exactement ceci : qu'elle semblait venir *d'ailleurs*, et Chiti sentit un frisson glisser le long de sa colonne vertébrale, un frisson glacial.

Ce qui était nouveau, c'est que la fille ne sortait d'aucun bar, d'aucun pub, d'aucun bistrot, rien. Elle était allée travailler chez une amie et rentrait seule chez elle, comme cela lui arrivait souvent. Toujours le même chemin, jamais de problème. Jusqu'à ce soir.

« C'est tout pour ce soir, mademoiselle, merci. Nous ne vous fatiguerons pas davantage. Demain, nous vous appellerons et si vous vous sentez mieux, vous pourrez venir à la caserne déposer votre plainte. Essayez de vous reposer, et s'il vous revient à l'esprit quelque chose que vous avez oublié de nous dire, notez-le s'il vous plaît. Parfois, un détail qui paraît insignifiant à l'intéressé peut se révéler essentiel à l'enquêteur. Bonne nuit. »

Des conneries, pensa-t-il tandis qu'ils rentraient à la caserne, sans échanger un mot.

Des conneries sorties tout droit du manuel du jeune enquêteur. Il avait travaillé comme un fou à l'académie, et encore après. Il s'était plongé dans les livres, les polycopiés, les revues spécialisées. Mais la vie, en réalité, était bien différente. Fuyante et cruelle, comme ce fumier qu'ils n'arrivaient pas à approcher.

Ils avaient eu une idée – plus exactement Cardinale avait eu une idée – et on aurait dit que ce salaud l'avait comprise, ou en avait eu vent. Et qu'il avait changé de méthode. Plus d'espaces publics, mais embuscades au coin des rues, où il n'était pour ainsi dire pas plus facile à pincer qu'un malheureux filet de fumée. Pourquoi ? Comment avait-il pu avoir l'intuition d'être suivi, en quelque sorte, à la trace ?

Ou peut-être que tout ça, c'étaient des conneries. Le salaud agissait au petit bonheur, et eux, après des mois d'enquête, n'avaient encore rien compris.

Rien de rien.

Il ferma lentement son poing et se frappa le front avec les articulations. Une, deux, trois fois, en se faisant mal.

Le carabinier qui conduisait l'Alfa 33 le regarda à la dérobée, sans quitter la route des yeux.

20

On était en août et les jours passaient, uniformes, enveloppés dans une chaleur dense et asphyxiante. Même la nuit, l'air avait une consistance quasi physique et collait à la peau comme une couverture tiède et humide.

Nous nous promenions un après-midi du côté de *n'derr a la lanz* [1], près des barques des pêcheurs tirées au sec. On était à une semaine du 15 août, ou un peu plus. Comme d'habitude c'était Francesco qui parlait. De temps en temps, il marquait une pause et me laissait dire trois mots. Sans en écouter un seul. Quand il recommençait à parler, il reprenait tranquillement son discours là où il l'avait laissé, ou bien il changeait de sujet.

Tout à coup, il dit que nous allions faire une petite virée. Prendre la voiture – la mienne, parce qu'elle était plus classe – et partir. En Espagne par exemple. À l'aventure.

---

1. Endroit sur le front de mer, où les pêcheurs viennent vendre leurs poissons. *(N.d.T.)*

On pouvait faire la route en deux ou trois étapes, plus si on en avait envie. On pouvait aussi s'arrêter quelque part – en France, par exemple. En somme, on était libres de faire ce qu'on voulait.

Je dis oui tout de suite. Je pensai, avec une euphorie vague mais spontanée, que cela pouvait aussi être une sorte d'épilogue héroïque.

C'est bon – me dis-je – j'ai vécu une histoire délirante. J'ai fait des choses incroyables. Des choses que je ne me serais jamais cru capable de faire. J'ai marché sur un fil, et par bonheur je ne suis pas tombé. Alors maintenant, faisons ce voyage, après quoi je recommence une nouvelle vie. Qui ne sera que mon ancienne vie, juste un peu différente. J'ai vu ce qu'il y avait de l'autre côté. J'ai fait une belle expérience. Bientôt il sera temps de rentrer à la maison.

Je pensai à *On the road* et aux répliques célèbres, apprises par cœur quelques années plus tôt.

Nous devons partir et ne nous arrêter qu'une fois arrivés, dit Dean.

Pour aller où, l'ami ? demande Sal-Kerouac.

Je ne sais pas, mais on *doit* y aller.

Oui, on devait y aller et *moi*, ensuite, je rentrerais au bercail. Quel que soit le sens donné à cette expression.

Ces pensées me firent du bien. Comme si j'arrivais au terme d'une corvée astreignante. C'était presque fait. Au retour, je dirais à Francesco que ça suffisait. Que ça avait été extraordinaire de vivre cette aventure avec lui, mais que pour moi, maintenant, c'était fini. Que je serais toujours son ami, mais qu'à partir de maintenant nos chemins se séparaient.

J'étais certain qu'au retour je trouverais les mots et le courage pour dire ce qu'il fallait.

« Alors, on part quand ? »

Francesco sourit. Ce n'était pas son sourire habituel, contrôlé et plein de sous-entendus. Celui dont tu ne comprenais jamais totalement le sens. Un sourire normal, me sembla-t-il. Mais avec une pointe de tristesse. Il était mon ami, et je venais de décider de l'abandonner. Je me sentis coupable pour cela, et pour les doutes qui m'assaillaient de plus en plus souvent, sur lui et sur notre relation.

« Demain. Demain matin. Allons faire nos bagages tout de suite. Je regarde un peu l'itinéraire et demain tu passes me prendre de bonne heure, comme ça on part avant la chaleur. Disons sept heures. »

Je rentrai chez moi où j'étais seul depuis quelques jours. Mes parents s'étaient installés dans une ferme qui appartenait à des amis, du côté d'Ostuni. Pour commencer, je cherchai leur numéro de téléphone. Je voulais parler à mon père et à ma mère. Tout à coup, j'avais hâte de leur parler. Il me semblait que la glace qui avait coulé sur nous ce fameux dimanche avait fondu. Je voulais les prévenir que je partais en vacances, pour une semaine ou peut-être plus. J'en avais besoin, et au retour je me remettrais au travail. Je regrettais la manière dont je m'étais comporté récemment. Ç'avait été une période difficile, mais maintenant tout était rentré dans l'ordre. L'espace d'un instant, je pensai même leur raconter ce qui m'était véritablement arrivé ces derniers mois. Et puis je me dis que ce n'était peut-être pas le bon moment. On verrait plus tard. En faisant le numéro, je me sentis un peu ému, mais léger. Je me sentais bien. Tout allait bien se passer.

Le téléphone sonna longtemps, mais personne ne décrocha.

Ils étaient encore probablement à la mer. Ma mère aimait rester lire sur la plage jusqu'au coucher du soleil, quand la foule s'était dissipée. Elle aimait se baigner tard l'après-midi, ou tôt le matin. Mon père, non, mais il s'adaptait.

Déçu, je me dis que je réessayerais un peu plus tard, après avoir préparé mes affaires à emporter.

Ce ne fut pas une opération rapide.

Je tirais une chemise de l'armoire de ma chambre et la posais sur la table du séjour. Je ne sais pas pourquoi, j'avais décidé de me servir de cette table, à des kilomètres de ma chambre, comme point d'appui pour préparer mes bagages. Je prenais deux autres chemises. Puis deux autres encore et je remettais en place une de celles que j'avais déjà choisies. En marchant de ma chambre au séjour, je me demandais quels – et combien – de pantalons j'allais devoir emporter. Deux, ce serait suffisant. Jean léger et pantalon kaki. Et un sur moi évidemment. Un pull de coton. Ou mieux un molletonné ? Les deux ? C'est vrai qu'en Espagne il fait chaud, un sweat de coton ça suffira. Mais lequel ? Et une veste ? Si on décide de dîner dans un restaurant chic ou d'aller au casino, une veste, c'est indispensable. Mais je ne peux pas mettre la veste dans un sac. Alors mieux vaut prendre une valise. Mais les parents les ont emportées. Donc pas de veste. Et puis, aller au casino, quelle idée. Pour quoi faire ? D'ailleurs la veste, je peux la prendre à la main et la suspendre dans la voiture. Deux paires de chaussures. Ou une seule, vu que j'en aurai une aux pieds. Dix caleçons, comme ça rien à laver. Non, de toute façon, il faudra laver, on sera jamais rentrés dans dix jours. Alors je prends une boîte de lessive ? C'est idiot, si tu en as besoin, tu en achètes là-bas, ou bien tu te sers du savon de l'hôtel. Des chaussettes ? D'habitude on ne met pas de chaussettes l'été. Cinq paires ça suffira. Ça suffira ? Est-ce qu'il faut mettre en premier les pantalons, puis les chemises et les tee-shirts, et enfin, les caleçons et les chaussettes ? Ça serait peut-être mieux de faire l'inverse ?

Une heure plus tard, le sac était vide, la table disparaissait sous une montagne de vêtements, et je me sentais épuisé. Stupide. J'étais planté, impuissant, devant cette table.

Alors je me dis que je devenais vraiment trop con. Je pris au hasard ce qui me tombait sous la main, et remplis le sac presque à ras. Avant de le fermer, j'y ajoutai une dizaine de cassettes, et deux jeux neufs de cartes françaises.

Maintenant je ne savais plus quoi faire. J'essayai à nouveau de téléphoner à mes parents, mais le téléphone sonna dans le vide. Je mangeai du thon en boîte avec un petit pain de la veille, caoutchouteux. Je bus une bière. J'allais m'asseoir sur la terrasse avec un livre, mais je ne réussis pas à en lire plus d'une demi-page. Je pensai aller me coucher tout de suite, mais je me rendis compte que ce n'était pas une bonne idée. Je n'avais pas sommeil et il faisait encore très chaud. J'allais me retourner dans les draps humides et poisseux ; cette simple idée manqua de m'asphyxier.

Alors je sortis. Pas un chat dehors : les rues désertes avaient quelque chose d'inquiétant, de presque sinistre. Comme seuls peuvent le devenir des lieux trop familiers, si par malheur on s'y attarde, au lieu de les traverser comme d'habitude sans y prêter attention.

Quand ce portail avait-il été condamné avec ces deux poutrelles de bois ? L'immeuble était dangereux, mais je ne l'avais jamais remarqué auparavant. Et la vieille dame qui habitait en bas, à moins de cent mètres de chez nous, où était-elle passée ? D'habitude elle prenait le frais, assise sur le pas de sa porte. Mais ce soir – ou Dieu sait quand –, elle avait disparu, et sa maison était fermée. Semblable à un œil aveugle et terrifiant.

Je sentis un frisson désagréable se former dans ma nuque et irradier tout mon corps. Impossible de ne pas regarder derrière moi. Personne, mais cela ne me rassura pas pour autant. J'aurais voulu que mes parents soient à la maison. Pourquoi ne décrochaient-ils pas ? J'eus le pressentiment qu'il était arrivé quelque chose, ou même que quelque chose était *en train* de se produire, juste à ce moment-là. Pendant des années, je me suis rappelé cette soirée, mes gestes stupides et cette sensation de catastrophe imminente. Un accident de voiture. Un infarctus. Anéantissement total, précisément au moment où j'avais décidé de tourner la page. Je me demandai à quand remontait la dernière rencontre avec mes parents. Je ne réussis pas à m'en souvenir, même s'il ne s'agissait que de quelques jours. En revanche, je me rappelais bien la dernière fois où nous avions parlé – où nous nous étions disputés – et cela ne me fit pas plaisir. Je pensais que s'il était arrivé quelque chose de grave à mon père et à ma mère, ou même seulement à l'un des deux, j'aurais passé la fin de ma vie à me le reprocher. J'avais envie de pleurer et pendant deux minutes, j'envisageai même de sauter dans la voiture et de foncer jusqu'à Ostuni. Je renonçais à ce projet, non à cause de son absurdité, mais uniquement parce que j'ignorais où la ferme était située exactement, et que je ne savais pas où me rendre.

Je déambulais depuis au moins un quart d'heure, lorsque je croisai un homme d'une quarantaine d'années, qui promenait un bâtard très laid et très gras. L'homme par contre était maigre et portait une chemise blanche à manches longues, avec col et poignets boutonnés. Son visage était dénué de toute expression. En le croisant, je sentis l'odeur prégnante de sa transpiration.

Je me demandai à quoi cet homme avait bien pu ressembler vingt ans auparavant, quand il avait à peu près mon âge. Qu'avait-il espéré de l'avenir ? Avait-il eu des rêves ? Avait-il imaginé qu'il finirait en se promenant avec un roquet sinistre, une chemise boutonnée à ras du cou, une nuit d'août, au milieu de maisons anonymes et de voitures garées sur les trottoirs ? Quand s'était-il rendu compte de la tournure que prenaient les événements ? S'en était-il seulement rendu compte ? Et *ma* gueule à moi, comment serait-elle dans vingt ans ?

J'étais via Putignani lorsque le tintamarre d'un pot d'échappement déglingué m'annonça l'arrivée d'une voiture en provenance de la via Manzoni.

Je me dis : si c'est un homme qui conduit, tout ira bien, pour le voyage et tout le reste. Nous arrivâmes ensemble au croisement. Je retins mon souffle. La voiture – une Fiat Duna Giardinetta – tourna lentement dans la via Putignani.

Au volant je découvris une grosse femme, en débardeur, les cheveux relevés et le visage liquéfié. Elle conduisait penchée en avant, comme si d'un moment à l'autre elle allait s'écrouler sur le volant.

Pendant que la Duna s'éloignait vers le centre-ville, je fis un effort pour sourire et dis tout haut : « Va te faire foutre avec tes prophéties à la con, Giorgio Cipriani. »

Il n'y avait personne pour m'entendre.

Une fois rentré à la maison, il était trop tard pour rappeler mes parents. Je le ferais le lendemain matin, d'une aire d'autoroute. Je me couchai, en laissant la fenêtre ouverte, dans l'espoir d'attraper un peu de fraîcheur

Je me suis retourné longtemps dans mon lit sans réussir à m'endormir. Le sommeil arriva alors que, des ouvertures des persiennes, filtraient les premières lueurs de l'aube, et je fis ce rêve.

Je circulais en voiture sur une sorte d'autoroute, dans un paysage désert, gris et triste comme certains matins d'hiver. Je conduisais, étreint par une sensation d'angoisse, avec l'impression de fuir quelque chose de très important. Puis je voyais apparaître au loin des objets qui venaient vers moi – *contre moi* – de plus en plus rapidement. Alors je compris tout. Ces objets étaient des voitures et je roulais, moi, à contresens.

Comment cela avait-il pu arriver ? Comment cela allait-il se terminer ? Cette autoroute n'était pas très large. Et puis elle ne cessait de rétrécir au fur et à mesure que les voitures se rapprochaient. Je ne voulais pas mourir : il me restait tellement de choses à faire. Ça ne pouvait pas m'arriver. Ces choses-là n'arrivent qu'aux autres. La chaussée était devenue étroite, ce n'était plus une autoroute. Elle était très étroite. Mes mouvements étaient lents, de plus en plus lents, et j'avais peur, de plus en plus peur. Une sirène approchait qui me déchirait les tympans.

Je ne voulais pas mourir.

Parce que, c'est certain, il n'y a rien après.

Le réveil était en train de sonner, tout bêtement. J'écarquillai les yeux. Je restai étendu quelques secondes, à regarder mes chaussures près du lit, encore en équilibre entre un monde et l'autre.

Une demi-heure plus tard j'étais au pied de l'immeuble de Francesco, à l'interphone. Nous étions sur le point de partir.

21

Je me souviens d'avoir lu, mais je ne sais plus où, que les fantômes se cachent le jour. Du reste, ce n'est pas là une phrase particulièrement fine ou originale. Mais elle est vraie. Ce matin-là, je me sentais bien. Malgré mon unique heure de sommeil ou à peine plus. Malgré les cauchemars. Malgré les routes peuplées de spectres que j'avais empruntées durant la nuit.

Tout devenait plus simple quand je conduisais ma BMW à cent quatre-vingts à l'heure. Néanmoins j'avais des doutes sur le sens que j'avais attribué à notre voyage, la veille au soir. Aussi, lorsque toutes mes bonnes résolutions me revinrent à l'esprit, en éprouvai-je de l'agacement. Je n'avais pas envie d'y penser, je le ferais à un autre moment. La journée était magnifique et pas trop chaude, nous filions en musique – elle faisait vibrer l'habitacle – et tout était possible. Je n'étais pas joyeux ; j'étais euphorique. Ma perception s'en trouvait aiguisée, comme si mes sens étaient devenus plus puissants. Tout était d'une simplicité élémentaire. Il y avait quelque chose de primitif dans la façon de voir, plus vives, les couleurs ; d'écouter comme pour la première fois des chansons que je connaissais par cœur ; de tenir le volant, d'attraper le changement de vitesses, d'écraser les pédales.

Vers dix heures, nous nous sommes arrêtés à une station-service ; c'était dans les Abruzzes, ou peut-être déjà dans les Marches. Nous avons pris un cappuccino et une part de tarte au citron ; je ne sais pas pourquoi, mais ce détail est resté gravé dans ma mémoire. Je me vois encore ramasser, entre deux doigts, les miettes de ce gâteau, éparpillées sur l'assiette dans lequel il avait été servi. Je me rappelle la consistance de la pâte et le goût de la crème qui se mêlait à celui du cappuccino.

Avant de repartir, j'ai voulu téléphoner à mes parents, mais je n'étais plus dans l'état d'esprit de la veille au soir. L'envie m'en était passée, parce que parler avec eux maintenant allait me faire perdre la sensation de légèreté que j'éprouvais alors. Cela allait me rappeler que j'avais – ou que j'aurais dû avoir – des responsabilités. Cela allait à nouveau m'obliger à penser. Chose dont, justement, je n'avais aucune envie. Mais il fallait bien que je les appelle. Je ne pouvais pas disparaître sans laisser de traces.

Ce que j'avais prévu arriva. En pire. Je partais en Espagne ? Pourquoi est-ce que je n'avais pas prévenu ? Et avec quelle voiture ? À ce moment-là seulement, je me rappelai qu'ils ne connaissaient pas l'existence de ma voiture. Je débitai alors une série de mensonges si grossiers qu'ils ne purent, dans mon récit, démêler le vrai du faux. Une fois de plus, je me mis en colère pour le simple fait d'avoir tort, et d'être maladroit. Encore une fois je dis des choses désagréables. Cela finit mal, très mal : en raccrochant, de part et d'autre, sans même nous être dit au revoir.

Comme un rideau de fer. Tombé sur une vitrine.

« Qu'est-ce que j'en ai à foutre », dis-je en fixant l'appareil qui recrachait ma carte téléphonique. Je regardai avec haine et dédain une grosse femme qui se tenait là en attendant de pouvoir téléphoner, et qui évidemment avait tout entendu. Je ressentis un plaisir pervers à la voir détourner de moi son regard épouvanté.

« Qu'est-ce que j'en ai à foutre », répétai-je en me dirigeant vers la voiture.

Ce qui arriva ensuite demeure dans l'ensemble très confus. Le dernier souvenir précis que je garde de ce voyage réside dans la tarte au citron et le cappuccino. Nous avons traversé l'Italie et le sud de la France en nous relayant au volant, pratiquement sans faire de halte. En partant, nous nous étions dit que nous pourrions voyager à notre guise. Nous arrêter quand nous en aurions envie, pourquoi pas dans une station au bord de la mer, et y rester un jour ou deux. Se la couler douce, en somme, parce que nous étions en vacances. Aussitôt en route, cette idée perdit son sens. Francesco avait dit qu'il connaissait des gens à Valence.

Valence devint notre but. Nous devions nous y rendre, un point c'est tout. Et voilà cette succession de séquences : soleil aveuglant, lumière rose du crépuscule qui élargit l'univers, obscurité dans la voiture, vitres ouvertes pour une demi-heure de sommeil dans une station-service. Un camionneur qui descend de sa cabine et pisse dans un buisson ; puis qui rote et y remonte pour faire une petite sieste. Cigarettes, panini, café, à nouveau cigarettes, cappuccinos, toilettes dans les restos d'autoroute, frontières, panneaux indicateurs avec les langues qui changent. Lumière, pénombre, obscurité, puis lumière et ce sentiment d'urgence qui nous pousse à rouler. Musique. Springsteen, Dire Straits, Neil Young. Et puis, violent, du metal sur des cassettes de Francesco. Un vacarme hypnotisant. Plus on avance et moins on parle, comme concentrés sur une mission à accomplir. Sauf que moi, je n'ai aucune idée de ce qu'est cette mission.

Je n'ai aucun souvenir de ce que je pensais alors, mais est-ce que je pensais seulement à quelque chose ? Et je n'ai aucun souvenir de ce que disait Francesco. Nous roulions, de plus en plus fatigués, mais incapables de nous arrêter.

Nous sommes arrivés à Valence pratiquement un jour après notre départ. Nous nous sommes endormis dans une chambre d'hôtel à l'aspect improbable, sans même nous être déshabillés.

Dehors, c'était la fournaise.

22

Je me réveillai vers sept heures du soir, en nage. Au crépitement de la douche qui me parvenait de la salle de bains, je compris que Francesco était déjà levé. Cette chambre était totalement absurde. Tapisseries ornées de têtes de cheval, couvre-lits dépareillés, et une télé des années 1960, énorme, en noir et blanc. Je la regardai fixement pendant quelques minutes, encore abruti par la fatigue et une sensation d'étrangeté. Je remarquai une odeur bizarre, désagréable mais familière cependant. Je mis un peu de temps à réaliser que c'était moi qui puais. Cette découverte ne me fit aucun plaisir, et, à peine Francesco sorti de la salle de bains, entortillé dans une serviette, je m'y précipitai à mon tour.

Nous sortîmes vers huit heures après avoir repris tous les deux un aspect normal.

Francesco téléphona à son ami et je l'entendis parler dans une langue qui mêlait l'italien, l'espagnol et le français. Je compris qu'un certain Nicola n'était pas à Valence et ne rentrerait que dans quelques jours.

Francesco ne sembla pas étonné et dit qu'il rappellerait. Il y avait quelque chose d'étrange dans le ton de sa voix.

Nicola était un vieux copain, m'expliqua Francesco après avoir raccroché. Il était de Bari, mais vivait en Espagne depuis déjà plus de deux ans, continuellement en déplacement et occupé à *divers boulots*. Le discours s'arrêta là. Nicola ne m'intéressait pas particulièrement. J'étais bien réveillé, en forme, j'avais faim et nous étions en Espagne.

Après avoir mangé – une paella valencienne bien entendu, accompagnée d'un bon nombre de bières –, nous avons commencé à tourner dans la ville.

Notre errance parmi les bars, tous ouverts et bondés, nous a menés dans un jardin avec un kiosque au centre et des tables installées tout autour, dans la pénombre ; du monde aux tables, du monde debout, assis par terre. Une odeur de haschich à couper au couteau. Nous avons trouvé une table libre et nous nous y sommes assis. À l'inverse du voyage, nous parlions beaucoup tous les deux. Nous étions euphoriques. Nous parlions en même temps, sans nous écouter. Un flot de paroles sur notre liberté, notre mode de vie rebelle, hors de l'hypocrisie des règles. Sur notre recherche du sens des choses, caché sous le vernis suranné des conventions. Conventions que nous refusions au nom d'une éthique inaccessible au plus grand nombre.

Un déluge de conneries.

La serveuse qui vint à notre table dit *ola*, mais un instant plus tard, en nous entendant, elle s'adressa à nous en italien.

Elle était de Florence, de Pontassieve pour être plus

précis, et elle s'appelait Angelica. Elle n'était pas belle, mais avait l'air sympathique. Elle regardait Francesco. Elle nous demanda d'où nous étions, dit qu'elle était passée par Bari pour aller en Grèce, et qu'on lui avait dit de se méfier des pickpockets. Elle prit notre commande sans quitter Francesco des yeux, et promit de revenir tout de suite.

« Qu'est-ce que tu en penses ? me demanda Francesco.

– Mignonne. Plutôt sympa. Elle a quelque chose, même si elle n'est pas belle. De toute façon c'est toi qu'elle regardait. »

Il fit un signe de la tête, comme pour dire que, naturellement, il s'en était aperçu.

« On sympathise, on attend qu'elle ait fini de travailler et on part avec elle. Comme ça, jusqu'au retour de Nicola, on est assurés de connaître quelqu'un ici à Valence.

– Au besoin elle nous indique un hôtel un peu mieux que ce pot de chambre dans lequel on a atterri », ajoutai-je, mais il ne me répondit pas. Évidemment il se fichait pas mal de l'hôtel. Angelica revint avec nos deux caipiriñhe.

« Comment ça se fait que tu travailles ici, en Espagne ? » lui demanda Francesco.

Elle jeta un coup d'œil autour d'elle avant de répondre. Mais, aux tables, personne ne semblait avoir besoin d'elle.

« Ça fait un an que j'ai décroché de la fac. Je fais langues mais j'ai eu des problèmes. Alors j'ai décidé de passer un moment en Espagne, pour améliorer mon espagnol et chercher à savoir ce que j'ai envie de faire. Et vous ?

– Moi je termine philo et mon ami Giorgio, droit. En juin on a fini les exams et on a décidé de s'offrir deux semaines de vacances en Espagne. Et nous voilà. Il reste ouvert jusqu'à quelle heure, cet endroit ? » Il avait menti avec sa désinvolture habituelle. Je pensai que ça m'était égal. Que je me sentais bien et que le reste n'avait pas d'importance.

Angelica regarda à nouveau autour d'elle et vit qu'à une table, du côté opposé au nôtre, quelqu'un faisait des gestes pour attirer son attention.

« Ça dépend. Deux heures, trois heures. Ça dépend des soirs. Tant qu'il y a du monde, on reste ouvert. » Elle marqua une légère pause, comme pour réfléchir à ce qu'elle allait dire. Puis elle se lança. « Écoutez, maintenant je dois y aller. Si vous êtes pas pressés, vous pouvez m'attendre – une heure au maximum – et m'accompagner jusqu'à la maison. C'est à un quart d'heure à pied. Comme ça on bavarde tranquillement et je vous file même quelques tuyaux sur ce qu'il y a à faire à Valence et dans les environs. »

Nous n'étions pas pressés, dit Francesco, et cela nous faisait plaisir de l'attendre. Elle est donc retournée travailler et nous sommes restés à notre table. Je me sentais bien. L'air était doux et j'étais enveloppé d'une sensation de paresse inébranlable et délicieuse. Une absence de contrainte horaire, de responsabilité, une dissolution de moi-même. C'était dû en partie à l'alcool – les bières pour commencer, les alcools forts maintenant – et en partie à ce contexte vaguement exotique.

Une heure et demie et trois caipiriñhe plus tard, nous sommes partis avec Angelica. J'ai toujours bien tenu l'alcool, j'avais l'esprit un peu embrumé, mais j'étais euphorique et parfaitement lucide. Je remarquai que Angelica, en plus de s'être changée, avait détaché ses cheveux qui étaient longs et cuivrés. Elle s'était même maquillée.

Nous avons pris deux dés de rhum dans un bar qui était sur le point de fermer. Le patron était un copain d'Angelica, il a bu avec nous et a payé la tournée.

Nous nous étions remis en route. Angelica et Francesco parlaient entre eux maintenant et m'avaient exclu. Naturellement. Alors je décidai de me tenir à quelques pas de distance.

Je regardais autour de moi, et je devais arborer un sourire un peu absent. Il était trois heures passées, mais les rues étaient encore pleines de monde. Pas seulement des jeunes en bande, bourrés, freaks rétamés ; il y avait des hommes d'un certain âge arborant des chemisettes blanches au col douteux, des familles avec enfants, cabots et grands-parents. Nous avons même croisé deux bonnes sœurs en habit religieux. Elles marchaient lentement et avaient une conversation animée. Je les regardais s'éloigner. Pour les fixer dans ma mémoire et – pensai-je précisément – pour que le lendemain matin, ou dix ans plus tard, je ne puisse pas m'imaginer avoir eu des visions.

Tout cela était invraisemblable, irréel, teinté d'ébriété et d'une légère nostalgie.

En arrivant devant chez elle, Angelica nous demanda si nous voulions monter boire encore quelque chose. Sous-entendu : est-ce que Francesco voulait monter ? Je mentis, disant que j'étais déjà ivre et trop fatigué. Pas au point – pensai-je – de ne pas comprendre les choses de la vie. Ainsi Francesco et Angelica s'éclipsèrent-ils ensemble derrière un portail de bois crasseux. Elle m'avait salué en me donnant un baiser sur la joue.

Il m'a fallu plus d'une heure pour retrouver l'hôtel. Entre-temps je m'étais arrêté deux autres fois pour boire deux autres rhums. Quand je me suis couché, après avoir pissé interminablement, le lit s'est mis à tourner sur lui-même. Mais peut-être était-ce la chambre qui tournait tandis que le lit restait immobile. J'ai pensé à Galilée. C'était lui l'inventeur de la science moderne. Non, plutôt Newton. Oh, tout cela était bien fatigant, mais je *devais* arriver à me souvenir. Putain, je tenais bien l'alcool, tout le monde le disait. Tout le monde, qui ? Et à la fin, qu'est-ce ça voulait dire, *devoir* se souvenir ?

Subitement, éclipse totale.

23

Le bruit d'un choc violent provenant de la rue me réveilla. Je me levai et me traînai vers la fenêtre. J'avais la gueule de bois. J'essayai de dire quelques mots – grossiers – afin de vérifier que mes organes fonctionnaient normalement. Puis j'ouvris les persiennes et me mis à la fenêtre.

Deux camions venaient d'entrer en collision. Deux hommes, à la hauteur du point d'impact, faisaient de grands gestes et remuaient en déplaçant le poids de leur corps, un coup à droite, un coup à gauche. Sur le trottoir, un groupe de badauds suivait la scène. Les deux adversaires, bâtis comme des armoires à glace, portaient les mêmes tee-shirts de couleur foncée, tendus sur des épaules et un ventre hypertrophiés. Ils bougeaient et gesticulaient presque en rythme ; on aurait dit qu'ils interprétaient une chorégraphie. Toute la scène présentait une synchronie farfelue, une symétrie étrange, que je ne réussissais pas à déchiffrer.

Puis je me rendis compte que les camions étaient

identiques. Même modèle, mêmes couleurs – blanc et mauve – et mêmes inscriptions sur la carrosserie. En fait, ils appartenaient à la même entreprise de transport, et les deux malabars portaient les tenues de la firme. À ce moment-là, mon intérêt pour l'affaire s'évanouit, je haussai les épaules et rentrai dans la chambre.

Francesco n'était pas encore revenu et je décidai de prendre tout mon temps. Me doucher, m'habiller, descendre pour le petit déjeuner, fumer une cigarette. Il était neuf heures passées et ce programme allait bien m'occuper jusqu'à dix heures. Puis, si Francesco ne réapparaissait pas, je verrais alors quoi faire.

Il ne réapparut pas et je commençai à m'inquiéter. L'euphorie du premier soir avait disparu et maintenant, dans la salle des petits déjeuners de cet hôtel miteux, je sentis une angoisse voisine de la panique me gagner. Pendant un instant, j'envisageai de remballer mes affaires et de me sauver, tout seul.

Puis, après avoir à peu près retrouvé mes esprits, je demandai à l'employé de l'hôtel un plan de Valence, je laissai un mot pour Francesco et je sortis.

Il faisait très chaud. La ville, en ce matin étouffant, était un endroit différent de celui, irréel et presque enchanté, dans lequel je m'étais promené la nuit précédente. Les magasins étaient tous fermés, dans les rues les rares passants exhibaient des visages ravagés par la chaleur. Il régnait une ambiance de désolation, de démobilisation.

En sortant de l'hôtel, Valence me fit penser à une femme belle mais plus tout à fait jeune, que tu retrouves le matin après lui avoir fait l'amour toute la nuit. La veille au soir, elle était bien habillée, maquillée, parfumée.

Maintenant, au contraire, à peine levée, elle a les yeux bouffis, ses cheveux te semblent trop longs. Elle se traîne dans un vieux tee-shirt. Tu voudrais être ailleurs. Et c'est probablement ce qu'elle souhaiterait elle aussi.

Je me mis à déambuler dans les rues avec une étrange détermination. Plus la journée avançait, plus la chaleur montait, et plus je marchais à pas rapides. C'était absurde parce que je n'avais aucun but, que je ne connaissais pas cette ville dont je n'avais même pas ouvert le plan, et que je me déplaçais à l'aveuglette.

Je passai devant des immeubles qui avaient dû connaître autrefois leur temps de splendeur, et arrivai dans de grands jardins. Une dame âgée, sans que je lui demande rien, m'expliqua que nous étions sur le lit d'un fleuve asséché, le Turia. Ce fleuve, des années auparavant, avait été dévié et sur son ancien cours on avait aménagé ce parc.

C'est un étrange souvenir dépourvu de son, que ce jour de soleil féroce à Valence. Uniquement des images, comme dans un film muet, mais en technicolor.

Je marchai plusieurs heures, m'arrêtai pour manger des tapas et boire de la bière dans un bar qui servait à l'extérieur, à l'ombre de vieux parasols décolorés, je marchai à nouveau, longtemps, en cherchant l'hôtel. Quand je le retrouvai, j'étais prêt à en supporter la décrépitude en échange de l'air conditionné. Le climatiseur était bruyant, mais il fonctionnait, alors que dehors il faisait plus de quarante degrés.

Quand je lui demandai la clé, le gardien me dit que l'autre caballero était rentré et qu'il était dans la chambre. Je me sentis soulagé.

Je frappai à la porte ; je recommençai et à la troisième

fois seulement, j'entendis la voix de Francesco marmonner quelque chose d'incompréhensible. Un instant plus tard, il vint m'ouvrir, vêtu d'un caleçon et d'un tee-shirt noir.

Sans dire un mot, il s'assit sur le bord du lit, y resta deux minutes, les yeux baissés, semblant regarder quelque chose sur le sol. Il se reprenait lentement et avait l'air de quelqu'un qui aurait voyagé deux jours dans un wagon de marchandises. Enfin il secoua la tête et leva les yeux vers moi.

« Comment ça s'est passé ? lui demandai-je.

– Une belle cochonne, la petite Angelica. Elle fait des numéros de cirque équestre. Je te conseille une petite visite chez elle, dans les jours qui viennent. »

J'éprouvai une sensation vague et désagréable en entendant ces mots, mais Francesco ne me laissa pas le temps de l'identifier. Il dit que ce soir nous irions prendre Angelica après son travail et que nous filerions directement à la mer, vers le sud. Nous arriverions à l'aube, au moment le plus beau. Nous nous baignerions quand les plages seraient encore désertes, et nous irions retrouver des amis d'Angelica qui tenaient une pension avec restaurant. Nous pourrions éventuellement dormir là-bas, étant donné que le lendemain elle ne travaillait pas.

Le programme me plaisait, mais de toute façon Francesco ne demandait pas mon approbation. Il me communiquait ses décisions. Comme d'habitude.

« N'oublie pas d'emporter les cartes, ce soir. »

À peine ces mots prononcés, il se rallongea sur le lit, me tourna le dos, prêt à se rendormir.

Je me passai d'explications.

24

Nous avons quitté Valence vers quatre heures du matin. Il y avait encore du monde dans les rues. Après avoir pris Angelica au bar, nous étions passés chez elle, elle avait ramassé quelques affaires, et nous nous étions mis en route.

Je conduisais, Angelica était assise à côté de moi, Francesco se tenait à l'arrière, entre nous deux.

Partir à cette heure du matin signifiait aller à la rencontre de l'insoupçonnable beauté de l'univers. Nous quittions la ville au moment où la nuit finissait, et où tous ceux qui l'avaient animée rentraient chez eux. L'air était frais, nous avions baissé les vitres et coupé la climatisation. Le jour n'était pas encore apparu, mais nous l'attendions en parlant à voix basse.

Je me sentais bien. J'avais dormi jusqu'au soir, ne me réveillant qu'à la nuit tombée. Ma mauvaise humeur s'était évanouie avec l'obscurité. Je débordais d'énergie, et j'étais à nouveau prêt à tout. Francesco lui aussi était en forme. En quittant la chambre, il avait fait une chose étrange.

« T'es mon ami ? » avait-il dit, alors que nous étions presque sur le seuil de la porte. J'avais hésité à répondre, n'ayant pas compris s'il s'agissait ou non d'une plaisanterie.

« T'es mon ami ? » avait-il répété, et il y avait une note insolite, quelque chose de grave et de presque désespéré, dans la manière dont il le dit.

« Quelle question idiote. Bien sûr que je suis ton ami. »

Il avait fait un signe d'assentiment de la tête, et était resté encore quelques secondes à me regarder. Puis il m'avait embrassé. Il m'avait étreint avec force et j'étais resté planté là, ne sachant quoi faire.

« Maintenant il est temps d'y aller, mon vieux. Tu as pensé aux cartes ? »

Je les avais prises, et nous étions partis comme deux aventuriers intrépides et innocents, vers la nuit, le jour et tout ce qui nous attendait. Le reste, quel qu'il fût, n'avait aucune importance.

Lorsque nous sommes arrivés à Altea, le soleil n'était pas encore levé et l'air avait la transparence immobile de certains rêves. Sur la plage, il n'y avait qu'une femme très âgée, en short et en tricot, accompagnée d'un énorme bâtard poilu qui gambadait autour d'elle. Des vaguelettes paresseuses venaient gifler délicatement le sable.

Nous nous sommes déshabillés sans dire un mot. Peu de fois dans ma vie, je me suis senti exactement à ma place comme ce matin-là, à l'aube, sur cette plage inconnue d'Espagne. Nous sommes entrés dans l'eau en marchant doucement, entourés d'une sensation proche du sacré et de l'imminence. De possibilité infinie.

Nous nagions lentement vers le large, à quelques mètres les uns des autres, la tête hors de l'eau, lorsque, subitement, l'univers se teinta de rose et de majesté.

Le soleil sortit de la mer et je sentis des larmes se mêler aux gouttes d'eau et glisser sur mon visage.

Après avoir pris un petit déjeuner, nous nous sommes installés avec nos serviettes de bain sur la plage, tout près de l'eau. Les vacanciers commençaient à arriver.

« Si tu sortais les cartes ? » me dit Francesco.

Je les tirai de mon sac tandis qu'il se tournait vers Angelica.

« Giorgio est un sacré magicien. » Son expression était parfaitement sérieuse. Il s'amusait. Il se moquait de nous deux, mais de manière différente. Bien que sachant cela, ses mots m'avaient rempli d'orgueil.

« Allez, fais-lui voir quelque chose. »

Je ne protestai pas. Je ne dis pas que le maître, c'était lui. Je lui montrai quelques bricoles, et je pensai que, assurément, j'étais bon. Angelica me regardait, le front légèrement plissé, l'œil de plus en plus étonné.

Francesco me demanda de lui faire voir le jeu des trois cartes. Sans rien dire, je sortis la reine de cœur et les deux dix noirs.

« Carte gagnante », je montrais la reine, « carte perdante », je montrais successivement les deux dix. Je sentis les battements de mon cœur s'accélérer, ce qui ne m'était jamais arrivé avec les autres jeux de prestidigitation. Je posai délicatement les cartes retournées sur la serviette étalée sur le sable.

« Où est la reine ? »

Angelica retourna une carte, et vit que c'était le dix de trèfle.

« Recommence », dit-elle en me regardant de bas en haut. Un faux air sérieux dans la voix ; les yeux riants, comme ceux d'une gamine.

« D'accord. Carte gagnante, carte perdante. La main va plus vite que l'œil. Carte gagnante, carte perdante. »

Je posai les cartes. Elle resta quelques secondes à les regarder. Elle savait qu'il y avait un truc, mais ses yeux disaient que la reine était la carte à sa droite. Elle finit par la montrer. C'était le dix de pique. Je refis le tour plusieurs fois, avec toutes les variantes, et elle ne réussit jamais à deviner juste. À deux reprises, après s'être trompée, elle voulut retourner les deux autres cartes ; pour être certaine que je n'avais pas fait disparaître la reine de cœur.

« C'est incroyable. J'ai jamais vu ça. Je croyais que des trucs pareils ça ne se voyait qu'au cinéma. Et purée, tu le fais là sous mes yeux. »

C'est à ce moment-là que Francesco proposa qu'on mette à profit mon habileté pour s'amuser un peu. Tandis qu'il parlait, je compris qu'il avait ça en tête depuis le début.

Nous allions faire quelques kilomètres et nous rendre sur une autre plage – parce qu'ici, on pouvait déjà s'être fait remarquer – et nous ramasserions de l'argent tous les trois ensemble. J'étais sur le point d'ouvrir la bouche lorsque, me devançant, Angelica déclara que c'était une idée du tonnerre. Je regardai Francesco qui me répondit par un sourire. Il n'en avait rien à faire de la bigaille que nous allions soutirer à ces quelques pigeons de plage. Il voulait fêter mon initiation. La mienne et celle d'Angelica. Il y avait quelque chose d'ambigu dans ce nouveau jeu. C'était comme s'il nous poussait dans les bras l'un de l'autre, avec la prétention d'être là pendant que nous ferions l'amour. Il voulait nous faire faire ce qu'il avait décidé de nous faire faire, et jouir de la scène.

Je laissai passer quelques secondes, puis levai les épaules, et acquiesçai d'un simple signe de tête. Si ça peut vous faire plaisir.

Alors Francesco nous exposa son plan. Nous allions filer à quelques kilomètres, et nous garer près d'une autre plage. Moi j'irais devant et m'installerais à un endroit passant, puis je commencerais à jouer avec les cartes. Eux m'observeraient de loin. Au bout d'un quart d'heure, vingt minutes, Francesco s'approcherait et ferait un pari, plus exactement il ferait semblant de parier. Il perdrait plusieurs fois et se mettrait ostensiblement en pétard pour se faire remarquer. Puis Angelica arriverait. Entre-temps, un groupe de curieux se serait déjà formé. Je l'inviterais à jouer. Elle gagnerait, perdrait, gagnerait encore. À ce moment-là, il est vraisemblable que quelqu'un dans le public demanderait à parier.

Angelica me fit un rapide cours d'espagnol pour bonimenteur de rue.

Carta que gana, carta que pierde. Donde está la reina ? Lo siento, ha perdido. Enhorabuena, ha ganado.

Tout alla comme prévu bien sûr. En suivant les indications d'Angelica, nous arrivâmes à proximité de la plage d'un village touristique fréquenté principalement par des Hollandais, des Allemands, des Anglais. J'achetai deux canettes glacées à un kiosque, et allai m'installer à l'entrée du chemin de sable qui menait à la plage, à l'ombre d'un pin. Je posai par terre ma serviette pliée en deux, m'assis, bus quelques gorgées de bière ; j'allumai une cigarette et commençai à m'amuser avec les trois cartes, en ignorant les passants. Quelques-uns ralentissaient pour regarder ce que je faisais, je levais les yeux, souriais à chacun sans prononcer un mot, et eux continuaient leur chemin.

Au bout d'une dizaine de minutes, Francesco arriva. Il s'arrêta et me regarda avec insistance, comme un mérou. Je jouai mon rôle avec naturel. Je levai les yeux une première fois ; je les levai une deuxième fois, puis une troisième ; lui n'avait pas bougé. Alors je m'arrêtai et lui demandai, en anglais, s'il voulait parier. *Would you like to bet ?* Toujours en anglais, je lui expliquai la règle du jeu, en m'aidant de gestes démonstratifs. Les promeneurs commençaient alors à s'arrêter. Mon explication terminée, Francesco posa un billet de mille pesetas devant moi, sur le sable. J'en tirai un semblable de mon sac et le mis sur le sien. Je m'assurai que le public était bien en train de nous suivre.

« Carta que gana, carta que pierde. » Puis, d'un geste inutilement rapide, je posai les cartes par terre. Sans tricherie. N'importe qui, avec un minimum d'attention, aurait pu dire où se trouvait la reine.

Francesco me regarda avec l'air parfait du crétin convaincu d'être très futé ; et il montra la mauvaise carte. Du coin de l'œil je surveillai l'expression de l'un des badauds. Un homme baraqué et poilu, une silhouette en forme de poire, le visage constellé de taches de rousseur, les cheveux roux. Il ne comprenait pas comment on pouvait se tromper sur un coup aussi facile et, putain, il aurait bien voulu être à la place du parieur.

Je retournai la carte que Francesco avait indiquée, la lui montrai, ainsi qu'à tous ceux qui assistaient à la scène, je souris, soulevai les épaules en m'excusant presque d'avoir gagné, et empochai l'argent. Lui, moitié parlant, moitié gesticulant, dit qu'il voulait rejouer ; nous répétâmes la même scène. Simplement je plaçai la reine dans une position différente, toujours sans magouille. Encore une fois, quiconque aurait suivi mes gestes honnêtes aurait été capable de désigner la reine. Francesco, au contraire, se trompa à nouveau. Le gros en forme de poire commençait à s'agiter. Il voulait jouer. Nous tenions notre homme.

Entre-temps, Angelica était arrivée. Les curieux formaient un groupe de sept, huit personnes. Un homme d'une trentaine d'années, maigre, un peu bigleux, demanda en espagnol s'il pouvait parier. J'acceptai tout en sentant monter l'adrénaline. L'affaire commençait à devenir sérieuse. Il paria et je truquai les cartes. Il indiqua la mauvaise carte et perdit. Il joua à nouveau et perdit encore, trois, quatre, peut-être cinq fois.

À ce moment-là, Angelica s'approcha. D'après ce que je pus en juger, elle parlait un espagnol presque parfait. Elle misa. Gagna. Perdit. Gagna à nouveau. Perdit. Perdit. Je n'avais pas triché et le gros commençait à bouillir d'impatience. Quand Angelica annonça qu'elle s'arrêtait là, Francesco fit mine de s'avancer à nouveau, mais Obélix le repoussa littéralement sur le côté. C'était son tour. C'était *mon* tour, pensai-je en riant intérieurement.

Cela se passa comme prévu. Il perdit. Perdit. Gagna. Perdit. Perdit. Et ainsi de suite.

Après je ne sais combien de tours, je regardai ma

montre et fis comprendre, un peu en anglais, un peu par signes, un peu dans un espagnol forgé en ajoutant un « s » à la fin de chaque mot italien, qu'il était tard, et que je devais m'en aller.

Obélix se mit en rogne. Se fit menaçant. Il perdait, dit-il, et il avait le droit de continuer à jouer. Je regardai autour de moi, feignant l'étonnement et un brin d'inquiétude. Alors, je pris tout l'argent que j'avais gagné et le posai sur le sable. Je le regardai. Il voulait jouer cette somme ? Un dernier coup, en une seule fois ?

Il resta un moment perplexe, comme si une manière de soupçon – ou de pensée – lui avait traversé l'esprit. C'est alors que Francesco dit qu'il était disposé, lui, à parier cette somme. Le bougre cessa de penser, mais était-il en état de le faire ? C'était sa partie à lui. « Fuck. »

Il compta ses sous et les posa sur le sable à côté des miens. Mon expression devait se situer à mi-chemin entre l'embarras et l'inquiétude.

Je montrai les cartes en en tenant deux dans la main droite et une dans la main gauche. Je déclamai à nouveau la formule. Je les posai. Puis je les ramassai à nouveau, toutes avec la main droite cette fois, et je les reposai. Dans le jargon des tricheurs, cette variante du jeu des trois cartes s'appelle *le coup de grâce.* D'habitude on le garde pour la fin. Bien sûr.

La reine était à gauche. Dans le public, le silence s'était installé. Le gros hésita un peu. Son intuition le faisait certainement pencher vers le centre. Mais il avait des doutes. Je sentais les battements de mon cœur, je regardais ses yeux glisser de gauche à droite. Puis de droite à gauche jusqu'à ce qu'il pose une main sur la carte qu'il avait choisie.

Au milieu.

Je glissai l'index sous la carte que le pigeon avait désignée et la fis basculer. Dix de carreau.

Le silence du public s'effrita en une poudre de commentaires indéchiffrables, exprimés dans une mosaïque de langues.

J'allais allonger la main pour ramasser l'argent – le mien et le sien – lorsque le rouquin se laissa tomber à genoux dans le sable sec, se jeta sur les deux autres cartes et les retourna, l'une après l'autre. Exactement comme l'avait fait Angelica sur l'autre plage. Il garda pendant quelques secondes la reine de cœur dans sa main, avec l'air du type distrait qui s'est précipité sur une porte pour la défoncer, et se retrouve par terre, furieux, parce que la porte était ouverte. Alors il jeta rageusement la carte sur le sable, se releva péniblement et s'en alla en lançant des imprécations dans une langue qui, à l'oreille, semblait être de l'anglais ou de l'américain, mais dont j'étais incapable de saisir le moindre mot.

Je me tus. Je ramassai l'argent, les cartes, les canettes de bière vides, et m'en allai tandis que les badauds se dispersaient, au milieu d'une traînée de commentaires sur le spectacle auquel ils venaient d'assister.

Nous ne sommes pas restés à Altea, chez les amis d'Angelica. Nous sommes repartis au coucher du soleil pour arriver à Valence à la nuit tombée. Angelica nous a demandé si nous voulions monter chez elle, boire quelque chose et fumer un joint. J'étais sur le point de dire que je les accompagnais et qu'ensuite je rentrais à l'hôtel mais Francesco me devança.

« Avec plaisir. Ça te va, Giorgio ? »

Bien sûr que ça m'allait, évidemment. Nous sommes montés.

Angelica habitait une sorte de studio, avec un petit balcon qui donnait sur une cour intérieure, et des toilettes dissimulées par une tenture crasseuse tenant lieu de porte. Il faisait chaud et de la cour parvenaient des odeurs qui me rappelaient certains bassi [1] du quartier Libertà, près de chez moi. Je passais devant quand j'étais enfant, et à travers les rideaux on entendait des voix, des bruits, des cris. On percevait l'odeur de cuisine mêlée, entre autres, à celle de l'eau de javel. Et parfois j'imaginais que derrière ces rideaux se trouvait le passage pour une autre dimension et un monde parallèle.

Nous avons bu du rhum, fumé quelques joints qu'Angelica tenait tout prêts. Notre conversation était décousue, comme cela arrive dans ces circonstances. À un moment, Angelica a sans doute tiré pour la dernière fois sur son pétard et dit qu'elle voulait me passer sa fumée. Je l'ai regardée en fronçant les sourcils dans un sourire hébété. Sans attendre ma réponse, elle a collé sa bouche à la mienne et y a soufflé sa fumée. J'ai toussé, et tous deux ont ri aux efforts que je faisais pour retrouver ma dignité. Puis elle s'est arrêtée de rire et m'a embrassé. Sa bouche était dure et agressive comme une garniture de pneu ; même chose pour sa langue, élastique et puissante.

Ensuite la scène est confuse, un patchwork. Elle continue à m'embrasser, tandis que ses mains descendent vers mon pantalon pour le déboutonner. Sa bouche n'est

---

1. Appartements des quartiers populaires dans le sud de l'Italie, situés généralement au-dessous du niveau de la chaussée, et auxquels on accède en descendant quelques marches. *(N.d.T.)*

plus sur la mienne, elle a changé de place. Je suis nu, elle aussi. Elle est sur moi et bouge lentement. En contractant les muscles de l'aine, elle déclenche en moi une sensation qui m'arrive directement au cerveau, plus intensément que celle provoquée par le shit ou l'alcool. Je pense qu'elle est douée, très douée. Francesco n'avait pas tort. Au fait, Francesco. Où est-il ? Malgré mes efforts pour tourner la tête le plus rapidement possible, je la tourne avec une lenteur infinie, et je le vois. Il est assis par terre, à ma gauche, à un mètre de distance environ, peut-être moins. Il sourit vaguement en nous regardant. Ou peut-être qu'il regarde ailleurs. Angelica continue à bouger et j'ai l'impression qu'ils se touchent pendant qu'elle me baise. Puis tout se mélange.

Tandis que je sombre – dans un état qui pourrait ressembler au sommeil –, je vois Angelica et Francesco. Ils sont ensemble et bougent au ralenti. Très près. Moi au contraire je suis très loin.

De plus en plus loin.

25

Je fus réveillé par la lumière, la chaleur, le nez bouché, des douleurs dans le dos et le cou. J'avais dormi par terre, la gorge me brûlait, j'avais le palais et la langue pâteux. Je me sentais nauséeux et oppressé.

Je me relevai en m'appuyant sur mes bras. Francesco et Angelica dormaient dans le lit situé à l'opposé de la pièce. Ils dormaient profondément et je restai quelques minutes à les observer. Francesco se tenait impeccablement, comme d'habitude. Allongé sur le dos, les bras le long du corps, il avait un air tranquille. Il respirait par le nez, silencieusement.

Une main entre la tête et l'oreiller, Angelica était tournée vers Francesco, ramassée en chien de fusil. Elle me fit penser à une enfant. Puis, me rappelant ce qui était arrivé la nuit précédente, je détournai les yeux.

Je ne savais pas quoi faire. Je me sentais totalement décalé, face à ces deux-là qui dormaient, dans cette petite chambre chaude, imprégnée d'odeurs déplaisantes. Mais je ne pouvais pas m'en aller. La seule idée de passer une nouvelle matinée à errer, précipité tout seul dans cette chaleur torride, m'épouvantait.

J'en étais là de mes pensées lorsque Francesco ouvrit les yeux. Il ne bougea pas. Il ouvrit simplement les yeux et me regarda sans dire un mot. Je pensai un instant à une forme de somnambulisme, ou quelque chose d'approchant. Il s'assit sur le bord du lit.

« Salut, fit-il.

– Ouais, répondis-je.

– T'as fait du café ? »

Je le regardai. Cette question, pourtant banale, me semblait parfaitement absurde.

« Y en a là, dans le petit meuble entre la cuisine et le lavabo », dit-il d'un air impatient.

J'étais sur le point de dire quoi ? quand je me rendis compte qu'il parlait toujours du café. C'était vrai qu'il avait déjà passé une nuit dans cette maison. J'allai jusqu'au petit meuble – un horrible truc vert pâle, recouvert de fleurs en décalcomanies, décolorées –, je pris café et cafetière, et me mis au travail.

Nous bûmes dans des tasses ébréchées. J'en apportai une à Angelica qui s'était réveillée en entendant nos voix, et les bruits que nous faisions. Elle s'empara de la tasse, les yeux bouffis et l'air ahuri, comme si elle faisait ce geste pour la première fois.

J'avais honte de me trouver encore là, avec mon souvenir confus de la nuit précédente. J'aurais voulu être loin. J'aurais voulu disparaître.

Angelica se leva, complètement nue, alla aux toilettes et à travers le rideau qui tenait lieu de porte, on l'entendit uriner. J'avais l'impression que les murs de cette pièce, déjà petite, se resserraient sur moi.

Nous sommes restés le temps de fumer une cigarette. Quand Francesco déclara que nous devions y aller, j'éprouvai un soulagement démesuré.

« Moi je retourne me coucher, dit Angelica.

– On passera au bar ce soir, au plus tard demain. On doit rencontrer un ami », lui répondit Francesco.

Assise au bord du lit, Angelica nous fit un geste nonchalant de la tête, en levant un instant la main. Elle avait l'air de se moquer de ce que nous allions faire, ou ne pas faire. Elle paraissait fatiguée, comme si elle avait déjà pratiqué – trop pratiqué – ce rituel des salutations. La chambre, avec la lumière qui filtrait des rideaux et la chaleur déjà accablante, donnait une impression de défaite.

« Ciao », dis-je à voix basse sur le pas de la porte. Elle ne répondit pas. Par l'entrebâillement de la porte qui se refermait, je la vis s'allonger sur le lit et disparaître.

Nous ne l'avons jamais revue.

« En principe, c'est aujourd'hui que rentre Nicola, peut-être même qu'il est déjà rentré », dit Francesco pendant que nous descendions l'escalier.

Un soleil violent nous accueillit à la sortie. Francesco appela d'une cabine téléphonique.

« Nicola ! »

Oui, nous étions à Valence. Depuis trois jours déjà, mais où est-ce qu'il était passé ? Oui, bien, bien, comme convenu. On pouvait venir ce soir. Non, pas de problème. Un ami et associé. Il n'avait pas à s'inquiéter. Bon, d'accord, il viendrait tout seul, mais il ne devait pas s'en faire. Est-ce qu'il lui avait déjà causé des ennuis ? Ça va, ça va, à plus tard.

Ils parlaient de moi. Pourquoi avait-il besoin de rassurer Nicolas ?

« Allons à l'hôtel. On se repose un peu et je t'explique. »

Qu'est-ce qu'il y avait à expliquer ? Et c'était quoi ce plan ? me demandai-je pendant que nous nous traînions dans la chaleur abrutissante, en rasant les murs pour y glaner un peu d'ombre.

Dans une boulangerie, nous achetâmes des petits pains et des croissants ; du fromage, du jambon et de la bière dans une épicerie, pour déjeuner à l'hôtel, où, là au moins, il faisait frais.

Et c'est dans la fraîcheur malsaine et bruyante de cet hôtel absurde, au milieu des miettes de pain et des canettes de bière renversées, que Francesco m'expliqua ce que nous étions venus faire en Espagne.

26

« De la cocaïne ? »

Tu es cinglé ? allais-je ajouter, mais le mot me semblait faible. Sans commune mesure avec l'énormité de ce qu'il venait de me dire. Alors je laissai tomber ce mot, tout seul, suspendu à mon point d'interrogation.

« Oui. D'excellente qualité et à un prix très raisonnable. On peut en avoir un kilo pour quarante millions. Revendue à Bari, comme ça, sans la diviser, on peut en tirer plus du double. J'ai quelqu'un qui nous prend tout en bloc et qui nous file quatre-vingt-dix, peut-être même cent millions.

– Et tu les trouves où les quarante millions ?

– Je les ai.

– Ça veut dire quoi, je les ai ? Tu t'es trimballé quarante millions comme ça : du liquide pour les dépenses courantes ? Ou tu comptes payer ton kilo de cocaïne avec un chèque ?

– J'ai le liquide. »

Je le regardai pendant quelques secondes. Il avait le

liquide. Ce qui voulait dire qu'il s'était promené avec quarante millions – *au moins* quarante millions – depuis Bari, à travers toute l'Italie et la France, jusqu'à cet endroit sur la côte orientale de l'Espagne. Ce qui voulait dire qu'il était parti avec la ferme intention de se rendre en Espagne et d'y acheter un kilo de cocaïne. Peut-être même qu'il avait fait le voyage *uniquement* pour cela.

« À Bari, tu savais déjà que tu venais ici pour acheter de la drogue. »

Il garda le silence une vingtaine de secondes. Puis après s'être décrotté le nez avec le pouce et l'index, il me répondit à sa manière. Par une question.

« Quel est le problème ? Je veux dire : quel est ton problème ?

– Qu'est-ce que ça veut dire quel est mon problème ! Un bel après-midi d'été, tu me dis : on prend des vacances, on part demain, comme ça, droit devant nous. Je suis d'accord, on fait ce putain de voyage et une fois ici, je découvre que tout était organisé. » Je m'arrêtai, parce que j'avais du mal à prononcer les mots qui s'étaient formés dans ma tête. J'avalai ma salive.

« Je découvre que tout était organisé pour un trafic de drogue. Putain de merde.

– Sur ce point-là, tu as raison. J'ai eu tort de ne pas t'en parler, mais j'étais sûr que, si je l'avais fait, tu aurais refusé et tu n'aurais pas voulu venir.

– Ça, je peux te jurer que je ne serais pas venu.

– Bon, d'accord, j'ai eu tort de ne pas avoir été honnête avec toi. Mais maintenant, quel est ton problème ? Je veux dire : tu es moralement contre le fait d'acheter ça, ou bien tu penses aux risques ?

– Les deux évidemment. Je ne sais pas si tu te rends

compte : on parle de quoi, là ? On parle d'un truc qui, si on se fait pincer, nous envoie au trou pour un temps que je n'ose même pas imaginer.

– Tu es contre l'usage de la drogue ?

– Je suis contre la revente des drogues. Je ne veux pas, moi, dealer de la cocaïne, ou n'importe quoi du même genre.

– Il y a des gens qui consomment de la cocaïne ; comme il y a des gens qui fument, ou qui boivent. Comme nous d'ailleurs.

– Je la connais celle-là ; le tabac et l'alcool sont beaucoup plus dangereux que la drogue, et regardez les statistiques, et il vaudrait mieux la libéraliser, et cetera, et cetera.

– Et t'es pas d'accord avec ça ?

– Là n'est pas la question. C'est *interdit*. C'est un délit... »

Je m'arrêtai. Je regardai Francesco en face. Il avait une expression bizarre. On pensait tous les deux la même chose. Ou, plus exactement, je devinais sa pensée et il n'avait pas besoin de la formuler. À propos des délits à commettre et *déjà* commis.

« Écoute Giorgio, laisse tomber une minute cette histoire de délit et tout le reste. Regardons la chose d'un autre point de vue. Imagine un type qui a l'habitude de consommer de la cocaïne. Et même qui aime en offrir à ses amis, s'il en a les moyens ; en fait, il veut éviter de se rencarder une fois par semaine chez un petit revendeur, avec tous les risques et les désagréments que ça comporte. Qu'est-ce que tu as, qu'est-ce que tu aurais contre une personne de ce genre ? Pense à un artiste – je ne sais pas, moi : un peintre, un metteur en scène – que la cocaïne aide à être plus créatif. Ou, simplement, il aime ça et il a envie de se faire un stock pour être tranquille pendant – disons – un an. Sans prendre de risque et sans emmerder personne. Imagine un type comme ça.

– Et alors ?

– Et alors, qu'est-ce qu'il y aurait de mal à lui fournir un kilo de coke et à empocher quelques dizaines de millions ? Ça ferait de mal à personne. Il est pas question de procurer de l'héroïne à un toxico miteux qui se cache dans une ruelle crasseuse et braque le passant pour se procurer l'argent de sa dose.

– Dis-moi. Est-ce que tu es en train de formuler des hypothèses par amour de la discussion ou est-ce que tu es en train de me dire que, en plus d'avoir organisé ce voyage – à mon insu – pour un commerce de drogue, tu avais déjà le client sous la main ? Explique-moi, s'il te plaît.

– Je te dis que je suis désolé. J'ai eu tort. Tu es mon ami et j'avais envie de faire ce voyage avec toi, et pas seulement pour acheter la camelote. Si on est en train de discutailler sur le fait qu'en quelque sorte je t'ai trompé, OK. Si tu me dis que tu n'as plus confiance en moi, OK. Peut-être que moi non plus, en contrepartie, je n'aurai plus confiance. Si c'est ça, tu le dis, et on arrête la discussion. »

Nous sommes restés silencieux. Il avait raison. J'étais furieux parce que je m'étais laissé avoir. Furieux parce qu'il avait pris cette décision pourrie en comptant me convaincre le moment venu. Le fait de l'avoir dit de manière aussi directe et explicite, cependant, me désarmait. Le silence se prolongea tellement que je me mis à penser à autre chose. Que j'avais envie d'un café. Qu'il ne fallait pas oublier de contrôler l'huile et la pression des pneus avant de repartir.

Que j'avais envie d'une cigarette, et celle-là, je l'allumai tout de suite. Francesco s'empara de mon paquet et en tira une pour lui.

« Il n'y a rien de mal. En plus, il n'y a aucun risque.

– Ça c'est la meilleure. Aucun risque. Il suffit de traverser l'Espagne, la France et l'Italie avec un gentil kilo de cocaïne pure dans la voiture. De passer deux frontières avec douaniers, gardes des finances, carabiniers et Dieu sait quoi encore. Aucun risque. »

Je croyais parler sur un ton narquois. En réalité je m'étais tout bêtement laissé prendre.

« C'est simple. On va – ou plutôt je vais, moi tout seul, vu que ce couillon s'amuse à jouer le grand délinquant – prendre la marchandise. On l'emballe comme il faut et on l'expédie à Bari. On l'envoie à une boîte postale sûre, au retour on fait la livraison, on prend le blé et on le divise.

– Pourquoi est-ce qu'on devrait partager si c'est toi qui as apporté tout l'argent pour l'achat ?

– On partage les risques. S'il arrive quelque chose dans l'expédition, si – hypothèse peu probable – on doit se débarrasser du colis, disons que dans n'importe quel cas de figure imprévu, on est associés. Si on perd la marchandise, tu me donnes ta part, vingt millions. Si tout se passe bien, comme c'est probable, on déduit mes quarante millions de ce que nous donne l'acquéreur et on partage le bénéfice. Cinquante-cinquante comme d'habitude.

– Et si on se fait piquer pendant qu'on expédie le colis ?

– Et s'il nous tombe une corniche sur la tête, pendant qu'on se promène via Sparano, par un tranquille après-midi de printemps ? Allez, pourquoi on devrait se faire prendre ? »

En effet, pourquoi aurait-on dû se faire pincer ? Et effectivement : à qui faisait-on du tort, si les choses se passaient comme il l'avait dit ? Un particulier, un riche client qui voulait se faire des provisions, ça ne regardait que lui, au fond. J'allumai une autre cigarette avec le mégot de la précédente, Francesco me saisit le bras à la hauteur de l'épaule et me secoua en signe d'approbation.

À partir de là, nous avons parlé de détails logistiques. La cocaïne venait du Venezuela. Meilleure que la colombienne, disait Francesco. On allait la mettre dans une boîte à chaussures, verser dessus du café en poudre. J'appris que cela perturbait l'odorat des chiens, pour le cas où. Nous allions confectionner le paquet avec une bonne quantité de papier d'emballage et de ruban adhésif, et ouste. Facile, propre et sans danger.

À ce moment-là, j'eus la certitude que Francesco ne faisait pas cela pour la première fois.

27

Nous sommes sortis ensemble à la tombée de la nuit. La chaleur n'avait pas encore totalement desserré son étau. Francesco portait son sac de l'armée avec à l'intérieur les quarante millions en coupures de cent et de cinquante mille. Nous avons fait un bout de chemin ensemble puis nous nous sommes séparés. Nous nous reverrions à l'hôtel, cette nuit ou demain matin, me dit-il.

Plutôt demain matin, pensai-je en le voyant se perdre au milieu des maisons et de l'obscurité qui descendait rapidement.

J'allai au parc du Rio Turia. J'aimais bien cette idée de me promener parmi les plantes et la verdure, là où, autrefois, Dieu sait quand, il y avait eu un fleuve, de l'eau, des bateaux. Un autre monde.

Bien des années plus tard j'éprouverais une sensation identique – mais beaucoup plus forte – au Mont-Saint-Michel, en marchant sur le sable mouillé, parmi les flaques laissées par la marée descendante. Je regardais au loin, pour essayer d'apercevoir la mer. Je l'imaginais surgissant à l'improviste. J'imaginais cette eau qui se formait à l'horizon. Une écume grandiose se confondant avec le ciel et les nuages, grandioses eux aussi. Tout le monde se sauvait, mais moi je restais là, entre sable et ciel, avec le promontoire et l'abbaye sur ma droite.

En regardant l'eau approcher.

Je suis resté des heures à me promener dans ces jardins. Je regardais les gens – garçons, filles, familles avec des petits – qui profitaient de la fraîcheur et, étrangement, j'éprouvais une sensation d'enfance, de tendre mélancolie, de vacances. J'avais oublié Francesco, la cocaïne, tout ce qui s'était passé les jours et les mois précédents. Tout cela s'était éloigné. J'éprouvais une douce langueur. Semblable à celle des débuts d'été à l'époque du collège. Tout paraissait possible alors, et le monde était un jardin enchanté, lumineux, mais également riche d'ombres fraîches et accueillantes. Rempli de secrets bienveillants à découvrir.

Qui sait pourquoi j'ai revécu aussi intensément les sensations de la fin de mon enfance, durant cette nuit d'août, dans cet endroit inconnu d'Espagne ? Comme une île salvatrice au milieu de tout ce marasme.

Je mangeai un morceau, bus plusieurs bières, fumai, puis m'allongeai sur une pelouse, les mains sous la nuque. Je regardais le ciel, en essayant de reconnaître les constellations. Comme d'habitude, la seule que je réussis à repérer fut la Grande Ourse.

Sans m'en rendre compte, je finis par m'endormir.

28

Le lendemain, nous avons fait nos bagages, réglé l'hôtel, sorti la voiture du garage. Sur le siège arrière, il y avait la sacoche de Francesco. Celle avec laquelle il était sorti la veille au soir et qui contenait l'argent. Maintenant, elle renfermait la drogue.

Je conduisais en suivant les indications de Francesco. Nous allions à la poste principale. De là nous allions expédier le paquet, après quoi nous prendrions tranquillement le chemin du retour.

Un jeu d'enfant. Mais je mourais de trouille.

Je conduisais, mais malgré cela il me semblait avoir des yeux à hauteur de la nuque. Des yeux qui ne pouvaient pas se détacher du petit bagage qui contenait une dizaine d'années de prison, si quelque chose, dans cette affaire *facile et propre*, se mettait à dérailler. Je mourais de trouille et Francesco affichait une humeur parfaite. Il plaisantait, disait qu'il nous avait suffi de quatre jours – on n'était restés que quatre jours ? – pour que Valence le fasse chier. Que la prochaine fois, on s'offrirait de vraies vacances. Et cetera.

Je crevais de trouille.

Nous sommes arrivés devant un grand édifice qui devait être la poste centrale. Grand et laid, c'est le seul souvenir que j'en ai gardé. Nous sommes passés lentement en voiture devant l'entrée principale, nous avons contourné le bâtiment, et quand nous nous sommes trouvés sur l'arrière, Francesco m'a dit de m'arrêter.

Il a exhibé un paquet marron, de la forme d'un carton à chaussures, enveloppé dans un papier d'emballage et saucissonné par un ruban adhésif beige. Au feutre noir il avait écrit l'adresse d'une boîte postale, à Bari.

Francesco m'a tendu le paquet.

« Bon, tu y vas, tu te mets dans la file d'attente et tu l'expédies ; au besoin tu inventes un nom pour l'expéditeur. Moi je t'attends dans la voiture. Dès que tu reviens, on se tire, et va te faire foutre, putain de ville avec ta chaleur de merde. »

Tu y vas.

Il avait dit : tu y vas. Pendant que lui m'attendrait dans la voiture.

Et si je me faisais pincer ? Et si je me retrouvais face à des flics, qu'ils aient des soupçons et me fassent ouvrir le paquet, et cetera, et cetera ? Qu'est-ce qu'il aurait fait ? Et moi, qu'est-ce que j'aurais fait ?

Une peur aveugle, un vrai sentiment de panique m'assaillirent. Une seule fois dans ma vie, j'avais eu une peur semblable. J'avais trois ou quatre ans, ma mère m'avait amené au jardin public et je m'étais perdu. Je ne me rappelle rien de cette journée de printemps, si ce n'est la panique absolue, la perte totale de sens, mes sanglots de désespoir, qui continuèrent longtemps encore après avoir retrouvé ma mère.

Je suis resté immobile durant un temps incalculable avec ce colis marron posé sur les genoux. Je suis certain que Francesco était conscient de ce qu'il m'arrivait. J'en suis certain, même s'il ne dit rien et ne fit pas un geste vers moi.

J'aurais voulu lui demander pourquoi nous n'y allions pas ensemble, dans ce bureau de poste ; ou bien lui dire que j'avais changé d'avis et que je ne voulais pas me mêler de cette histoire. Qu'il pouvait bien se charger tout seul de l'expédition et empocher tout le bénéfice.

Impossible d'ouvrir la bouche. Rien. Sa voix à lui finit par briser le silence rempli du bourdonnement de la clim.

« Allez, grouille-toi. Comme ça on peut s'en aller et faire un bout de route à la lumière du jour. »

Il parlait d'un ton tranquille. Il me disait de me dépêcher, comme s'il s'agissait d'aller faire une course ordinaire, qu'on devait partir et qu'il était inutile de perdre son temps.

J'ouvris la portière, et mécaniquement je retirai les clés du tableau de bord.

« Tu fais quoi, tu emportes les clés ? Suppose qu'un flic arrive… » Sa voix était neutre, sans aucune tension, presque gaie. Moi au contraire je sentais mon sang se glacer. Il était bien en train de me dire que si la police arrivait, il devrait ficher le camp.

« … et qu'il faille déplacer la voiture. On est en double file. Allez, grouille, fais pas chier. »

Je lui donnai les clés, descendis de voiture et replongeai dans la chaleur. Assommé par la peur et un sentiment d'impuissance dont je n'évaluais les proportions qu'à ce moment-là.

À la poste il n'y avait pas l'air conditionné. Derrière le comptoir, un ventilateur hors d'âge et ronchon s'efforçait dc soulager deux employés à la mine découragée. Il y avait une petite file d'attente au guichet des colis. Il régnait là une odeur humaine, une odeur de poussière et de quelque chose d'autre que je n'arrivais pas à bien distinguer. Devant moi, une grande et robuste femme faisait la queue, vêtue d'une robe à fleurs sans manches ; de longs poils noirs jaillissaient de ses aisselles.

Personne ne semblait pressé, pas plus les employés que les usagers qui attendaient sagement leur tour. Pour tuer le temps, je commençai à faire des paris avec moi-même, sur qui allait entrer dans le bureau de poste, ou sur laquelle des personnes plantées devant les deux portillons allait bouger la première.

Si le prochain client qui entre est un homme, tout ira bien et je m'en tirerai. Si c'est le petit vieux de ma file qui bouge le premier, pas de souci.

Si la prochaine personne qui entre dans le bureau est une femme – me dis-je alors qu'il n'y avait plus devant moi que la virago aux aisselles luxuriantes –, tout se passera bien.

Du coin de l'œil je vis apparaître un uniforme.

La police !

Cet avertissement terrifiant me sembla inscrit dans ma tête. Écrit avec son point d'exclamation, tracé au pinceau en gros caractères noirs sur une espèce de carton blanc, il était sorti tout droit d'un coin de mon cerveau. Il ressemblait à une publicité grossière pour une kermesse paroissiale.

C'est précisément à ce moment-là que j'ai compris ce que voulait dire rester le souffle coupé. Après avoir vu cet uniforme pénétrer dans le bureau de poste, je détournai mon regard, et l'amarrai à un point au sol, entre mes deux chaussures. Un réflexe de fuite me tarabustait, mais malgré le paroxysme atteint par mon trouble, je me rendais compte que je risquais d'attirer l'attention sur moi, ce qui aurait été la pire des choses. Le policier ne devait pas être entré par hasard. Il était là pour moi. Les flics avaient trouvé un mouchard, ils nous avaient filés puis ils avaient attendu le moment opportun pour nous cueillir. Enfin, pour me cueillir, moi, parce que, j'en étais sûr, Francesco avait réussi à s'enfuir avec ma voiture. D'un moment à l'autre, ils allaient me prendre par le bras et me demander de les suivre.

L'homme à l'uniforme me dépassa, ouvrit un portillon qui se trouvait à côté des guichets et passa de l'autre côté. Il portait une grosse sacoche en cuir, en bandoulière.

Un facteur.

Il me fallut encore quelques secondes pour me rendre compte que j'étais en apnée, puis je pus enfin recommencer à respirer.

Un quart d'heure plus tard, à peu près, j'étais remonté en voiture et j'aspirais violemment la fumée de ma cigarette, la tête vide, les mains tremblantes, impossibles à contrôler.

29

Le voyage du retour fut une course ininterrompue et exténuante, comme celui de l'aller.

Nous avancions comme des fous, pied au plancher, changeant de conducteur sans reprendre notre souffle, refaisant le parcours des jours précédents à la manière du rembobinage rapide et indéchiffrable d'une vidéo dépourvue de sens.

De tout le voyage – trente heures, peut-être –, je ne garde que le souvenir des virages et des tunnels angoissants de l'autoroute à la frontière entre la France et l'Italie. La nuit, juste avant l'aube. C'était à mon tour de conduire, tandis que Francesco dormait, allongé sur le siège du passager, incliné au maximum. J'étais épuisé et je pensais que je risquais de m'endormir, que nous allions heurter le rail de sécurité et basculer dans le vide terrifiant qu'on apercevait, après le bitume, au-delà des haies et des piliers. Francesco ne s'apercevrait de rien. Moi au contraire, je verrais et sentirais tout jusqu'au dernier moment.

Cette pensée ne me fit pas peur, et je continuai à avancer à folle allure sur cette route impossible ; en ne touchant presque jamais au frein ; en rétrogradant quelquefois, de manière à faire rugir le moteur, joyeux et rageur ; frôlant plusieurs fois le bord de l'abîme ; clignant les yeux qui me brûlaient, et les rouvrant juste à temps pour braquer tranquillement à une fraction de seconde de l'irréparable.

C'est une douce soirée d'août qui nous accueillit à Bari, étonnamment fraîche et fondante. Une de ces soirées au cours desquelles tu t'aperçois que l'été sera très vite fini, même s'il se prolonge encore un peu. Quand tu es gamin et qu'en août apparaissent les premiers signes de l'automne, tu es pris d'une mélancolie légère et particulière.

Celle qui est composée de souvenirs et de nostalgie qui se mêlent à la certitude – ou à l'illusion – d'avoir encore tout le temps devant soi.

La ville n'avait pas changé et je pensai que tout rentrait dans l'ordre.

Même si je ne savais pas lequel.

De toute façon, j'allais empocher un paquet de fric, et maintenant c'était cette idée qui m'occupait presque complètement l'esprit, me donnant une sensation d'ébriété et de vertige. Naturellement, je ne savais pas quoi faire de cet argent, mais je n'y pensais pas.

En attendant, le voyage, l'Espagne, Angelica, mes promenades à demi conscientes dans cette ville irréelle, cette aube mythique dans la mer, puis l'expédition de la drogue, les odeurs, les lumières, les bruits, ma frayeur, tout cela était très loin. Cela semblait être arrivé très longtemps auparavant, ou dans un rêve. Et en effet je devais faire un effort de volonté pour me convaincre que tout était réellement arrivé.

Puis, en me dirigeant vers la maison, je pensai pour la première fois à mes parents, et au fait que, d'ici peu, j'allais les rencontrer, s'ils étaient rentrés à Bari. Je ne les avais pas rappelés depuis le matin de notre départ, sur l'autoroute. Je pensai à ce qu'ils allaient me dire – fort justement – sur le fait que j'avais disparu, qu'ils s'étaient fait du souci, qu'ils ne me reconnaissaient plus, et ainsi de suite. Ma sensation précédente de légèreté s'évanouit rapidement. Je fus tenté de changer de direction, de m'enfuir.

Puis je me dis que j'étais fatigué, trop fatigué, et que je n'avais qu'une envie : aller dormir. Dans mon lit. Je me dis que, d'une manière ou d'une autre, tout finirait bien par s'arranger.

D'une manière.

Ou d'une autre.

TROISIÈME PARTIE

1

Nuit. Fauteuil. Chaleur. Souvenirs confus dans la brume pénétrante et sourde de la migraine.

Naturellement, c'était son père, le général, qui avait décidé. Giorgio deviendrait officier des carabiniers. Comme son père, justement, et comme son grand-père. Le sujet n'avait jamais fait l'objet d'une discussion.

Il avait traversé les années du collège militaire, puis celles de l'académie, comme en plongée sous-marine. Il retenait son souffle et les êtres qui lui tournaient autour étaient muets et étrangers. Des poissons dans un aquarium.

Il n'avait eu aucune difficulté pour se plier à la discipline. Il lui suffisait de s'abstraire, comme s'il n'était pas là. Une stratégie qu'il maîtrisait parfaitement depuis l'enfance.

La dernière année de l'école des officiers, il avait rencontré une fille. Il était sorti avec elle pendant plusieurs semaines et ça s'était arrêté là. Par la suite, il avait eu du mal à se rappeler son visage, sa voix. Jusqu'à son nom.

Après, il n'y en avait pas eu d'autre.

Un psychanalyste aurait dit que le jeune Giorgio éprouvait de graves difficultés à entretenir des rapports avec des figures féminines. Problèmes d'inadéquation, blessures narcissiques de l'enfance, traumatismes profondément ensevelis.

Un complexe d'Œdipe non résolu.

Le suicide de ta mère, quand tu n'as pas encore neuf ans, suffit-il à expliquer un œdipe non résolu ? Et qu'est-ce que ça fait le suicide d'une mère quand on n'a pas encore neuf ans, avec ce besoin désespéré et douloureux de choses qu'on ne peut même pas nommer, parce qu'elles font peur, au moins autant qu'elles font envie ?

Peur et désir, ensemble, sont dangereux.

Giorgio le sentait confusément. Durant ses nuits d'insomnie, sous les coups impitoyables de la migraine. Entre deux manques de cette anesthésie de l'âme qu'il avait dû apprendre trop tôt. Pour survivre au silence.

Peur, désir et silence forment un mélange dangereux.

On peut s'y perdre.

On peut en devenir fou.

2

Le portail automatique bascula vers l'intérieur d'un mouvement saccadé. Quand il fut complètement ouvert, je le franchis en voiture et descendis en première la rampe qui menait au garage souterrain. C'était un espace réservé aux invités et c'est là que je me glissai de manière disciplinée.

Une semaine s'était écoulée depuis notre retour à Bari. Je commençai à m'inquiéter, à penser que Francesco avait fait tout seul la livraison et empoché tout l'argent, lorsque son coup de fil arriva.

« On y va ce matin. Passe me prendre dans deux heures. »

Il avait déjà récupéré le colis et il me guida dans un quartier résidentiel, copropriétés avec jardins et garages ; un endroit friqué.

« Je monte tout seul. Tu m'attends dans la voiture. Pas la peine de venir. C'est une personne en qui j'ai confiance, mais on ne sait jamais. » Je ressentis une pointe de déception. J'aurais aimé participer matériellement à la livraison, mais Francesco avait raison. Il ne fallait pas courir de risque inutilement. Et le client n'avait pas forcément envie de se faire voir.

Francesco prit la sacoche – celle que nous avions en Espagne – et s'engouffra dans l'ascenseur. Je l'attendis dans la voiture. Ils allaient probablement tailler dans l'emballage à coups de canif pour juger de la qualité du produit, me dis-je. Puis je pensai qu'on n'était pas au cinéma.

Une dizaine de minutes passèrent, la lumière rouge de l'ascenseur s'alluma et je vis un film défiler rapidement dans mon esprit. Les portes automatiques s'ouvrent lentement et ce n'est pas Francesco qui en sort. Mais bel et bien deux hommes armés de gros calibres. Des flics qui me crient de sortir de la voiture, les mains en l'air. Ils me les font mettre sur le capot, me forcent à écarter les jambes et me fouillent.

Je dis que je ne comprends pas ce qui se passe. Quand ils m'interrogent sur la cocaïne, j'explique que je ne suis pas au courant ; mon copain Francesco m'a demandé de lui rendre service et de l'accompagner ici pour une commission. Je l'ai fait, voilà tout. Mais qu'est-ce qui se passe ? Qu'est-ce qu'ils me veulent ? J'ai l'air sûr de moi, mais je me sens au bord des larmes.

Les portes de l'ascenseur s'ouvrirent lentement et Francesco sortit, la sacoche en bandoulière. Tandis qu'il s'approchait rapidement de la voiture, je m'aperçus qu'une fois de plus, j'avais retenu ma respiration.

« Ça y est », dit-il en montant à bord. Je démarrai, nous remontâmes la rampe, je baissai la vitre et pressai le bouton d'ouverture du portail. Nous arrivions dans la rue lorsque Francesco me tira par la manche. Je tournai la tête et vis la besace entrouverte, bourrée de billets de banque. Pleine à craquer. J'ignorais encore pour combien il y en avait, mais je n'avais jamais vu autant d'argent de ma vie. J'eus envie de rire. Envie de l'embrasser. Ç'avait été tellement facile que mes doutes et mes craintes me semblaient maintenant totalement absurdes. Et puis, putain, on n'avait rien fait de mal. Si quelqu'un – n'importe quel quidam – voulait se shooter à la cocaïne, par kilos, eh bien, c'était son affaire. Dans mon euphorie, je pensais que nous devrions faire une dizaine d'opérations de ce genre, mettre de côté un bon paquet de fric, et puis terminé. Cette pensée me plut. Et voilà, j'avais maintenant un projet pour les années à venir. Les choses prenaient un sens, et c'était tout à fait réconfortant. Cela balayait mes restes de culpabilité. Un concept comme la dernière cigarette de Zeno. Élastique. Bien sûr, j'avais totalement oublié mes résolutions d'avant le voyage. Reprendre les études, retourner à une vie normale et cetera, et cetera. Maintenant je pensais qu'on pouvait se constituer une sacrée cagnotte sans nuire à personne. Pas question de braquer des banques. Encore moins de faire ça toute sa vie. Une dizaine d'opérations de ce genre – me répétais-je avec une obsession de cinglé – et pour l'avenir on verrait plus tard. Pas de problèmes, aucun problème. Si je voulais, je pouvais même m'acheter une maison. Je dirais à mes parents que j'avais gagné au loto, ou un truc comme ça. Qui sait combien il y avait exactement dans cette sacoche. Je ne m'intéressais à rien d'autre qu'à ces billets. J'avais envie de les palper, de plonger mes mains dedans. J'étais un garçon de vingt-deux ans parfaitement normal.

Nous sommes allés chez Francesco et là, nous avons fait le partage.

Il y en avait pour quatre-vingt-dix millions. Quatre-vingt-dix liasses de cent mille lires. Quatre-vingt-dix incroyables liasses de billets de banque.

Francesco prit sa part, la mit de côté et me tendit le sac qui contenait le reste.

« Évidemment, pas question de mettre ce fric à la banque.

– Et qu'est-ce qu'on en fait ? » demandai-je, espérant qu'il avait déjà un projet pour le faire fructifier.

« Ce que tu veux, mais sans laisser de trace. Si tu veux, tu peux mettre à la banque, disons, deux millions. Si d'ici à deux mois tu veux recommencer – comme avec l'argent des cartes –, tu le fais. Mais ne verse pas vingt-cinq millions d'un seul coup, parce qu'un beau jour, quelqu'un pourrait bien te demander d'où ils viennent. »

Je chassai immédiatement cette pensée désagréable de mon esprit. Je pris la sacoche, la fermai soigneusement, passai les bras dans les deux bretelles, mais pas dans le sens habituel. Je la mis sur mon ventre, comme un marsupial, pensant que de cette manière, il serait plus facile de prévenir une éventuelle tentative de vol. Je saluai Francesco qui ne me répondit pas, et je m'en allai, moitié marchant, moitié courant, dans la rue, les mains cramponnées au tissu beige.

Comme je l'avais espéré, je trouvai la maison vide. Après les avoir longuement caressés, après les avoir même reniflés, je cachai les billets dans la grande boîte où je conservais mes vieilles BD de Tex et de l'Homme-araignée. Ce fut étrange de voir tous ces billets de banque mêlés à des années d'imagination perdue. Liasses de billets de banque mêlées aux restes fanés de mon enfance.

Au bout d'un moment, cette image me souleva le cœur. Je détournai mon regard et entrepris de faire autre chose.

Je glissai ma cassette préférée dans le lecteur, je la laissai se dérouler et, après plusieurs tentatives, je trouvai enfin *Born to run*. J'appuyai sur *play* et m'allongeai sur mon lit au moment où la batterie se mettait à rugir.

Les autoroutes sont saturées de héros détruits
Au volant de leur ultime chance
Ils sont tous en fuite cette nuit
Mais il n'y a plus aucun endroit où se cacher.

3

Suivirent des semaines vides de sens. Leur film dans mon esprit est noir et blanc, avec des prises de vues nerveuses, faites à travers un objectif sale, et quelques plans d'ensemble angoissants.

Il était clair que je ne savais pas quoi faire de cet argent. J'en avais beaucoup plus que je ne pouvais en dépenser. De temps en temps, je le changeais de cachette, de crainte que ma mère – ou la personne qui venait faire le ménage deux fois par semaine – ne tombe dessus.

Francesco, après la livraison de la drogue et le partage de l'argent, avait disparu de la circulation. Il ne me téléphonait pas et n'était jamais chez lui. Plusieurs fois, je me rendis dans les bars où nous nous donnions souvent rendez-vous et où nous avions l'habitude de nous asseoir pour bavarder. J'espérais l'y rencontrer, mais sans succès.

Je ne savais pas quoi faire. J'errais comme une âme en peine, dans la maison, puis dans la rue, en proie à un sentiment d'insatisfaction et d'inquiétude. Alors, de temps en temps, je prenais la voiture et me jetais comme un fou sur l'autoroute. À deux cents à l'heure dans les lignes droites, en m'amusant à ne pas toucher au frein – à ralentir le strict minimum – quand j'arrivais dans un virage, en dépassant sur la droite, en empruntant à des vitesses folles et suicidaires les rampes d'accès aux stations-service.

D'autres fois au contraire, j'allais à la mer par des routes secondaires. Je trouvais toujours une plage différente, je me baignais et m'étendais sur ma serviette, persuadé de m'endormir là, sous ce tiède soleil de septembre. Mais je ne m'endormais jamais. Au bout de dix minutes, je commençais à m'agiter. Puis, petit à petit, l'angoisse me gagnait, je me rhabillais et allais récupérer la voiture.

Enfin, l'été s'acheva, ce qui mit un terme à mes étranges promenades.

Un matin, j'essayai de téléphoner à Maria. Un homme à l'accent fortement baresien me répondit d'une voix rauque et sur un ton impoli. Je raccrochai immédiatement, en me demandant si mon appel pouvait être identifié. Quelques jours plus tard, je réessayai et cette fois c'est une femme qui décrocha. Je ne réussis pas à savoir si c'était elle.

« Maria ?

– Qui est à l'appareil ? »

Je raccrochai et ne fis pas d'autre tentative.

Je ne cherchais même plus à faire croire à mes parents que je travaillais un tant soit peu. Je glissais devant eux tel un fantôme, un extraterrestre. Je devinais leur peine, rendue plus aiguë certainement par leur absence de compréhension. Ils ne me disaient rien. Il n'y avait même plus d'agressivité dans leur silence. Rien qu'une sorte d'effroi, muet et indéchiffrable. Une sensation de défaite, insupportable pour moi.

C'était en effet insupportable. J'évitais leur regard, me gavais les oreilles de musique, me barricadais dans ma chambre, sortais pour errer à droite et à gauche.

Je n'arrivais même plus à lire. Je commençais un livre, mais au bout de quelques pages, je m'ennuyais ou j'avais la tête ailleurs. Alors je le laissais tomber et ne le reprenais plus. Quelques jours après, j'en prenais un autre et refaisais une tentative : même résultat, mais dans un laps de temps encore plus court. Très vite, je n'essayai même plus.

Il n'y avait que les journaux que j'arrivais à regarder. Uniquement les journaux, parce que je pouvais passer d'une page à l'autre sans être obligé de suivre un article, de comprendre ce qui était écrit, de me concentrer.

Et puis, j'avais développé un intérêt morbide pour les chroniques policières. Un intérêt, disons, de spécialiste. Je lisais tout ce qui concernait les arrestations et les procès des pourvoyeurs de drogue. Avec la même malignité que certains petits vieux qui se précipitent sur les rubriques nécrologiques et se réjouissent de voir que leur tour n'est pas encore arrivé.

Je lisais tout sur les condamnations infligées pour la revente de quelques grammes de cocaïne, et je calculais ce que j'avais risqué – et ce à quoi j'avais échappé – pour en avoir revendu un kilo. À chaque fois, je sentais un frisson mêlé de peur et de fierté me parcourir. Celui que l'on ressent quand on se pelotonne bien au chaud sous les couvertures, tandis qu'à l'extérieur il pleut et il fait froid.

Un jour, je lus qu'il y avait eu une bagarre à coups de

couteau dans un tripot du quartier Libertà. Dans cette chronique locale, je cherchais des noms avec le pressentiment, presque la certitude, que Francesco était impliqué dans l'affaire. Je me trompais, comme cela arrive en général avec les pressentiments, mais malgré tout, la lecture de ce fait divers me laissa une impression désagréable. Mais on pouvait y déceler de façon prémonitoire ce qui allait tôt ou tard nous arriver, à Francesco et à moi.

Rien de bon.

Je lus plusieurs articles alarmants sur les agressions sexuelles qui se répétaient depuis des mois à Bari. Les enquêteurs émettaient l'hypothèse qu'il s'agissait toujours du même maniaque ; ils conseillaient aux femmes de ne pas sortir seules la nuit et réclamaient l'aide de la population.

Je survolais distraitement les autres pages. De temps en temps, une information réussissait à me sortir de ma torpeur.

Celle-ci en particulier, je m'en souviens très bien.

L'annonce de la mort de Scirea. Le défenseur de l'équipe nationale championne de la coupe du monde en Espagne, en 1982. J'avais quinze ans lorsque, avec une progression unique et incroyable, une poignée de joueurs inconnus s'était transformée en meilleure équipe du monde. Elle avait battu sans pitié l'Argentine, le Brésil, la Pologne et l'Allemagne. Comme si le Destin en personne avait été de son côté. De *notre* côté. Même maintenant, il suffit d'en reparler pour que cette aventure nous étonne et nous émeuve encore.

Scirea avait trente-six ans, en ce mois de septembre 1989, et il n'aurait jamais plus. Il circulait à bord d'une vieille Fiat 125, sur une route délabrée au fin fond de la

Pologne. Le conducteur avait fait un dépassement hasardeux et la voiture s'était écrasée contre un poids lourd qui roulait, en toute innocence mais fatalité, en sens inverse. Est-ce qu'on peut penser, lorsqu'on devient champion du monde, qu'il ne vous reste plus que quelques années à vivre ? Ou est-ce qu'on peut penser, tandis qu'on monte à bord d'une inoffensive Fiat 125, sur une banale route de Pologne, qu'on n'a plus que quelques minutes devant soi ?

Je téléphonai plusieurs fois chez Francesco. Au début, c'était toujours sa mère qui me répondait. Avec son lourd accent baresien, sa voix de vieille dame sinistre qui évoquait la naphtaline, la tristesse et le ressentiment. Francesco n'était pas là, et, non, elle ne pouvait pas dire quand il rentrerait. Mais pouvez-vous lui dire, s'il vous plaît, que j'ai appelé ? Silence interminable, un soupir, et puis oui, elle pourrait lui dire, mais elle ne savait vraiment pas quand il allait rentrer. De la part de qui ? Giorgio, toujours. Bonsoir – ou bonjour – madame. Merci. Je n'arrivais jamais à prononcer entièrement le mot *madame*, qu'elle avait déjà raccroché. Alors je répétais *merci*, tout seul, à voix haute.

Elle ne m'en voulait pas à moi en particulier. Je pense qu'avec méthode et obstination, elle haïssait le monde. Tout le monde qui se situait à l'extérieur de cette maison, de sa poussière et de son odeur de moisi. De cette épaisse odeur de malheur.

Francesco ne rappelait pas. Je ne suis pas sûr que sa mère lui ait fait part de mes coups de téléphone, mais ça, ce n'était qu'un détail. Même s'il m'avait rappelé, lui, cette semaine-là, avait autre chose à faire. Et je n'étais pas compris, moi, dans cette *autre* chose.

Au bout d'une quinzaine de jours et de cinq ou six de ces conversations surréalistes avec la vieille dame – comment s'appelait-elle, je ne l'ai jamais su –, je commençai à ne plus avoir de réponse. À chaque fois je laissais sonner le téléphone dix fois, quinze fois. Inutilement. À des heures différentes. Une fois, j'appelai à sept heures et demie du matin. Une autre fois à onze heures du soir. Personne ne répondit. Je finis par arrêter.

Un jour – on était déjà en octobre –, je le croisai dans la rue. Il avait changé. Il s'était laissé pousser la barbe, mais ce n'était pas cela qui le rendait différent. Il avait quelque chose d'anormal. Peut-être ses vêtements ou autre chose, je ne sais pas. Il écarquillait les yeux et pendant un instant il me regarda comme si nous ne nous étions jamais vus. Puis, soudain, il se mit à me parler comme si nous nous étions interrompus juste quelques minutes auparavant. Il me tapait sur l'épaule, me serrait le bras avec force, à m'en faire mal.

« Vois-tu, mon cher, il est indispensable, *absolument* indispensable que nous nous voyions tous les deux pour prendre le temps de discuter le plus calmement possible. Nous devons maintenant donner une orientation définitive à notre existence. Nous avons, comment dire, formulé un projet qu'il est *absolument* nécessaire de porter à son terme. Toi et moi. Donc nous devons mettre en place une stratégie pour réaliser nos objectifs authentiques. »

En attendant, il m'avait pris sous le bras. Il marchait et je me laissais entraîner. Nous nous trouvions via Sparano au milieu des femmes élégantes qui faisaient leur shopping de début d'automne dans les boutiques de mode, des groupes de jeunes ; nous nous frayions un chemin au milieu du brouhaha tangible de la foule et, en ce qui me concerne, d'une sensation de menace tout aussi concrète.

« Considère que nos identités subjectives particulières se trouvent à une phase cruciale de bifurcation. Une possibilité consiste à laisser les événements déterminer ce que nous deviendrons. Nous laisser porter comme des morceaux de bois, par le courant d'un fleuve. C'est ça que tu veux ? Non, bien sûr. L'autre possibilité, c'est de nager dans ce fleuve. Nager à contre-courant avec force et détermination, pour la réalisation d'un projet conscient d'existence véritable. Tu saisis ce que je veux dire, non ? »

J'ai eu l'impression qu'il avait oublié mon nom.

Non, ce n'est pas vrai. J'ai eu la *certitude*, à ce moment-là, qu'il ne se rappelait plus mon nom. Dans ma tête s'est formée une phrase avec les caractères d'une vieille machine à écrire : « Il ne se souvient pas de mon nom. » Puis cette inscription s'est transformée en une sorte de néon clignotant. *Il ne se souvient pas de mon nom*. Cela a duré quelques secondes puis a disparu.

« ... et donc nous avons un impératif catégorique, auquel nous devons *rigoureusement* nous tenir. Réaliser notre *véritable* nature. Transformer définitivement en acte ce que nous sommes – toi et moi – actuellement en puissance. »

Il a continué à parler pendant quelques minutes, sur un rythme dément et hypnotisant, en me tenant sous le bras et en me serrant de temps en temps très fort, juste au-dessus du coude. Puis, aussi brusquement qu'il avait commencé, il s'est arrêté.

« Donc, très cher, je crois que nous sommes d'accord sur toute la ligne. Nous allons nous retrouver bien tranquillement, pour recenser tout ce qui est nécessaire à la mise en place de stratégies opportunes. Je t'embrasse. »

Sur ce, il disparut.

4

Un matin, un brigadier des Stups, de retour à Bari après un détachement de trois mois en Calabre, aperçut le portrait-robot sur le bureau de Pellegrini.

« Je le connais, ce type. Je l'ai vu un soir, l'année dernière, dans un tripot où on planquait, quand on était sur le groupe qui dealait à Madonnella. Il jouait au poker. Et il perdait, il perdait comme un dingue, mais avec un calme, comme si ça ne le concernait pas. Sa tête m'avait frappé. Ses yeux. Attends, à un moment j'ai cru qu'il avait tout pigé. Rien qu'à sa manière de nous regarder. J'étais là avec Popolizio, celui d'Altamura qui a été muté ; on a eu la même impression tous les deux, si bien qu'on y est retournés, seuls, plusieurs soirs de suite. Mais on l'a jamais revu. »

Il s'interrompit et prit en main la photocopie du portrait-robot. Il l'observa quelques secondes, en silence.

« C'est lui, j'en suis presque sûr. »

Puis, se tournant vers Pellegrini :

« Fortiche ce dessin. Qui l'a fait ? »

Quand ils entrèrent dans le tripot, les joueurs tentèrent de faire disparaître des tables cartes et jetons. Ils firent ceux qui n'avaient rien vu. Chiti s'adressa au brigadier des Stups.

« Qui est le gérant ? »

Le brigadier indiqua d'un signe de tête un homme d'une cinquantaine d'années, chauve, à la peau mate, qui s'avançait vers eux.

« Hé putain, qu'est-ce que… »

La phrase fut interrompue par une claque. Sèche, à pleine main ; froide et déterminée. Une manière de gagner du temps.

« Carabiniers. Il faut qu'on parle. Tu te tiens bien et on s'en va en fermant les yeux sur ce qui se passe dans ton boxon. Y a un coin où on peut avoir la paix cinq minutes ? »

Le chauve les dévisagea, l'un après l'autre, sans se presser. Il ne dit rien mais leur fit signe de les suivre.

Ils entrèrent dans une sorte de bureau crasseux, qui empestait le tabac ; c'était pire encore que dans la salle de jeux. Le chauve les regarda, interrogateur. Le brigadier lui mit le portrait-robot sous les yeux, lui demanda s'il avait déjà vu le type et lui dit de bien faire attention à ce qu'il allait répondre.

Il fit attention, et dit que oui, il l'avait déjà vu et il le connaissait.

À partir de là, les choses allèrent vite. Très vite.

Deux jours plus tard, ils l'avaient identifié. Selon l'état civil, il vivait chez sa mère, veuve. Mais à cette adresse, il était introuvable. Ils sonnèrent à l'interphone, plusieurs fois, mais jamais personne ne répondait.

Alors ils essayèrent de s'informer auprès d'un voisin qui sortait de l'immeuble. Mme Carducci ? Elle était morte une vingtaine de jours plus tôt. Et le certificat de décès n'était pas encore parvenu à l'état civil, pensa Chiti. Et le fils ? Francesco, ils voulaient dire ? Après la mort de sa mère, on ne l'avait plus revu. Personne n'avait de nouvelles. Peut-être qu'il était allé chez des parents, dans une autre ville. Non, en fait, ils n'en savaient rien, c'était juste une hypothèse, ils ne savaient pas s'il avait de la famille ailleurs. À dire vrai, ils n'étaient au courant de rien. Ni lui ni sa mère n'avaient jamais été très bavards, et, en somme, brouillard total.

C'est à ce moment-là que Cardinale, une nouvelle fois, émit une idée.

« Lieutenant, si on entrait dans l'appartement.

– Entrer comment, Cardinale ? Jamais le procureur ne nous donnera de mandat. À ce stade, on n'a rien. Rien de rien. Un échafaudage de conjectures. Et si ça se trouve, ce Carducci-là n'a rien à voir avec l'affaire. Je lui raconte quoi au procureur ?

– Franchement, je ne pensais pas à une perquise…

– Et à quoi alors ? On prend un pied-de-biche, on entre en douce dans l'appartement, et puis un voisin nous remarque, appelle le 113 et nous fait arrêter par les flics ? »

Cardinale ne fit pas de commentaire. Pellegrini semblait préoccupé par le bout de ses chaussures. Martinelli ne bougeait pas, le regard absent. Le lieutenant les regarda, un par un, avec l'air de réaliser enfin ce qui se passe autour de lui.

« J'y suis. Vous voulez entrer par effraction. Vous voulez enfoncer la porte et…

– Pas besoin, fit Cardinale. J'ai un trousseau de clés qu'on a piqué à un monte-en-l'air. » Puis, comme pour se justifier : « On l'a coincé avec au moins dix chefs d'inculpation. C'était avant votre arrivée à Bari, et je crois qu'il est encore au trou. »

– Vous êtes en train de me dire que vous avez piqué un trousseau de passe-partout, en vous gardant bien de le consigner dans le p.-v. de mise sous séquestre – c'est-à-dire que vous les avez *volés* – et que vous les conservez pour votre usage personnel ? »

Cardinale pinça les lèvres et resta coi.

Chiti allait ajouter autre chose, mais il changea d'avis. Il prit une cigarette, l'alluma et la fuma entièrement. Ses trois hommes attendaient, rien ne bougeait dans la pièce. Puis il éteignit sa cigarette, poussa un soupir, profond et fatigué, appuya sa joue droite sur son poing droit, le coude posé sur le bureau. Il les regarda à nouveau, un par un.

« Expliquez-moi exactement ce que vous voulez faire. »

5

Un beau jour, je rencontrai ma sœur.

Je traînais comme d'habitude dans les rues du centre, passant en revue les vitrines des magasins de luxe où je m'étais habillé ces derniers mois.

Je pensais vaguement que j'aurais peut-être dû faire mes achats pour l'automne et l'hiver qui approchaient, mais entrer dans les boutiques, appeler les vendeurs, essayer les vêtements, choisir, me semblait être au-dessus de mes forces.

Quand je croisai Alessandra, je ne la reconnus pas, ou, pour être plus précis, je ne la vis pas. C'est elle qui se planta devant moi, très près, me barrant pratiquement la route.

« Giorgio ? » Il devait y avoir quelque chose, en plus du fait de ne pas l'avoir vue ou reconnue, pour donner ce ton à sa voix. Quelque chose qu'elle voyait – ou *ne* voyait *pas* – dans mes yeux, par exemple.

« Alessandra. » Tandis que je disais son nom, je pensai que je ne l'avais pas prononcé depuis si longtemps qu'il s'était perdu dans les profondeurs et les mystères de l'enfance.

Elle faisait beaucoup plus que ses vingt-sept ans. Son visage était marqué, précocement ; elle avait de petites rides aux commissures des lèvres, autour des yeux, sur le front. En détaillant sa physionomie, je m'aperçus qu'elle avait même quelques fins cheveux blancs, au bord des tempes.

« Giorgio, mais merde, comment tu marches. On dirait un toxico. »

Depuis combien de temps est-ce que je ne l'avais pas vue ? Je n'arrivais pas à m'en souvenir ; la date de notre dernière rencontre à la maison m'échappait. Je voulais me rappeler si c'était après le début de ma nouvelle vie. Il me semblait que non, j'avais dû la voir avant ma rencontre avec Francesco. Ça faisait donc au moins dix mois. Oui, voilà, elle était venue à la maison à Noël, et après je ne l'avais plus revue. C'est bizarre, pensai-je. Elle surgit du passé. Elle surgit de l'existence qui était la mienne avant que je ne fréquente Francesco. Elle paraissait – elle était – si lointaine cette vie. Je n'aurais su dire si j'en avais la nostalgie, ou non. C'était… loin.

« Comment ça va… ? » J'allais répéter son nom ; mais, embarrassé, je laissai tomber la phrase comme ça, point de suspension, point d'interrogation.

« Ça va. Et toi ? »

C'était tellement bizarre cette rencontre. Deux connaissances. Et du reste, c'est ce que nous étions, rien de plus. Comment ça va ? Et toi ? Ah bien, et la famille ? Quelle famille ? La mienne ou la sienne ? Laquelle ?

D'une manière étrange, j'ai eu envie de parler avec elle. Ça ne s'était jamais produit, mais je me sentais tellement seul. À la dérive. Il me semblait bizarre justement de penser que j'avais une sœur. Alors je lui ai demandé si ça lui disait de venir prendre un café. Elle m'a regardé avec une expression indéfinissable, qui n'était pas à proprement parler de la stupeur, mais quelque chose qui y ressemblait, en un peu différent. Et un peu triste. Puis elle a dit que oui, c'était une bonne idée de prendre un café ensemble.

Nous avons longé en silence deux pâtés de maisons, jusqu'à une pâtisserie renommée, à la devanture en bois, bien réelle, d'où s'échappaient de délicieux parfums à l'ancienne. Elle était presque toujours vide désormais, et le salon de thé semblait suspendu à un passé révolu.

« C'est vrai, Giorgio, que tu as laissé tomber les études ? »

Je restai ébahi. Comment pouvait-elle être au courant ? Mes parents bien sûr. Ce qui signifiait que mes parents et ma sœur se parlaient. Et qu'ils parlaient de moi. Incroyable.

« C'est vrai.

– Pourquoi ?

– C'est maman qui te l'a dit ?

– Ils me l'ont dit tous les deux. »

Nous nous sommes assis à une petite table libre. Elles l'étaient toutes, sauf une à l'autre bout de la salle, où deux dames d'une soixantaine d'années, les cheveux fraîchement bleuis par un Régécolor, fumaient des 100's, des sacs à l'enseigne de magasins de mode éparpillés autour d'elles.

« Quand est-ce qu'ils te l'ont dit ?

– Qu'est-ce que ça peut faire ? Qu'est-ce qui t'arrive ? T'es pas en train de faire des conneries ? »

Est-ce que j'étais en train de faire des conneries ?

Oui, l'expression me semblait juste, peut-être un peu réductrice, mais ma foi, assez claire, pour résumer ce que j'avais fait ces derniers mois.

Je ne dis pas cela, mais cette phrase et ces mots reflétaient bien ma pensée.

« Non, non. C'est une passe… c'est que… » Et puis je me dis que je n'avais pas envie de raconter des salades. J'aurais aimé tout lui dire, au contraire. Mais c'était impossible, et je restai muet.

« En fait je ne suis pas étonnée que tu aies arrêté ces études-là. J'ai toujours trouvé bizarre que tu aies choisi de faire du droit. Quand tu étais petit, tu disais que tu voulais devenir écrivain. Ces histoires que tu écrivis sur tes cahiers en primaire ! Je n'en ai jamais lu, mais tout le monde disait que tu étais très doué. »

Donc ma sœur s'était aperçue, depuis que j'étais môme, que j'écrivais. *Des histoires*, sur mes cahiers, en primaire. J'avais toujours cru lui être complètement invisible, et tout d'un coup, je découvrais qu'elle savait des choses sur moi. Hallucinant. J'eus envie de pleurer et je me passai la main sur le visage, en faisant un geste qui signifiait que, malgré une bonne dose de soucis, je gardais le contrôle de la situation. Je fis signe au serveur. Il s'approcha et prit notre commande de cafés.

« Tu veux une cigarette ? dis-je en sortant mon paquet.

– Non, j'ai arrêté de fumer.

– Combien tu fumais ? Beaucoup, non ?

– Deux paquets. Quelquefois plus. Sans compter les autres saloperies avec lesquelles je me piquais. Ça m'arrivait des fois. »

Je la regardai sans poser vraiment la question. Avec quoi elle se piquait, ma sœur ? J'avais bien compris ?

Oui, j'avais bien compris. J'avais très bien compris. Ma sœur avait été accro à l'héroïne – avec des incursions dans le champ de différentes substances psychotropes – pendant cinq ans. Je n'en avais jamais rien su.

« Quand est-ce... comment tu as pu décrocher ?

– La cigarette, ou la merde ? » Ses lèvres s'étaient légèrement crispées. L'ombre d'un sourire, un peu amer, un peu goguenard. De toute évidence, je voulais savoir quand et comment elle avait arrêté de se shooter. Non. En réalité je voulais surtout savoir comment, quand et pourquoi elle avait commencé.

Elle me raconta une histoire banale, dont jusqu'à maintenant, je n'avais connu qu'une partie. Les mois, les années à Londres, à Bologne, en vadrouille. L'avortement, les vols, les petits deals pour se procurer la came, la vie avec *ce type* – dont elle ne prononça jamais le nom, que j'avais oublié et que je ne lui demandai pas –, la communauté, et après. Rien à voir avec le paradis terrestre. Bien au contraire. Elle me raconta sa vie fatigante et terre-à-terre. Elle me raconta la sensation d'échec et de vide. Et comment, dans les pires moments, il te vient l'envie d'en finir. Une fois pour toutes, pour faire passer ce moment-là. Et naturellement, tu sais que ça n'arrive pas qu'une fois, et que d'une manière ou d'une autre, tu t'accroches. Elle me dit comment elle faisait pour tenir ; les ficelles pour s'en tirer ; les amis, mais pas beaucoup, le travail. Les choses différentes de la façon dont elle les avait imaginées. Toutes ou presque.

Elle me dit qu'elle aimerait avoir un enfant, maintenant. Si seulement elle pouvait rencontrer un homme qui en vaille le coup.

Elle parla presque tout le temps. Je l'écoutai avec un sentiment de tendresse qui m'étonnait.

« Tu n'es pas en train de faire des conneries comme moi, dis, Giorgio ? » Elle allongea la main gauche sur la table et pendant un instant elle toucha l'une des miennes.

« Giorgio ? »

Je sortis de ma torpeur. J'étais resté longtemps à regarder la main qu'elle avait touchée. Comme si une trace s'était imprimée dessus à son contact. Aussi étrange que ça.

« Non, non. Ne t'inquiète pas. C'est seulement une mauvaise passe. Idées confuses et tout le reste. Ça arrive, je crois. Si tu as l'occasion de voir papa et maman, dis-leur s'il te plaît. Que tu m'as parlé – mais pas que je t'ai dit de leur parler – et que tout va bien. On ne communique pas beaucoup en ce moment, et ça m'embête de les voir comme ça. Tu me rends ce service ? »

Elle acquiesça, et sourit, même. Elle semblait soulagée. Puis elle regarda sa montre et fit une espèce de grimace du genre : zut, il est vraiment tard. Quand tu parles, tu ne te rends pas compte du temps qui passe. Il faut vraiment que j'y aille. Ce ne sont pas les mots qu'elle employa, mais le sens était celui-là.

Elle fit le tour de la table et avant que j'aie le temps de me lever, elle se pencha vers moi et m'embrassa sur la joue.

« Ciao, Giorgio. Je suis contente d'avoir bavardé avec toi. »

Puis elle se retourna et s'en alla rapidement. J'étais seul dans le salon de thé. Les deux dames aux cheveux bleus et aux 100's étaient parties depuis longtemps.

Il régnait un silence et une tranquillité irréels.

6

Ils sonnèrent à l'interphone. Une fois. Deux fois. Trois fois, avec insistance.

Aucune réponse.

Alors Cardinale commença à s'activer sur la serrure avec ses passe-partout, et en moins d'une minute le portail s'ouvrit. Martinelli et Pellegrini étaient restés dans la voiture. Chiti avait dit que c'était à lui d'entrer. Il n'y avait pas eu d'objections.

Ils grimpèrent les escaliers jusqu'au troisième étage, lurent le nom sur la plaque et sonnèrent.

Une fois. Deux fois. Trois fois, avec insistance.

Aucune réponse.

Alors Cardinale, après avoir enfilé des gants de latex, se mit à titiller la serrure de la porte. On entendait le bourdonnement d'une machinerie. Chiti sentait aussi les battements de son cœur et le bruit de sa respiration. Il essaya de penser à ce qu'il aurait dit si l'autre porte du palier s'était ouverte à l'improviste et s'il s'était trouvé nez à nez avec quelqu'un. Il ne lui vint rien à l'esprit et il cessa de penser. Il se concentra sur le bourdonnement, le battement de son cœur, sur sa respiration.

Enfin, il entendit un clic. Tandis qu'ils pénétraient dans l'appartement, il constata qu'il n'aurait pas pu dire pendant combien de temps – trente secondes ? dix minutes ? – ils étaient restés plantés devant cette porte.

L'intérieur était sombre, silencieux, et sentait le renfermé.

Dans cette obscurité épaisse et cotonneuse, le visage de sa mère lui apparut sans crier gare. Ou plus exactement, ce que devait être le visage de sa mère, puisqu'il ne s'en souvenait pas. Pas bien. Lorsqu'il cherchait volontairement à se le rappeler, lui qui était si bon avec les images, il n'y parvenait pas. L'image était fuyante et se transformait parfois en quelque chose de monstrueux qu'il valait mieux chasser au plus vite.

Cardinale trouva l'interrupteur.

La maison était en ordre. Un ordre méticuleux, obsessionnel, privé de vie. Et pour cause. Chiti essaya un moment d'imaginer ce que devait être cette maison lorsqu'elle était vivante.

Si jamais elle avait été vivante.

Puis il se secoua, mit lui aussi des gants de latex, et tous deux commencèrent à chercher. Ils ne savaient pas quoi.

Il y avait une poussière de plusieurs jours, sans trace visible de doigts ou d'autre chose. La maison devait être inhabitée depuis au moins un mois. Grosso modo, depuis que la mère était décédée. Le garçon bien sûr était parti tout de suite après. Ou juste avant, pensa Chiti sans raison précise.

Ils parvinrent rapidement à sa chambre. Dans le reste de l'appartement, ils n'avaient rien vu d'intéressant. Vieux objets, vieux journaux, vieux ustensiles. Disposés dans un ordre presque rituel, et maladif.

La première chose qui le surprit fut l'affiche de Jim Morrison. Suspendue de travers, avec ce visage dont les yeux regardaient au loin.

Puis les BD de Tex ; il y en avait des centaines, et il reconnut les titres et les couvertures de celles qu'il avait lues quand il était gamin.

Ils fouillèrent dans les tiroirs, sous le lit, sur les étagères. Rien d'étrange ou de suspect, à part tous ces paquets de jeux de cartes. Chiti se demanda si cela pouvait avoir une signification, et un quelconque rapport avec l'enquête ; avec les violences et tout le reste. Et toujours, s'il y avait un lien entre ce dingue des jeux de cartes et les viols, et si le vrai coupable n'était pas bien tranquille quelque part, à préparer son prochain coup, au nez et à la barbe des carabiniers et policiers du monde entier.

« Lieutenant, regardez ça. »

Cardinale tenait une feuille dactylographiée recto verso.

Contrat de location, à usage d'habitation.

Il y avait une adresse sur cette feuille.

Dix minutes plus tard, ils étaient en voiture. Ils firent le trajet jusqu'à la caserne sans échanger un mot. Pour la première fois, assis à côté de Pellegrini qui conduisait en silence, en compagnie de ses deux collègues à l'arrière, silencieux eux aussi, tandis que la voiture se faufilait dans les rues enlaidies par les véhicules garés en épi sur les trottoirs, il pensa qu'ils étaient sur le point de le loger.

Ce ne fut pas une pensée articulée et encore moins un raisonnement.

Tout simplement, il comprit qu'ils allaient le pincer.

7

Une dizaine de jours après la rencontre avec ma sœur, Francesco me téléphona.

Qu'est-ce que je devenais ? Pourquoi est-ce que je ne m'étais pas manifesté pendant tout ce temps-là ? Putain, il y avait bien deux semaines que nous ne nous étions pas vus. Cela faisait beaucoup plus, mais je ne dis rien. De même que je ne dis pas que j'avais cherché à le joindre de nombreuses fois, que je ne l'avais jamais trouvé et qu'il ne m'avait jamais rappelé.

« Très cher, nous devons absolument nous voir, et le plus tôt possible. »

Nous nous sommes retrouvés vers huit heures, pour l'apéritif. Il faisait froid maintenant. On était en novembre. Deux ou trois jours plus tôt, des centaines de milliers d'Allemands de RDA avaient fait tomber le mur et étaient passés à l'Ouest, tandis que ma vie se déroulait, dénuée de sens.

Francesco était euphorique, mais avec une note sombre que je n'arrivai pas à déchiffrer.

Il m'emmena dans son bar préféré d'où l'on voyait la mer, même quand on était assis à l'intérieur. Sans me demander mon avis, il commanda deux negroni que nous avalâmes en trois gorgées, comme on l'aurait fait d'un jus d'orange, tout en grignotant des chips, des pistaches et des noix de cajou. On en commanda deux autres en allumant une cigarette.

Qu'est-ce que j'étais devenu, me demanda-t-il à nouveau. Et lui qu'est-ce qu'il avait fait, répondis-je. Je l'avais cherché plus d'une fois. J'avais même parlé à sa mère. Et puis, un beau jour, même elle n'avait plus répondu.

Il garda un moment le silence, en baissant les yeux. Comme si quelque chose lui était venu à l'esprit, un détail. Qu'il devait absolument me dire, avant de poursuivre.

« Ma mère est morte. » Sa voix n'avait aucune intonation particulière. C'était une information totalement neutre. Je sentis mon sang se glacer. Je cherchai quoi dire, un geste à faire. Je suis désolé. Je suis infiniment désolé. Comment est-ce arrivé ? Et *quand* ? Comment vas-tu ?

Je ne dis rien, je ne bougeai pas. Je n'en eus pas le temps. Il se remit aussitôt à parler.

« Je n'habite plus ici maintenant.

– Et tu habites où ?

– Un petit appartement que j'avais pris, il y a un moment déjà. »

C'était l'appartement où nous étions allés, plusieurs mois auparavant, avec les deux filles. Il ne se souvenait pas de m'y avoir amené. Je sentis une immense inquiétude, voisine de la peur, m'envahir.

« Il faut que tu viennes. Ce soir, je te montre comment je suis installé. Mais avant, allons dîner. »

Avec les negroni en circulation dans nos jambes et nos cerveaux, nous nous sommes rendus dans une trattoria un peu tristounette où nous n'étions encore jamais allés. Nous avons mangé, mais surtout bu. Vin et grappa. Francesco expliquait que nous allions reprendre nos rencontres. Nous remettre aux cartes, mais à un autre niveau, maintenant. Il fallait sortir de Bari. Parcourir l'Italie, et même passer les frontières, pour vraiment gagner du flouze. Et non ces picaillons pour lesquels nous avions gaspillé notre temps et notre talent. *Notre* talent, disait-il. *Nous devions repartir de là où nous étions restés.* Il a répété cela plusieurs fois. Avec l'air de me regarder dans les yeux. Mais en réalité, en me traversant le corps, de son regard fébrile et lointain.

L'appartement était bien celui de l'autre jour. À la différence qu'il y avait des montagnes de vêtements sur le divan et même par terre. Il restait aussi quelques cartons qui n'avaient pas encore été déballés. Il régnait une odeur détestable. De tabac et de renfermé. De maison dont on n'ouvre jamais les fenêtres. Semblable à l'odeur qui régnait chez sa mère.

Nous avons encore bu de la grappa, directement au goulot d'une bouteille à moitié vide que Francesco était allé chercher dans la chambre. Il parlait encore plus vite que d'habitude et, si cela était possible, il écoutait encore moins. En réalité, il n'écoutait rien du tout. Il avait les yeux écarquillés, fixés ailleurs. Il prit un vieux disque vinyle et le posa sur la platine d'un somptueux appareil stéréo. Je le reconnus aux premières mesures. *Exile on Main Street*, les Rolling Stones.

Avant qu'il ne retourne dans la chambre et en revienne avec un petit paquet de plastique blanc, j'étais mûr.

J'étais mûr depuis longtemps déjà.

« J'en avais mis un peu de côté, de l'espagnole. Pour parer à toute éventualité. »

Je le regardai avec un sourire crétin ; il faisait tomber du sachet de la poudre blanche qu'il disposait en lignes sur la table brillante. Il en fit quatre, de même longueur, régulières.

Je fus parcouru de décharges de peur et d'envie. Pendant un moment, je perdis la notion de tout ce qui m'entourait – formes, bruits, présence des objets – et je me surpris à penser que Francesco était homosexuel et qu'il avait choisi ce soir-là pour me le révéler. Deux sniffettes de coke, après quoi je me faisais enculer. L'espace d'un instant, la chose me sembla quasi normale ; inéluctable et décisive. Une libération, en quelque sorte.

Puis cette pensée me quitta aussi vite qu'elle était venue et mes sens se remirent à fonctionner. Je recommençai à distinguer la musique et à faire la mise au point sur la scène que j'avais sous les yeux.

D'une seule main, Francesco roulottait un billet de cinquante mille lires. Un geste enfantin et gracieux, magique.

Il me tendit cette espèce de petit tube ; je le pris sans rien dire, mais restai immobile, ne sachant quoi en faire. Il fit un geste rapide de la main, comme pour dire : « Allez, qu'est-ce que tu attends ? » Mais je ne bougeai pas davantage. Alors il me prit le billet de la main, se boucha la narine droite, appliqua cette sorte de chalumeau à sa narine gauche, se pencha vers la table et d'un mouvement rapide aspira une des lignes. Il secoua la tête, les lèvres serrées, les yeux à demi fermés. Immédiatement après, il refit le même geste de l'autre côté. Puis il me passa l'ustensile.

Pour la énième fois, je l'imitai. Je fis ce qu'il disait, lui. J'aspirai avec force, un coup à droite, un coup à gauche, et alors je me revis petit lorsque j'étais enrhumé, et que, avant d'aller me coucher, maman me mettait des gouttes dans le nez. « Respire fort », disait-elle, et en le faisant, je sentais immédiatement dans ma gorge le goût salé du médicament. La scène se recréa dans mon esprit, dans mes sens, avec une vivacité impressionnante.

Puis elle partit en fumée, comme dans certains dessins animés. Je me retrouvai seul avec un léger fourmillement, une discrète anesthésie du nez, à me demander si c'était bien cela le fabuleux effet de la cocaïne. Francesco était assis, les yeux à demi fermés, les bras étendus, les mains posées sur la table, paumes tournées vers le haut. Tenue impeccable.

Pendant un temps indéfini – minutes ? secondes ? – je restai la tête appuyée dans ma paume. Avec l'air de méditer, mais je ne pensais à rien. À rien du tout, sinon que la fameuse cocaïne n'était qu'une sacrée foutaise.

Puis soudain, une sensation obscène et exaltante se diffusa dans toutes les fibres de mon corps, juste au moment où démarraient les premières mesures douces et vaseuses de *Sweet Virginia.* Je ressentais un infime, mais inextinguible et excitant picotement des yeux. Comme si mes pupilles étaient caressées par des milliers de pointes d'aiguilles. Comme si elles étaient en train d'expérimenter sur moi une transformation en superhéros de BD.

Il me semblait que s'il n'y avait pas eu de murs, j'aurais pu voir à des kilomètres de là.

Je ne sais plus à quel moment Francesco se mit à parler de violer une fille. Certainement il le fit le plus naturellement du monde. À *sa* façon à lui d'être naturel. Il prépara de nouvelles lignes, mit un nouveau disque, but encore de la grappa – moi aussi – et reparla de violer une fille. Ensemble. Lui et moi.

« Se faire une fille consentante, ça n'a rien d'amusant finalement. C'est même lassant. Plaisanteries, allusions, stratégie démodée pour parvenir à ce que vous voulez tous les deux. Je veux dire, ce qu'elle veut, elle, qui le suit dans cette espèce de danse, comme une chienne en chaleur. »

Cette expression vulgaire me frappa au creux de l'estomac. Je fis même un mouvement vers l'avant comme pour retenir un vomissement. Mais je ne vomis pas et Francesco continua son discours. Les yeux en apparence posés sur moi. Ailleurs, en réalité. Fixés sur un territoire de cauchemars.

Il continua à parler, pratiquement sans discontinuer. Il me dit combien il pouvait être exaltant de prendre une femme de force. Une manière de renouer avec ses racines primitives. Le rapt des Sabines. Ce qu'elles désiraient *véritablement*, dans le plus profond de leur être. Elles ne le comprenaient qu'une fois portées au sommet de la douleur et de l'annihilation par la volonté du mâle prédateur. *Des* mâles prédateurs. Parce que la forme la plus profonde de l'amitié entre hommes était de prendre ensemble une femme, de force. La posséder ensemble, comme dans un sacrifice rituel.

L'harmonica de *Turd On The Run* déchirait

l'atmosphère. Les objets de cette pièce sans caractère se mélangeaient dans le délire. Le sien, mais le mien aussi ; avec la sensibilité de ma chair, les plus petits poils de mon corps comme des vibrisses, tous les sens exacerbés, j'expérimentais quelque chose de nouveau et de terrifiant. La sensation d'être complètement libéré de toute forme de règles. C'était atroce et magnifique. Lui le savait bien.

Il me dit qu'il avait observé les déplacements d'une fille. Une étudiante de l'extérieur, qui habitait Carrassi [1], et travaillait dans un pub pour payer son séjour et ses études à Bari. Après le travail, elle rentrait seule chez elle, tous les soirs vers une heure.

Dans peu de temps.

Les lèvres de Francesco bougeaient, mais le son de ses paroles n'était pas synchrone. Et la voix parvenait d'un autre point de la pièce. Différent de là où il se tenait. Un point insaisissable.

Nous avons quitté la maison sans éteindre la chaîne. La voix spectrale de Jagger, venant d'un autre monde, chantait *I Just Want To See His Face.* Percussions ; un chœur lointain ; brouillard.

J'allais à la rencontre de mon destin. Définitivement.

---

1. Quartier populaire et petit-bourgeois situé entre le centre et la périphérie de Bari. *(N.d.T.)*

8

Ils l'avaient identifié facilement, malgré la barbe qu'il s'était laissé pousser.

Pendant la journée, il quittait rarement l'appartement. Il sortait en fin d'après-midi, ou le soir, ou carrément la nuit. Il rentrait toujours en pleine nuit, ou juste avant l'aube.

Ils commencèrent immédiatement à le filer.

Parfois il s'en allait à pied, marcher longuement et sans but à travers la ville.

Parfois il prenait sa voiture – cette vieille DS étrange et improbable – et tournait tout seul pendant des heures, en ville ou à l'extérieur.

Parfois il se garait devant la mer et restait là immobile. De loin on apercevait le point rouge de sa cigarette. Quelquefois son ombre s'évanouissait, un peu comme s'il s'était allongé sur le sol. Peut-être qu'il dormait, pensa Chiti une nuit.

D'autres fois ils avaient l'impression d'avoir été

remarqués, alors ils le lâchaient, en espérant que ce ne serait pas cette nuit-là, la bonne.

Le manège dura deux semaines. Dans la tête de Chiti et probablement aussi dans celle de ses compagnons, une question revenait régulièrement : est-ce que c'était lui, est-ce qu'on n'était pas en train de perdre son temps à suivre un type déséquilibré certes, mais dans le fond, inoffensif ? et si un soir, ou une nuit, pendant qu'ils filochaient bêtement cet énergumène, un appel radio en provenance de la ville ou de la périphérie venait leur apprendre un nouveau viol ?

Un soir, il se rendit dans la maison de sa mère. Il y resta quelques heures pour en ressortir, à la nuit tombée, comme un loup-garou.

Ça ne peut être que lui, se répétait Chiti. Ça colle, ça colle parfaitement. Il suffit d'être patient et on finira par le coincer quand il recommencera.

Parfois Chiti pensait qu'il aurait bien aimé le rencontrer. Aller chez lui, lui proposer d'aller boire une bière, fumer une cigarette, bavarder.

Il pensait à cela, dans la voiture imprégnée d'odeurs. Les corps, les blousons en cuir, la fumée, la graisse des armes, les pizzas et autres panini, les canettes de bière, les thermos de café.

Dans l'épaisseur du silence, avec ces compagnons de chasse inconnus, dont, certaines nuits, il avait du mal à se rappeler les noms.

Pouvaient-ils seulement imaginer tout ce qui lui passait par la tête ?

9

Cette nuit-là, il était de planque avec Pellegrini. Comme d'habitude ils le virent sortir un peu après minuit. Ils allaient se mettre en route, lorsqu'ils s'aperçurent qu'il n'était pas seul.

« Ils sont deux », dit Pellegrini.

Chiti ne répondit pas. Depuis le début de la filature, c'était la première fois que leur client se montrait en compagnie de quelqu'un et, malgré la décharge d'adrénaline, cela ne lui plut pas vraiment. Il n'aurait pas pu le formuler, ni dire quel détail, quel signe dans la manière qu'ils avaient de se déplacer, lui donnait la quasi-certitude que ces deux types-là s'apprêtaient à *faire quelque chose.*

Aucune des filles n'avait parlé de deux agresseurs. Mais y avait-il des éléments qui permettaient d'exclure cette hypothèse ?

Tandis qu'ils les laissaient s'éloigner pour ensuite descendre de voiture et commencer la filature – difficile la nuit, quand les rues sont désertes et n'offrent pas la possibilité de se mêler aux passants –, Chiti essaya de relire mentalement les dépositions des victimes. Pour vérifier si l'une d'entre elles avait dit des choses susceptibles de confirmer l'hypothèse des deux agresseurs. Ils avaient toujours tenu pour acquis – lui et ses hommes – qu'il s'agissait d'un violeur solitaire. Quand on parle de serial killer, on pense toujours à un maniaque qui agit seul. Sans doute ce stéréotype les avait-il conditionnés. Et pourtant : qu'avaient dit les filles ? Au moment de descendre de voiture, il pensa qu'il aurait aimé avoir les procès-verbaux sous la main, pour vérifier. Toutes, elles avaient dit avoir été frappées dans le dos. Et cela n'excluait donc pas la présence de plusieurs agresseurs.

Elles avaient toutes dit qu'on les avait traînées inconscientes dans le hall d'un immeuble. Cela non plus n'excluait pas qu'ils aient pu être deux. Et, en y réfléchissant bien, cette nouvelle hypothèse rendait plus plausible, plus facile cet épisode de l'action.

Il sentit une douleur s'élancer entre sa tempe, son front, son œil. Il chercha encore à remettre de l'ordre dans ses idées. Qu'avaient dit les filles, précisément au moment de l'agression sexuelle ? Est-ce qu'on pouvait nier catégoriquement qu'ils étaient deux ? Il lui semblait que non, mais le mal de tête ne faisait que croître et sur son écran mental le portrait-robot ne cessait de grandir.

Les portraits.

La voix de Pellegrini lui fit l'effet d'une pierre brisant une vitre ou un miroir. Bien que celui-ci parlât à voix basse.

« Lieutenant, il faut y aller. Ils sont déjà à trois pâtés de maisons. Si on attend encore, on va les perdre. »

Chiti sursauta comme quelqu'un qui vient d'être secoué au moment précis où il allait s'endormir. Il se mit en marche sans rien dire, en regardant les deux silhouettes déjà très loin. Trop loin, peut-être.

« Moi je les suis. Toi, fais venir tout de suite deux autres voitures en renfort. Les nôtres, pas celles de la radio mobile. Tu leur donnes un signalement très précis des deux zèbres, et tu leur dis de quadriller le quartier. S'ils les trouvent, ils ne bougent pas, mais ils ne les quittent pas des yeux. Et ils nous appellent tout de suite. Tu me rejoins quand tu as fini. »

Il partit sans attendre la réponse, avec sa tête qui tambourinait. À ce moment-là les deux types tournèrent à l'angle de deux rues, à environ deux cents mètres. Il pressa le pas tandis qu'il entendait la voix de Pellegrini à la radio, sans distinguer clairement les mots qu'il prononçait. Puis il se mit à courir. À quelques mètres de l'intersection, il ralentit à nouveau et traversa la rue tranquillement, comme un simple promeneur. Il regarda à droite, là où les deux hommes avaient tourné.

La rue était déserte ; on n'y voyait que les voitures juchées sur les trottoirs.

10

La fille marchait rapidement et nous avions emprunté son rythme. Très vite je me sentis essoufflé. Je pense que les effets de la cocaïne et de l'alcool avaient commencé à diminuer. J'étais oppressé et je respirais difficilement. Je voyais trouble.

Francesco dit que la fille allait prendre la via Trevisani.

Tout de suite après, elle passerait devant le portail d'un immeuble désaffecté et dangereux. Il fallait l'arrêter devant ce portail et la traîner à l'intérieur. Il allait la saisir par les épaules. Moi, je devais me contenter de le suivre.

Quand la fille approcha du croisement, nous pressâmes le pas.

Lui accéléra, moi je restai en arrière.

Dans ma tête revenait cette phrase : « Mais qu'est-ce que tu fais ? Mais qu'est-ce que tu fais ? Mais qu'est-ce que tu fais ? » Et tandis qu'elle rebondissait – elle rebondissait au sens propre, comme une balle de tennis – entre les parois de ma boîte crânienne, j'éprouvais une sensation d'inéluctabilité. Mon destin était là. D'ici peu, tout irait définitivement à vau-l'eau. Dans la merde jusqu'au cou, et je ne pouvais rien y faire.

Pendant que je me concentrais encore sur les rebonds qui envahissaient ma tête, Francesco donna un dernier coup d'accélération et rejoignit la fille exactement à la hauteur du portail.

Il lui asséna un coup de poing sur la tête, par-derrière. Violent et précis. Les jambes de la fille fléchirent ; elle tombait sans avoir émis un son. Francesco l'attrapa quasiment au vol, lui mit une main sur la bouche et de l'autre bras la maintint à mi-hauteur du buste. Il la traîna dans le hall en lui disant quelque chose d'une voix sibylline et terrifiante. Je le suivis comme dans un cauchemar.

Dans le hall, des poutres couraient d'une paroi à l'autre. L'édifice menaçait de s'écrouler ; j'avais bien remarqué, un instant avant d'entrer, une pancarte interdisant l'accès. Une signalisation de danger.

Il la tira au fond. Il faisait sombre et ça puait le chat. La pisse de chat. La fille gémissait.

« Un seul mot et je te crève à coups de poing. » Il lui lâcha la tête et la bouche, lui donna deux gifles très fortes, et un coup de genou dans le flanc. Toujours par-derrière.

« Mets-toi à genoux, salope. Et garde les yeux baissés. Si tu essaies de me regarder, je te tue. » La voix de Francesco était à la fois méconnaissable et familière.

« Francesco, ça suffit. Arrête. » J'entendis ma voix ; la phrase était sortie toute seule.

L'action s'arrêta un instant. Puis Francesco frappa la fille plusieurs fois, à coups de poing dans les côtes, rapidement. Mais avec moins de précision qu'au début cependant. Davantage de nervosité.

Il se retourna, courut vers moi, et à ce moment-là je me

rendis compte que j'avais prononcé son nom, et que la fille l'avait entendu. Sans aucun doute.

Il me donna un coup de poing dans l'œil. Il me sembla qu'il me l'avait propulsé à l'intérieur du crâne. Des cercles concentriques s'élargissaient dans mon orbite aveugle au point de recouvrir le monde à l'entour. Ma tête se remplit d'un vacarme assourdissant alors qu'il me lançait un coup de pied à l'aine. Je me pliai en deux et reçus un coup de genou en plein visage. Sous l'impact, je sentis ma joue se déchirer sur mes molaires. Le goût salé du sang dans la bouche, suivi d'un jet de vomissure.

J'ai peut-être perdu connaissance pendant quelques secondes.

La suite est fragmentaire. Un film de dingue tourné avec un vieux super-huit.

Francesco se trouve à nouveau près de la fille et dit quelque chose. Une autre personne s'approche en titubant. C'est moi, et la scène est filmée en plongée. Depuis un endroit imprécis de la voûte de cette entrée, entre les poutres de bois malodorantes et le plâtre moisi. Les deux personnages s'accrochent âprement. Coups comme dans un rêve, mes mains qui cherchent son cou, les siennes qui cherchent le mien, le corps de la fille est étendu sous les deux lutteurs. Il n'y a plus rien d'humain dans cette scène. Une morsure, sa peau qui se lacère. Un hurlement. Bestial.

Et les cris des autres. Francesco qui s'écarte de moi et tente de s'enfuir. Lumières bleues intermittentes. Tout à coup le hall est rempli de monde.

Puis je me retrouve collé au sol, un genou sur ma colonne vertébrale et un objet en fer, glacial, plaqué sur l'articulation entre la mâchoire et l'oreille. Quelqu'un me tord un bras derrière le dos, puis l'autre, et enfin un déclic métallique. Ils me traînent dehors, me jettent dans une voiture ; bruits de pneus, coups de frein, grincements de la direction, accélération.

Embarqué.

11

Ils ont commencé à me frapper dans la voiture qui m'emmenait à la caserne. J'étais sur le siège arrière, menotté dans le dos, entre deux carabiniers qui empestaient la sueur et le tabac. Gyrophare en marche, la voiture parcourait la ville à toute allure, sans même ralentir aux croisements, tandis qu'ils me bourraient de coups de poing et de coups de coude ; sur la tête et dans le ventre. Avec méthode et détermination. Ce n'était qu'un avant-goût, m'ont-ils dit. À la caserne ils me casseraient la gueule. Je ne disais rien. Hormis quelques gémissements, j'encaissais en silence. Bizarre. J'entendais le bruit des coups. Sourd et peu sonore pour les coups dans le ventre. Une sorte de *bang* amplifié quand les articulations des doigts ou des coudes m'atteignaient à la tête.

Je ne disais rien parce que j'étais sûr qu'ils ne m'auraient pas cru. J'avais peur. Terriblement peur.

Une fois à la caserne, ils ont tenu parole. Ils m'ont emmené dans une pièce à moitié vide. Il n'y avait qu'une table et quelques chaises. Une fenêtre avec des barreaux.

Une glace sans tain. Ils m'ont fait asseoir sur une vieille chaise à roulettes, les mains toujours attachées derrière le dos.

Et comme promis, ils se sont mis à me casser la gueule.

Avec les mains, les pieds, les pages jaunes pliées en deux, sur l'oreille ; avec une de ces palettes blanches et rouges qui servent à régler la circulation.

De temps à autre, un type sortait, un autre entrait. En y repensant, il me semble qu'ils se relayaient à peu près régulièrement. La plupart d'entre eux étaient en civil. L'un des carabiniers en uniforme m'a frappé le visage avec une bandoulière dont les décorations m'ont fait des coupures.

Ils me disaient que j'avais intérêt à tout avouer. Ils entendaient par là les agressions à l'encontre des autres filles. J'y avais intérêt, sinon ils me roueraient de coups et écriraient que j'avais opposé de la résistance lors de mon arrestation. L'un a dit qu'on allait me planter un entonnoir dans le gosier et me faire avaler une bonbonne d'eau salée. Et qu'avec ça, sûrement, je me déciderais à parler.

J'ai éclaté en sanglots, et un coup de poing d'une extrême violence m'est arrivé, de côté, sur la tête.

« Salopard », ai-je entendu dans une sorte de brouillard, entre les larmes, le sang et la peur. Un moment avant de m'évanouir.

Je ne me rappelle pas bien ce qui se passa lorsque j'eus repris connaissance. Ils arrêtèrent de me frapper, ou ils me donnèrent seulement quelques gifles. Un de ceux qui m'avaient emmené en voiture me dit que les autres détenus prendraient les choses en main. En taule, les violeurs n'ont pas vraiment la cote. À ce moment-là l'image de mes parents et celle de ma sœur me vinrent à l'esprit. Je pensai à ce qu'ils ressentiraient en me sachant en prison, et cela me causa une tristesse infinie.

Je crois que les carabiniers se préparaient, comme on dit, à consigner mon arrestation ; rédiger le procès-verbal et, en somme, remplir toutes les formalités comme cela se fait dans ces cas-là. Entre deux tabassages, je n'avais cessé de répéter que je ne savais rien sur les autres viols. Sur les faits de la soirée, ils ne m'avaient posé aucune question. Du reste ils m'avaient pris en flagrant délit. Ils n'avaient pas besoin d'aveux.

À un moment donné, la porte s'ouvrit et je me préparai à recevoir quelques nouveaux coups en pleine figure. C'est un type en costume-cravate qui entra et fit signe aux deux sbires qui étaient là de sortir. Lui resta.

Il était tout jeune, avec des yeux clairs. Il avait l'accent du Nord, un air normal et propret. Un ton aimable.

Pour commencer, il m'ôta les menottes, et je m'aperçus que mes épaules étaient endolories au niveau des articulations.

« Une cigarette ? » fit-il en me tendant un paquet de Merit. Je le regardai en face un bref instant, comme pour savoir s'il parlait sérieusement. Puis j'acquiesçai de la tête. Mais je ne réussis pas à la prendre. Mes mains tremblaient trop. Alors il reprit le paquet, en sortit une et me la tendit. Il me donna du feu et me laissa aspirer trois ou quatre bouffées avant de se remettre à parler.

« La fille ne va pas trop mal. Elle a été soignée aux urgences. Maintenant elle se trouve ici, et on a pu l'interroger. Sur ce qui s'est passé. » Il marqua une pause et me regarda, mais je ne dis rien. Alors il continua.

« Elle est à côté. Elle vient de te reconnaître. » Il fit un signe de tête en direction du miroir. Je me tournai pour regarder ; puis me retournai vers lui. Je ne comprenais pas.

« Ceux qui sont de l'autre côté peuvent voir ce qui se passe ici, sans être vus. »

Comme dans les films. Les mots me semblèrent inscrits dans ma tête. Cela m'arrivait de plus en plus souvent.

« La fille dit que tu n'as pas participé à l'agression. Elle dit que tu as pris sa défense. »

J'approchai un peu mon visage du sien, comme pour mieux le voir et pour être certain d'avoir bien compris. Je sentis mon menton se mettre à trembler, incontrôlable ; mais je ne pleurai pas.

À y repenser maintenant, cela me semble étrange, mais à ce moment-là, depuis l'instant où ils m'avaient alpagué dans l'immeuble désaffecté jusqu'au moment où le jeune homme en costume-cravate était entré dans cette pièce, pas une seconde je n'avais pensé pouvoir m'en tirer. Pas une seconde je n'avais pensé que la fille pourrait me disculper.

Ce n'est que maintenant, à la rigueur, que je réussis à m'expliquer cela. À ce moment-là c'était impossible. La perception que j'avais de moi dans cette histoire s'était arrêtée au moment où Francesco m'avait proposé ce viol en commun. Au moment où il avait commencé à délirer sur la violence ancestrale et tout le reste. La honte de ne pas avoir été capable, pour la énième fois, de lui dire non, s'était pétrifiée en moi. Cette faute me semblait énorme, et visible aux yeux de tous. De la fille, en premier lieu.

Le fait que je me sois battu pour la défendre, dans un amalgame de peur, de honte et de désir de destruction, ne comptait pas. J'étais collé à ma faute. À toutes mes fautes, et c'est pour cela que je n'avais même pas essayé de parler aux carabiniers qui m'avaient maltraité. Mon sentiment de culpabilité était aussi fort que si je l'avais réellement violée.

« Pourquoi tu n'as rien dit ? »

Je baissai les yeux en haussant faiblement les épaules. Un geste enfantin, alors que je commençais à ressentir la douleur due aux coups et une fatigue mortelle.

Il se déclara désolé pour ce qui était arrivé et me demanda si je voulais être conduit aux urgences. Je répondis que non, et il n'insista pas. Il sembla même plutôt soulagé. Comme cela il n'y aurait pas de rapports, d'explications à fournir aux médecins, ni même aux magistrats sur le pourquoi et le comment de mes blessures.

« Est-ce que tu te sens capable de faire ta déposition ? En attendant, si tu veux, on peut prévenir ta famille. »

Je répondis que, pour la famille, ça n'était pas la peine. Et que oui, je voulais bien faire le procès-verbal. Est-ce que je pouvais avoir une autre cigarette ? Bien sûr, et même, avant de se mettre au travail, on allait prendre un bon café tous ensemble. Comme de vieux copains.

Peu de temps après arriva un thermos avec des gobelets en plastique, un paquet de cigarettes à mon intention, et même une poche de glace. La situation devint presque surréaliste. On a bu le café tous ensemble. Moi, deux de ceux qui il n'y a pas une heure encore me frappaient – et qui maintenant me traitaient amicalement – et celui au costume-cravate qu'ils appelaient lieutenant. C'était une situation absurde, mais dans le contexte, elle semblait parfaitement normale.

Avec la poche de glace appuyée sur la pommette gauche, j'ai raconté ce qui s'était passé. Le lieutenant dictait au colosse qui, quelques instants plus tôt, m'avait labouré les côtes de ses poings. Maintenant il écrivait rapidement, en tapant avec deux doigts sur le clavier d'une vieille machine à écrire. Deux doigts gras et agiles.

Je dis beaucoup de choses, avec l'unique désir de m'en aller et de quitter tout cela. Je dis un bout de vérité, mélangé à d'autres choses. Je dis que nous avions bu quelques bières de trop et que nous nous promenions, ivres. À ce moment-là, je pensais que s'ils m'avaient fait faire une prise de sang, ils auraient su qu'il n'y avait pas que de la bière à circuler dans mes veines, et je me félicitai d'avoir refusé l'offre des urgences. Nous avions vu cette fille toute seule, et Francesco m'avait proposé de lui faire une blague ; lui faire croire que nous voulions la violer et puis, après lui avoir flanqué une bonne frayeur, lui dire que c'était une plaisanterie et ficher le camp. Je répétai que nous avions bu quelques bières de trop et qu'à cause de cela – quel crétin – j'avais accepté. Je m'étais rendu compte, trop tard, que cette plaisanterie était en train de dégénérer.

Ils me questionnèrent sur mon amitié avec Francesco, et demandèrent si je savais quelque chose sur les autres délits. Nous n'étions pas franchement amis, mais plutôt de bonnes connaissances, dis-je. Nous nous voyions de temps en temps, parfois pour une petite partie de poker.

Je ne sais pas pourquoi je lui parlais du poker – il n'y avait pas de raison pour cela – mais pendant qu'ils établissaient le procès-verbal, il me vint tout à coup à l'esprit qu'ils allaient l'interroger, lui aussi, si ce n'était déjà fait. Je pensai qu'il pouvait décider de tout raconter. Et le temps d'un éclair, une terreur aveugle et incontrôlable me traversa.

Est-ce que je savais quelque chose sur les autres agressions ?

Non, je ne savais rien ; si je devais dire ce que je pensais – je mentis, espérant que, s'il avait connaissance de ce procès-verbal, Francesco verrait que j'avais essayé de l'aider, et qu'il ne porterait pas d'accusation contre moi – il me semblait improbable qu'il puisse être, lui, l'auteur de ces viols. Ils me demandèrent sur quoi je fondais mes affirmations et je dis que, pour autant que je le connaisse, Francesco me paraissait être une personne normale.

Je dis exactement cela : une personne normale. Pas un type à commettre des actes pareils.

Ils me dirent, aimablement – ils étaient très aimables désormais –, de laisser de côté mes considérations personnelles. Ils ne consignèrent pas cette partie.

Ils revinrent sur les événements de la soirée. Est-ce que je me souvenais des paroles exactes que Francesco avait prononcées, pendant qu'il brutalisait la fille ? J'hésitai. Non, désolé, je ne m'en souvenais pas. Tout était confus.

Ce n'était pas vrai. Je me souvenais parfaitement de ce qu'il lui avait dit. Je me rappelais très bien le son de sa voix, et ses paroles.

Le lieutenant m'invita à relire le procès-verbal. Je pris la feuille en main, et je voyais les mots qui couraient sous mes yeux – petits traits, segments, courbes, signes – mais j'étais incapable de les comprendre. À la fin cependant, je fis oui de la tête, comme si effectivement j'avais tout relu. Je signai avec une pointe bic.

« Je te fais raccompagner chez toi », dit-il. Puis, après une brève hésitation : « Je suis désolé pour ce qui s'est passé. » Il l'avait déjà dit avant, et il semblait sincère.

Je fis un geste vague de la main, comme pour dire : il n'y a pas de quoi, ce sont des choses qui arrivent. Un geste pathétique et déplacé.

Peu de temps après, j'étais à nouveau dans la voiture qui avait servi à m'embarquer, avec les menottes, quelques heures plus tôt. Nous avons à nouveau traversé la ville déserte, pendant que l'obscurité de la nuit commençait à perdre ses couleurs profondes, mais nettes. J'étais à nouveau sur la banquette arrière, mais seul cette fois. À l'avant, un jeune de mon âge conduisait, et la place du passager était occupée par le gros homme qui avait consigné mes déclarations. L'autre l'appelait maréchal. Ils parlaient entre eux de choses quotidiennes et banales.

Nous arrivâmes à la maison en quelques minutes et, quand la voiture s'arrêta, le maréchal me dit que je pouvais y aller. Je m'agrippai à la portière et sortis du véhicule à grand-peine, tout endolori par les coups que j'avais reçus. Tandis que j'allais m'éloigner, le maréchal se pencha à la vitre.

« Holà, sans rancune. » Il me tendait la main.

Il y eut un moment étrange, en suspens. Lui avec cette main tendue, son gros visage souriant d'un air cordial. Moi là, immobile, entre la chaussée et le trottoir, tenant la poche de glace presque fondue, sur ma pommette tuméfiée.

Je fis un signe de tête et pris sa main. Elle était molle, et je la lâchai aussitôt, comme je l'aurais fait avec un animal visqueux, ou une de ces farces et attrapes, avec lesquelles on jouait, enfant, les jours de carnaval.

Puis je me retournai et me dirigeai vers mon entrée tandis qu'eux se laissaient engloutir par la première lumière, fluide et spectrale, de ce matin de novembre.

12

Chiti était assis dans son fauteuil habituel. Celui de l'insomnie et de la migraine. Celui des fins brutales de rêves, ou de cauchemars, et du poids flasque d'une nouvelle journée qui allait commencer. Celui dans lequel la hantise de la folie l'assaillait en grondant, avec les yeux rougis et affolés du chien des Baskerville, vu enfant, il y a si longtemps, au cinéma.

Ce matin, c'était différent.

Il ressentait une impression étrange et inconnue de légèreté pendant que les notes de la Polonaise n° 6 – *l'Héroïque* – glissaient presque fluides dans le silence de la maison déserte. Pas à faible volume, cette fois. Les pièces austères, identiques à celles de son enfance, effrayantes et vides, débordaient de musique et semblaient prendre vie. Comme si des fantômes bienveillants s'étaient réveillés et s'étaient levés pour découvrir ce qui était en train de se passer.

Les images éparpillées de cette nuit qui s'achevait lui

couraient devant les yeux, comme un événement survenu à d'autres. Passé et étranger.

Il sortit de sa poche le portrait chiffonné et sale qu'il conservait depuis des mois. Le spectre qu'il avait pourchassé pendant tout cc temps-là.

Il le regarda sans le reconnaître. Et il pensa que, bizarrement, il le laissait insensible. Rien, il n'y voyait plus rien. Que des lignes qui se rejoignaient, qui se séparaient, se densifiaient, se croisaient, s'égaraient dans ce dessin désormais privé de vie ; dans ce visage absent et inconnu.

Il déchira la feuille, une, deux, trois, quatre fois, jusqu'à ce que la poignée de petits morceaux déchirés ne puisse pas être reconstituée plus tard.

Puis il alla jeter ces confettis à la poubelle.

De retour dans son fauteuil, il se prit un moment à regretter ce qui était arrivé à ce garçon. Il s'était sacrément fait tabasser, le pauvre, alors qu'en fait, il n'y était pour rien.

Et puis, même cette pensée s'évanouit. Passée et étrangère.

Il pensa qu'il n'était pas fatigué, qu'il n'avait pas mal à la tête. Qu'il se sentait bien comme cela ne lui était jamais arrivé de sa vie, sauf peut-être dans les moments reculés de son enfance, dont les images, les sons, les consistances, les odeurs, sont constitués à part égale avec la matière des souvenirs, de l'imagination et des rêves.

Puis il fut traversé par une pensée douloureuse, lancinante et très belle.

Avec une pure sensation de vertige, il pensa que maintenant il était libre. Libre de faire tout ce qu'il désirait. Libre de partir. S'il le voulait.

Ou de rester. S'il en avait envie.

Libre.

Face à la caserne, dehors, juste au-dessus de la mer, il commençait à faire jour.

13

Francesco ne m'accusa pas. Il ne parla pas de moi. Il ne dit rien. Il usa, comme on dit, de son droit de ne pas répondre au cours des interrogatoires.

Quatre mois après cette soirée, il fut renvoyé en jugement pour l'ensemble des agressions sexuelles.

Aucune des victimes cependant ne le reconnut formellement. L'une dit que ça *pouvait* bien être lui et une autre qu'il lui *semblait* reconnaître sa voix.

Le président du tribunal lui demanda si elle pouvait l'affirmer avec certitude, et elle répondit que non, elle n'en était pas certaine. « Il me semble que c'est *sa* voix », répéta-t-elle, tandis qu'elle se tordait les mains, en essayant de chasser ses fantasmes.

Les autres ne surent pas quoi dire sur la voix, le visage, la silhouette de l'agresseur.

Lequel agresseur avait toujours soigneusement évité de se montrer de face.

En somme, l'accusation, pour tous les actes, à

l'exception du dernier, ne se fondait pratiquement que sur l'identification du mode opératoire.

Le ministère public, pour tenter de pallier l'absence de preuves tangibles, avait demandé une expertise conjointe à un criminologue et à un psychiatre. On avait posé deux questions à ces spécialistes. La première concernait l'éventuelle altération du discernement et de la volonté chez la personne mise en examen, Francesco. La seconde portait sur la compatibilité de son profil psychologique avec la perpétration des viols en série.

Les deux experts conclurent ainsi leur long rapport : « L'inculpé a un quotient intellectuel nettement supérieur à la moyenne (135/140), avec des pics très élevés dans le domaine de l'intelligence spatio-temporelle ; tendances maniaco-dépressives ; troubles de la personnalité induisant des comportements antisociaux avec traits de troubles narcissiques. Propension à l'usage systématique du mensonge et de la mystification ; forte tendance à la manipulation. Pour le DSM III (Manuel diagnostique et statistique des troubles mentaux), les individus souffrant de troubles antisociaux de la personnalité ne parviennent pas à se conformer aux normes sociales définies par la loi. Ils peuvent reproduire indéfiniment des actes délictueux et bafouer systématiquement les désirs, les droits ou les sentiments d'autrui. Ils sont fréquemment manipulateurs à leur profit ou pour leur plaisir personnel. Ils peuvent indéfiniment mentir, user d'une fausse identité, dissimuler, escroquer, tricher au jeu. Le trouble du comportement social, appelé encore psychopathie, n'implique pas systématiquement l'abolition ou même l'altération du discernement et de la volonté. Dans le cas présent en particulier, l'accusé est affecté de troubles de la personnalité mais ne présente pas d'altération du discernement et de la volonté.

« Le profil psychologique décrit ici est caractéristique des violeurs en série, incluant l'usage de la manipulation et de la violence dans les domaines de l'argent et de la sexualité. Les cas les plus graves sont ceux qui aboutissent à la perpétration d'homicides en série. »

Dans leur arrêt, les juges écrivirent que cela n'était pas suffisant. Ils avaient raison, bien sûr. C'est une chose de dire que quelqu'un correspond au type du violeur en série ; une autre de dire qu'il a commis une série de viols précis, si les preuves n'existent pas et que l'accusation ne se fonde que sur des conjectures. Raisonnables, plausibles, mais seulement des conjectures. Avec des conjectures, même raisonnables, on ne va pas très loin dans les procès.

Aussi Francesco ne fut-il condamné que pour la tentative de viol à l'encontre de A.C.

Je dus témoigner, bien entendu. La nuit qui précéda, je ne fermai pas l'œil, et quand l'huissier m'appela, je fus pris de nausée.

J'entrai dans la salle et je parcourus l'espace qui séparait l'entrée jusqu'à la barre des témoins, en regardant le sol. Je répondis aux questions du procureur, de l'avocat, des juges, en fixant toujours un point devant moi, sur le mur gris. Je parlais comme un automate, en tournant le dos au box où Francesco se trouvait enfermé. À aucun moment, même bref, je ne me laissai aller à regarder de son côté.

En sortant, je vomis dans une plate-bande aux pieds de la statue de la justice. Puis je m'enfuis, en titubant.

Quelqu'un me regarda un court instant mais ne me manifesta pas le moindre intérêt.

Francesco fut condamné à quatre ans d'emprisonnement et la peine fut même confirmée en appel et en cassation. Je ne sais pas combien de temps il est resté en prison. Je ne sais pas quand il en est sorti, ni où il est allé. Je ne crois pas qu'il soit resté à Bari, mais je dis cela uniquement parce que je ne l'ai plus jamais revu.

Je n'ai plus jamais entendu parler de lui.

Je passai plusieurs mois à la dérive. De ces mois, je ne me rappelle presque rien. À part la nausée, et l'angoisse qui m'étreignait au réveil, le matin très tôt, avant le lever du jour.

Puis, sans raison précise, je repris mes études. Mécaniquement. Exactement deux ans après cette soirée, j'obtins mon doctorat. À ma soutenance de thèse, il n'y avait que mes parents, ma sœur et une tante. Il n'y eut pas de fête. Il ne m'était resté aucun ami à inviter.

Après, je continuai les études, machinalement. Je passai le concours de la magistrature et je le réussis.

Maintenant je suis procureur. Je contribue à envoyer en prison ceux qui commettent des délits. Comme les extorsions, les jeux de hasard, les escroqueries, le trafic de drogue.

Parfois cela me fait honte.

Parfois je pense que du passé surgit quelque chose – ou quelqu'un – qui me fait payer ma dette. Pour régler les comptes.

Parfois je fais un rêve. Toujours le même.

Je suis sur cette plage, en Espagne. C'est l'aube comme cette fois-là ; et comme cette fois-là il y a cette sensation brûlante d'un moment parfait, de jeunesse forte et invincible. Je suis seul et je regarde la mer, j'attends. Puis arrive mon ami Francesco, même si son visage ne m'apparaît pas distinctement. Alors, ensemble, nous entrons dans l'eau. Quand nous sommes parvenus au large, je m'aperçois qu'il a disparu. À ce moment précis, je me souviens que je dois soutenir ma thèse ce jour-là. Je ne pourrai pas le faire, puisque je suis en Espagne. Le ciel est rempli de nuages sombres et, quand le soleil essaie de percer, je ne réussis pas à le voir. Et je reste dans l'eau jusqu'à ce que la mer devienne grosse. Avec la sensation inéluctable que c'est la fin de tout. Avec une infinie nostalgie.

14

Antonia me raconte qu'elle est psychiatre. Elle travaille dans un centre spécialisé d'aide aux victimes de la violence.

Chacun donne la chasse à ses démons intérieurs comme il le peut, je pense. Certains y réussissent mieux que d'autres.

Elle me dit que très souvent elle a pensé à me chercher. Elle ne m'a jamais dit merci, explique-t-elle.

Merci. Le mot m'apparaît comme inscrit dans ma tête. Étrange. Cela ne m'était pas arrivé depuis longtemps.

Merci, pas seulement de l'avoir sauvée de la violence, ce soir-là.

Merci pour la dignité.

Je me tiens tête baissée et je pense qu'elle se trompe. Je veux lui dire que j'étais un lâche. Je suis un lâche. J'ai toujours eu peur, je crois. Et j'aurai toujours peur.

Puis je la regarde en face et un frisson me secoue fortement. Et au contraire, je comprends que, dans un certain sens, c'est elle qui a raison.

Alors je ne dis rien. Et elle aussi reste silencieuse. Mais elle ne bouge pas. Je pense que moi aussi je devrais la remercier, mais j'en suis incapable.

Alors nous restons assis dans ce bar.

Dans un silence suspendu, tandis qu'au-dehors il fait froid.

Composition et mise en pages : FACOMPO, LISIEUX

Cet ouvrage a été achevé d'imprimer en mars 2009
dans les ateliers de Normandie Roto Impression s.a.s.
61250 Lonrai
N° d'impression : 090968
Dépôt légal : mars 2009

Imprimé en France